कबीरा बैठा डिबेट में

कबीरा बैठा डिबेट में

पीयूष पांडे

प्रभात
पेपरबैक्स
www.prabhatbooks.com

प्रकाशक

प्रभात पेपरबैक्स

4/19 आसफ अली रोड, नई दिल्ली–110002

फोन : 23289777 • हेल्पलाइन नं. : 7827007777

इ–मेल : prabhatbooks@gmail.com ❖ वेब ठिकाना : www.prabhatbooks.com

संस्करण

प्रथम, 2020

आवरण

श्री माधव जोशी

मूल्य

दो सौ पचास रुपए

अ.मा.पु.स. 978-93-5322-946-7

मुद्रक

आर–टेक ऑफसेट प्रिंटर्स, दिल्ली

———— ★ ————

KABIRA BAITHA DEBATE MEIN

Satires by Shri Piyush Pandey

Published by **PRABHAT PAPERBACKS**

4/19 Asaf Ali Road, New Delhi-110002

ISBN 978-93-5322-946-7

₹250.00

पुत्र पलाश

और

पुत्री पीहू को

जो अब इतने बड़े हो गए हैं कि उन्हें लगने
लगा है कि वे व्यंग्य समझने लगे हैं,
बहरहाल, बहुत प्यार से उनके लिए।

व्यंग्यकार के मन की बात

समझ नहीं आ रहा कि ऐसा क्या लिखूँ, जिसे पढ़कर आप पुस्तक खरीद लें। सिर्फ आग्रह से ऐसा मुमकिन नहीं। वजह यह कि किताब के लिए हिंदुस्तानी पाठक की अंटी से रुपए निकलवाना टेड़ी खीर है। फिर हिंदुस्तानी पब्लिक संविधान की ही कायदे से नहीं सुनती, व्यंग्यकार का आग्रह क्या सुनेगी? लेकिन एक लेखक के रूप में कोशिश करना मेरा कर्म और धर्म दोनों है। तो मित्रो, इस व्यंग्य-संग्रह में कुल जमा 65 व्यंग्य हैं, जो राजनीति के कलाकारों से लेकर मीडिया के धंधेबाजों तक और बाजार के बाबाओं से लेकर धर्म के ठेकेदारों तक सबकी खबर लेते हैं। व्यंग्य के जरिए समाज-सरकार को आईना दिखाने जैसा कोई दावा नहीं है, अलबत्ता व्यंग्य के विषय आपको चौंकाएँगे, गुदगुदाएँगे और आखिरी पंक्ति आते-आते एक टीस भी पैदा करेंगे, ऐसा मेरा विश्वास है।

व्यंग्य अपने आप में एक मुश्किल विधा है। उसपर करेला नीम चढ़ा आज का दौर है। व्यंग्य के विद्यार्थी के रूप में मेरा मानना है कि वर्तमान वक्त व्यंग्यकार के लिए सबसे मुश्किल है। वजह कई हैं। पहली, सोशल मीडिया पर मौजूद हर दूसरा शख्स कथित व्यंग्यकार है, यानी कंपटीशन तगड़ा है। आप यदि व्यंग्य अखबार या पत्रिका के लिए लिखते हैं तो व्यंग्य के विषय में विविधता लाना चुनौतीपूर्ण कार्य है, क्योंकि घटना घटित होते ही सोशल मीडिया के तमाम मंचों पर 'वन लाइनर' के रूप में व्यंग्य छितरा जाता है। तीसरा, आपके लिखे हर शब्द को विचारधारा से जोड़कर देखा जाने लगा है। आप कब 'भक्त' हो जाते हैं और कब 'देशद्रोही', कई बार आपको खुद पता नहीं चलता। हाँ, इससे सुकून सिर्फ इतना मिलता है कि आपके व्यंग्य में धार है, जो लोगों को बेचैन करती है।

दरअसल, व्यंग्य कहना जितना मुश्किल है, उससे सौ गुना मुश्किल है व्यंग्य सहना। सोशल मीडिया के दौर में व्यंग्य कहनेवाले बहुतायत में हैं, लेकिन व्यंग्य

सहनेवाली प्रजाति लुप्तपाय है। एक जमाना था, जब आदरणीय शरद जोशी जैसे व्यंग्यकार व्यंग्य के जरिए सीधे प्रधानमंत्री और नेता विपक्ष की खाट खड़ी कर देते थे, लेकिन आज हाल यह है कि अखबारों को राजनीतिक व्यंग्य ज्यादा रास नहीं आते। एक बड़े समाचार-पत्र के फीचर संपादक ने मुझसे कहा, 'देखिए, व्यंग्य बहुत सोच-समझकर लिखना पड़ता है। संतुलन बनाना पड़ता है। बहुत मुश्किल बात है।' मैं सोच में पड़ गया कि व्यंग्य कब से संतुलन बनाकर लिखा जाने लगा?

खैर, अब अपने मन की बात। इनसान गलतियों का पुतला और गलतफहमियों का गोदाम है। एक ही इनसान को एक ही वक्त में कई गलतफहमियाँ हो सकती हैं। मुझे भी है। जिस तरह हर राजनीतिक दल को गलतफहमी होती है कि उसे सरकार चलाना आता है, उसी तरह मुझे गलतफहमी है कि मुझे व्यंग्य लिखना आता है। यह गलतफहमी लगातार बढ़ रही है, क्योंकि 'छिछोरेबाजी का रिजोल्यूशन' और 'धंधे मातरम्' के बाद यह मेरा तीसरा व्यंग्य-संग्रह है। कई अखबारों के संपादकों ने भी नियमित रूप से मेरा व्यंग्य छापकर मेरी गलतफहमी में इजाफा किया है।

इस व्यंग्य-संग्रह में शामिल कई व्यंग्य एक्सक्लूसिव किताब के लिए ही लिखे गए हैं, लेकिन हैं अखबारी शैली में ही। व्यंग्य को लेकर मेरा मत है कि व्यंग्य को मरघट की उदासी जितना गंभीर नहीं होना चाहिए। व्यंग्य के पंच पाठकों को बेचैन करें तो थोड़ा गुदगुदाएँ भी। लेकिन गुदगुदाने का अर्थ चुटकुलेबाजी नहीं है। तो व्यंग्य को लेकर अपनी सोच के मुताबिक ही मैंने व्यंग्य लिखे हैं। मीडिया में रहकर खबरों को आगे-पीछे, दाएँ-बाएँ हर कोण से जानने का अवसर मिलता है और इस ज्यादा जानने के चक्कर में कुछ व्यंग्य अनायास मीडिया पर ही लिख गए हैं।

किताब अब पाठकों के हाथ में है। आप खरीदकर पढ़ रहे हैं तो यकीकन आपको लेखक और प्रकाशक की दुआएँ मिलेंगी। उधार या चोरी करके पढ़ रहे हैं, तब भी आप धन्यवाद के पात्र तो हैं ही।

मेरी व्यंग्य यात्रा में प्रत्यक्ष-अप्रत्यक्ष रूप से इतने लोग मददगार हैं कि सभी को शुक्रिया नहीं कहा जा सकता। फिर भी, कुछ नाम लेना आवश्यक है। आलोक पुराणिकजी बड़े भाई हैं, जिनसे हर मुलाकात में व्यंग्य चर्चा होती है। ईश्वर शर्माजी, सुशोभित शक्तावतजी, राजकुमार सिंहजी, नीरज कुमार दुबेजी, राकेश रंजनजी, राजीव सचानजी, अनुज खरेजी, नरेंद्र निर्मलजी जैसे कई पत्रकारों ने सदैव मेरे व्यंग्य प्रकाशित करने का जोखिम लिया। इन सभी का धन्यवाद। राजीव कटाराजी, अजय सिंहजी, पुण्य प्रसून बाजपेयीजी, एनपी सिंहजी, सुप्रिय प्रसादजी जैसे वरिष्ठ

जहाँ रहे, मुझे व्यंग्य लिखने के अवसर दिए तो उनका धन्यवाद। इस व्यंग्य-संग्रह में शामिल कुछ व्यंग्य 'द लल्लनटॉप' वेबसाइट के लिए लिखे गए तो बंधु सौरभ द्विवेदी को धन्यवाद। आदरणीय अशोक चक्रधरजी का बहुत धन्यवाद, जिनका आशीर्वाद मेरे पहले संग्रह से मुझे मिलता रहा है। मजे की बात यह कि तीसरे व्यंग्य-संग्रह की मैंने परिकल्पना भी नहीं की थी कि एक दिन मैंने अचानक उन्हें फोन किया। फोन उठाते ही उनके पहले शब्द थे—क्या प्यारे, फिर कोई किताब आ रही है क्या? उन्होंने यों तो सवाल पूछा था, लेकिन मुझे जोश आ गया। व्यंग्य पुरोधा आदरणीय ज्ञान चतुर्वेदीजी का भी धन्यवाद, जिनका लिखा हम व्यंग्य के विद्यार्थी एकलव्य की तरह पढ़ते हैं और सीखते हैं।

उन सारे मित्रों का भी शुक्रिया, जिन्होंने मुझे व्यंग्यकार माना और पिछले मेरे व्यंग्य-संग्रहों के बारे में निजी समीक्षाएँ कीं, फेसबुक-ट्विटर पर लिखा। उनसे इस बार भी यही अपेक्षा है।

छोटे भाई पुनीत-प्रतीक और पत्नी गौरी से हुई गप्पों में ही कई बार व्यंग्य के विषय मिलते हैं, तो उन्हें गप्प मारने के लिए धन्यवाद। इस किताब का कवर पेज माधव जोशीजी ने बेहद कम वक्त में बनाया तो उन्हें भी बहुत-बहुत धन्यवाद।

माँ-बाप को उनके आशीर्वाद के लिए धन्यवाद कहना संभव ही नहीं तो कोई औपचारिकता नहीं।

और अंत में आप सभी पाठकों का तहे दिल से धन्यवाद, जिन्होंने मेरे पिछले दो व्यंग्य-संग्रह को पढ़ा। मेल लिखे। फोन किया। सभी पाठकों से फिर आग्रह है कि इस बार भी किताब पढ़ें और प्रतिक्रिया दें। अच्छी-बुरी जैसी भी। मैं अपनी तरफ से सिर्फ इतना कह सकता हूँ कि बतौर व्यंग्यकार इस संकलन में मेरे पिछले दो संकलन से बेहतर व्यंग्य हैं। मैं यह नहीं कह सकता कि किताब खरीदने पर पसंद नहीं आई तो पैसे वापसी की गारंटी है, लेकिन इतना जरूर कह सकता है कि व्यंग्य पसंद आएँगे, इसका मुझे पूरा विश्वास है।

—पीयूष पांडे

फ्लैट नंबर 227,

मीडिया टाइम्स अपार्टमेंट,

अभयखंड-4, इंदिरापुरम्, गाजियाबाद

मो. : 9873425196

अनुक्रम

कबीरा बैठा डिबेट में

एक मूर्ख खोजिए, हजार मिलते हैं। यह बात उसे अच्छी तरह मालूम है। आखिर वो एक नामचीन न्यूज चैनल का गेस्ट कॉर्डिनेटर है!

लेकिन आज संकट बड़ा है। चैनल के संपादक ने उसे प्राइम टाइम डिबेट में एक 'समझदार' मेहमान बैठाने की हिदायत दी है। उसका अनुभव था कि 'समझदार' पैनेलिस्ट खोजना गूँगे की आवाज खोजने जैसा मुश्किल है। अव्वल तो न्यूज चैनल पर भद्द पिटवाने समझदार आते नहीं। यदा-कदा घेर-घारकर उन्हें स्टूडियो लाया भी जाए तो दस मिनट बाद वो समझदार नहीं रहते। सर्वज्ञानी एंकर उन्हें मूर्ख साबित कर दूसरे समझदार के शिकार के लिए बढ़ जाता है।

समाचार चैनल की प्राइम टाइम बहस में हिस्सा लेने का आमंत्रण पाते ही 'समझदार' अपने घर में दुबक जाता है। क्या पता घर के बाहर रिपोर्टर ओबी वैन लेकर खड़ा हो? समझदार बंदा बाहर निकले और बाहर खड़ा रिपोर्टर जबरदस्ती लाइव डिबेट में बैठा ले। समझदार ज्ञान के साथ आबरू दाँव पर लगाने की हिम्मत नहीं जुटा पाता। समझदारों के संकट काल में समझदार को टी.वी. डिबेट के लिए राजी करना उतना ही मुश्किल है, जितना अमिताभ बच्चन को 'पेप्सी पीके लागेलू सेक्सी' या नसीरुद्दीन शाह को 'लैला माल बा, छैला धमाल बा' जैसी फिल्मों में काम करने के लिए मनाना है।

उसकी दिक्कत यह थी कि संपादक महोदय ने ताकीद की थी कि प्राइम टाइम डिबेट में एक-न-एक समझदार रोज शामिल किया जाए। स्क्रीन पर मेहमानों की भीड़ में एक-आध समझदार टाइप का बंदा भी विराजमान रहे तो बैलेंस बना रहता है।

चुनावी मौसम में आज मजमा काशी में लगा था। उसे एक असल समझदार खोजकर लाना था। बाकी का जुगाड़ हो गया था।

उसने गंगाघाट से लेकर लंका चौराहे तक कई लोगों से बात की, कइयों को गौर से देखा, लेकिन असल समझदार नहीं मिला। टी.वी. डिबेट में आने के नाम पर लोग फौरन तैयार थे। कई तो अपने बाप-बेटे को लाने को तैयार थे। कइयों ने कहा कि वो पूरा मुहल्ला ले आएँगे। युवाओं की एक टोली बोली कि वो कट्टा-बंदूक लेकर आ सकते हैं, अगर शो की डिमांड हो तो। एक धन्ना सेठ ने प्रस्ताव दिया कि अगर उनकी बेटी को दर्शकों की कतार में सबसे आगे बैठा दिया जाए तो वह पूरे शो का खर्च उठाने को तैयार हैं। टी.वी. का ग्लैमर काम-धाम-पैसे सब पर भारी था। वो समझ गया कि ये लोग चाहे जो हों, लेकिन कम-से-कम असल समझदार नहीं हैं।

वो समझदार खोजते-खोजते थक गया। संपादक नौकरी खाने पर आमादा था। समझदार मिलने को राजी नहीं था। उसकी आँखों से सोता फूट पड़ा।

'हे गंगा मैया, क्या तेरे दर पर भी एक असल समझदार नहीं मिलेगा?' वो बुदबुदाया।

"क्या हुआ बेटा? क्यों रो रहे हो?" अचानक एक बूढ़े बाबा ने उसके कंधे पर हाथ रखकर पूछा।

"चिंता में रो रहा हूँ।" उसने भरे मन से जवाब दिया।

बूढ़ा बाबा बोला—"चिंता ऐसी डाकिनी, काट कलेजा खाए
वैद बेचारा क्या करे, कहाँ तक दवा लगाए"

"मतलब?" उसने पूछा।

"मतलब चिंतारूपी चोर सबसे खतरनाक होता है, जो कलेजे में दर्द उठाता है। इस दर्द की दवा किसी भी चिकित्सक के पास नहीं होती। इसलिए चिंता मत करो।" बाबा ने जवाब दिया।

उसने बूढ़े बाबा को ऊपर से नीचे तक देखा। उसे यकीन नहीं हो रहा था, कुआँ खुद प्यासे के पास आया था।

उसने बूढ़े बाबा से पूछा—"टी.वी. बहस में हिस्सा लोगे? पैसे भी मिलेंगे।"

बूढ़े बाबा ने कहा—"नहीं बेटा! बहस मेरा काम नहीं। मैं तो बस अपनी बात कहता हूँ और पेट भरने लायक जुगाड़ हो जाता है। तुम्हें रोता हुआ देखा तो तुम्हारा हाल पूछने आ गया।"

अब उसे पक्का यकीन हो गया कि हो-न-हो, यह बंदा आई.एस.ओ. मार्का समझदार है। टी.वी. डिबेट का प्रस्ताव ठुकरा रहा है। हद यह कि पैसे मिलने की

बात का भी लोड नहीं ले रहा। उसने हाथ जोड़कर कहा—"बाबा प्लीज मेरे लिए आज टी.वी. डिबेट में हिस्सा ले लो।"

बाबा ने पूछा—"क्या करना होगा?"

वो बोला—"कुछ नहीं। समझदारों को ज्यादा कुछ नहीं करना होता। आप बस बैठे रहिएगा। कार्यक्रम का संचालक सवाल पूछे तो जवाब दे दीजिएगा। कोई दूसरा मेहमान कुछ पूछे तो उसे भी जवाब दे दीजिएगा। बस। अच्छा ये बताइए, आपका नाम क्या है?"

बूढ़े बाबा ने जवाब दिया—"कबीर।"

वो बोला—"वाह, काशी से कबीर लाइव। स्क्रीन पर भी अच्छा दिखेगा। अच्छा, मैं शाम को आपको लेने गाड़ी भेज देता हूँ।"

कबीर बोले—"नहीं बेटा! मैं खुद आ जाऊँगा। पैसे क्यों बरबाद करते हो। उतना पैसा किसी गरीब को दान दे देना।"

वो समझ गया कि हो-न-हो, यह कबीर असल समझदार है।

आप सोच रहे होंगे कि कबीर 500 साल बाद कहाँ से आ गए? प्रकट हुए और क्या? प्रकट कहाँ से हुए, कहना मुश्किल है, लेकिन भारत में चीजें प्रकट होती रहती हैं। मूर्ति, खजाना, लाशें सब वक्त-वक्त पर प्रकट होते हैं। मरे हुए लोगों को जिंदा होकर प्रकट होकर धरने पर बैठते देखा है हमने। 50-50 साल पुरानी योजनाएँ नाम बदलकर प्रकट हो जाती हैं। मुख्यमंत्री-प्रधानमंत्री की कुर्सी मिलते ही कब्र में पैर लटकाए बैठे राजनेता को शपथ-ग्रहण समारोह में प्रकट होते देखा है। भूतों को कइयों ने देखा है, जो उनके सामने अचानक प्रकट होते हैं। ईश्वर के प्रकट होने की हजारों कहानियाँ हैं हमारे पास, फिर कबीरदास ने अपने आखिरी वक्त पर वैसे भी लफड़ा किया था। वो मगहर चले गए थे। अब बंदों को काशी में बैठकर स्वर्ग नहीं मिल रहा, कबीरदासजी मगहर से मुक्ति चाहते थे। ऐसा थोड़े होता है। वो निश्चित ही यहीं-कहीं घूम रहे होंगे, अचानक प्रकट हो गए। उस जमाने में बंदा पिज्जा-बर्गर खाता नहीं था। योग वगैरह करता था। क्या पता कबीरदासजी उम्र को कुछ लंबा ही साध गए हों।

प्राइम टाइम डिबेट शुरू हो चुकी थी।

एंकर : "मिस्टर कबीर! आप काफी देर से चुप हैं। काशी में इतने गरीब, भूखे अभी भी दिख रहे हैं। चुनावी मौसम में नेता वादा कर रहे हैं कि लोग अब भूखे नहीं रहेंगे। आपका क्या कहना है?"

कबीर : "लाडू लावन लापसी, पूजा चढ़े अपार
पूजी पुजारी ले गया, मूरत के मुह छार!"

एंकर : "आप हिंदी में बात कीजिए।"

कबीर : "अरे, मेरा कहना है कि नेताओं को जो करना है वो करें, लेकिन हमें अपनी जिम्मेदारी निभानी चाहिए। ईश्वर की मूर्तियों को खाना खिलाने से पहले गरीबों को भोजना कराना चाहिए। कभी सोचिए कि ईश्वर को जो दूध, दही, लड्डू आप चढ़ाते हो, क्या वो ईश्वर तक पहुँच रहा है। पहले, ये सब बंद होना चाहिए। इसी कदम से कई भूखों का पेट भर सकता है।"

गेस्ट-1 : "ओए कबीर, शिशुपाल ज्यादा मत बोल, तू मौलाना है, तू हिंदू धर्म पर कमेंट मत कर"

एंकर : "ऐ मिस्टर, आप बैठिए। मैं पूछूँगा सवाल। ये मेरा शो है। मिस्टर कबीर, आप सीधे-सीधे हिंदू धर्म को टारगेट कर रहे हैं।"

कबीर : "अरे नहीं भाई, मैं किसी धर्म पर निशाना नहीं साध रहा। मैं सिर्फ अंधविश्वास की बात कर रहा हूँ। मैंने तो मुसलिमों को लेकर भी कहा है—

काँकर पाथर जोरि के, मसजिद लई चुनाय।
ता ऊपर मुल्ला बाँग दे, क्या बहरा हुआ खुदाय॥"

गेस्ट-2 : "ओए हिंदुओं के दलाल! खुदा के बारे में कोई भी टिप्पणी की तो सर कटवा दूँगा। मैं इसी लाइव टी.वी. में ऐलान करता हूँ कि हमारे खुदा को बहरा कहनेवाले इस कबीर की गरदन काटनेवाले को मैं 50 लाख का इनाम दूँगा।"

कबीर : "अरे-अरे, आप लोग क्या कह रहे हैं। मेरा कहना है कि अंधविश्वास से मुक्ति मिलनी चाहिए।"

एंकर : "ये आप तय नहीं करेंगे मिस्टर कबीर कि किस चीज से मुक्ति मिलनी चाहिए, किससे नहीं।"

गेस्ट-3 : "तुम खुद को क्या असली कबीर समझते हो?"

कबीर : "असली-नकली मतलब? मैं कबीर ही हूँ।"

गेस्ट-4 : "लीजिए, देखिए नौटंकी। नाम कबीर रख लेने से क्या कबीरदास हो जाओगे। वो महान् संत था।"

कबीर : "नहीं, मैं सामान्य आदमी हूँ।"

एंकर : "मिस्टर कबीर, अब आप कुछ ज्यादा ही नाटक कर रहे हैं। आप खुद को असली कबीर बता रहे हैं।"

कबीर : "जी···असली-नकली पता नहीं, लेकिन मैं कबीर ही हूँ।"

गेस्ट-4 : "तू कबीर है तो मैं अंकल सैम हूँ, लेकिन सच कहूँ तो मेरे आदमी तुझे बरसों से खोज रहे हैं। तू सिर्फ हिंदू-मुसलमानों के खिलाफ बयानबाजी नहीं करता था। तू मार्केट के खिलाफ था। तूने ही कहा था ना—

'माँगन मरण समान है, मति माँगो कोई भीख।
माँगन ते मारना भला, यह सतगुरु की सीख॥'"

कबीर : "जी, मैंने ही कहा था"

गेस्ट-4 : "अबे, माँगने से ही तो पूरी मार्केट इकॉनमी चल रही है। सरकार रोज वर्ल्ड बैंक से पैसे माँगती है, तो क्या गलत करती है। माँगे नहीं, मर जाए। हद है। कुछ भी बोलते हो तुम।"

"आप सही कह रहे हैं कि यह शख्स पूरे मार्केट कल्चर के खिलाफ है। इसी ने कहा है कि—

'जैसा भोजन खाइए, तैसा ही मन होय
जैसा पानी पीजिए, तैसी वाणी होय।'"

अब दर्शक दीर्घा में बैठा मैकडोनाल्ड का प्रतिनिधि चिल्लाया।

चैनल की लाइव डिबेट में दर्शकों के शामिल होते ही मामला इंट्रेस्टिंग हो गया।

"यह बंदा अर्बन नक्सल है। बेगमपुरा जैसा कॉन्सेप्ट इसी का है, जिसे नक्सली फॉलो करते हैं। यह ऐसा राज्य चाहता है, जहाँ सत्ता न हो, टैक्स न हो, इसी के कई कॉन्सेप्ट कार्ल मार्क्स ने लिये हैं, इसी ने कम्युनिजिम के बीज बोए हैं।" एक और दर्शक चिल्लाया।

"यह लोगों को भविष्य की प्लानिंग न करने के लिए भड़काता है।" म्यूचुअल फंड कंपनी का प्रतिनिधि चिल्लाया।

एंकर : "कैसे?"

दर्शक : "इसी ने कहा था कि—

'साईं इतनी दीजिए, जा में कुटुंब समाए।
मैं भी भूखा न रहूँ, साधू न भूखा जाए॥'

मतलब बंदा कुछ इंवेस्ट ही न करे। अरे बंदा सिर्फ खाने के लिए ही जिंदा रहता है क्या? थोड़ा पैसा बचाएगा, तभी तो यूरोप-अमेरिका की सैर करेगा। मॉल वगैरह जाएगा और ये तब होगा, जब कॅरियर के शुरुआती दौर में खाने-पीने के

अलावा पैसे बचें तो उन्हें प्रॉपर्टी में, म्यूचुअल फंड वगैरह में निवेश करे।"

एंकर : "रुकिए-रुकिए। अगर आप सब लोग मान रहे हैं कि यह शख्स गड़बड़ी करता रहा है तो इसका कोर्टमार्शल कर देते हैं। दिज इज फर्स्ट टाइम इन टी.वी. न्यूज हिस्ट्री कि हम लाइव डिबेट में ही खुद को कबीर कहनेवाले से उस पर लगे आरोपों पर बात करेंगे।"

एंकर : "मिस्टर कबीर-आप धर्म विरोधी हैं। मैं इंटरनेट पर देख रहा हूँ कि आपने ही कहा है कि—

'पाथर पूजे हरी मिले, तो मैं पूजूँ पहाड़।
घर की चकिया कोई न पूजे, जाको पीस खाए संसार॥'

मतलब आप मूर्ति पूजा के खिलाफ हैं। आप हिंदू धर्म के खिलाफ हैं।"

कबीर : "इसका मतलब है कि..."

एंकर : "चुप रहिए। आप मुझे मतलब समझाएँगे। देश के सबसे बड़े शो के सबसे बड़े एंकर को आप मतलब समझाएँगे। मिस्टर कबीर, नेशन वांट्स टू नो, मतलब देश जानना चाहता है कि हिंदुओं के देश में रहते हुए आप मूर्ति पूजा को बकवास करार देकर साबित क्या करना चाहते हैं? वैसे आप पर अगला आरोप यह है कि आपने सिर्फ हिंदुओं को नहीं बल्कि हिंदुओं के तमाम वर्ग पर भी ओछी टिप्पणियाँ की हैं।"

कबीर : "ओछी! मतलब ?"

एंकर : "मतलब ये कि आपने पांडे यानी ब्राह्मणों पर कई जगह ओछी टिप्पणियाँ की हैं। ये आपने ही लिखा है न—

'काहे को कीजै पांडे छूत विचार।
छूत ही ते उपजा सब संसार॥
हमरे कैसे लोहू तुम्हारे कैसे दूध।
तुम कैसे बाह्मन पांडे, हम कैसे सूद॥'

आप कहना चाहते हैं कि पांडे ही छुआछूत को बढ़ावा देते हैं! आप पूरे एक सेक्शन का अपमान कर रहे हैं।"

कबीर : "नहीं साहब, मेरा वो मतलब नहीं है।"

एंकर : "चुप रहिए आपका मतलब मैं सब समझ रहा हूँ। आपकी भाषा को समझ रहा हूँ। आपकी ब्राह्मणों को लेकर फालतू बयानबाजी को समझ रहा हूँ। आपने ही लिखा है—

'एक क्ष , एकै मल मुतर,
एक चाम, एक गुदा।
एक जोती से सब उतपना,
कौन बामन कौन शूद॥'

ये सब क्या है मिस्टर कबीर! आपने अंड-बंड कुछ भी लिखा है।"

कबीर : "आप समझ नहीं पा रहे हैं, शायद या मैं।"

एंकर : "आप समझाएँगे···हें···आप समझाएँगे। हू आर यू! तुम हो कौन? मैं समझाता हूँ रात में नौ बजे देश को। पी.एम.-सी.एम. सबको मैं समझाता हूँ। तुम्हारी हिम्मत कैसे हुई मिस्टर कबीर ये कहने की कि मैं समझ नहीं पा रहा हूँ। मैं देख रहा हूँ कि कैसे तुमने धर्म को टारगेट किया है। ये तुमने ही लिखा है न—

'मुंड मुड़या हरि मिलें , सब कोई लेई मुड़ाय।
बार-बार के मूड़ते , भेंड़ा न बैकुंठ जाय॥'"

कबीर : "जी, मैंने ही कहा है पर···इसका अर्थ"

एंकर : "चुप करिए मिस्टर कबीर! समाज को तोड़नेवाली राइटिंग है आपकी और ये क्या अंड-बंड लिखा है आपने—

'फूटी आँख विवेक की, लखे न संत-असंत
जाके संग दस-बीस हैं, ताको नाम महंत।'

बताइए आप किस पर कमेंट कर रहे हैं। महंतों पर। महंत अब सी.एम. हैं, पी.एम. हैं। आपका कहा हर शब्द उनकी अवमानना है।"

कबीर : "अरे साहब, मुझे भी बोलने दीजिए, मुझे अपना पक्ष तो रखने दीजिए"

एंकर : "पहली बार आए हो क्या टी.वी. डिबेट में। बोलने दीजिए! यहाँ सिर्फ मैं बोलता हूँ, मैं···बाकी सब सुनते हैं और मिस्टर, तुम मेरे सामने बोलोगे। बोलने को रह क्या गया है! अभी-अभी मेरे पास एक ट्वीट आया है, जिसमें स्कूल एसोसिएशनवाले कह रहे हैं कि उन्हें भी तुमसे शिकायत है कि तुमने स्कूल सिस्टम के खिलाफ षड्यंत्र किया है।"

कबीर : "मैंने?"

एंकर : बिल्कुल। तुमने लिखा है कि—

'पोथी पढ़-पढ़ जग मुआ, पंडित भया न कोय
ढाई आखर प्रेम का पढ़ै सो पंडित होय।'

ये क्या बकवास है। स्कूल में समझते हो कि कितनी पढ़ाई होती है। स्कूल में पढ़कर लोग कॉलेज में जाते हैं, फिर ऑक्सफोर्ड-हार्वर्ड में जाते हैं। नोबेल जीतते हैं। तुमने अपनी बकवास कर रखी है। पूरे सिस्टम के खिलाफ है तुम्हारी बयानबाजी।"

कबीर : "महोदय, मुझे लगता है कि मैं आपको समझा नहीं पा रहा हूँ।"

एंकर : "हाँ-हाँ, मुझे आप समझा भी नहीं पाएँगे और बहका भी नहीं पाएँगे मिस्टर कबीर!"

प्रोग्राम जम गया था। दर्शकों में भी मार मच गई थी। दर्शकों का एक वर्ग कुर्सी चलाने लगा था, क्योंकि उनकी माँग थी कि कबीर को फौरन बाहर किया जाए, जिसने जात-पात को लेकर इतनी टिप्पणियाँ की हैं।

एंकर के कान में आवाज आई।

'बॉस कह रहे हैं कि कार्यक्रम को और तान दो। लंबा खींचो। अभी जाने मत देना इस कबीर को।'

'लेकिन मैं कबीर को ज्यादा नहीं जानता और कितना खींचूँ।' एंकर बुदबुदाया।

'हे हे हे! जैसे तुम कश्मीर को बहुत समझते हो, लेकिन तुमने तीन घंटे कल की थी न बहस। आज भी तान दो।' फिर कान में आवाज आई।

एंकर ने कबीर पर फिर सवाल दागा। अब कबीर ने आँख बंद कर ली और बुदबुदाए—

"कबीरा बैठा डिबेट में
माँगे अपनी खैर
दोस्ती काहू से भई नहीं
सारे जग से बैर।"

झमाझम शो देखकर गेस्ट कॉर्डिनेटर खुश था। समझदार गेस्ट ने प्रोग्राम हिट करा दिया था। हाँ, इस गेस्ट का अब क्या होगा, कहना मुश्किल है, क्योंकि पुलिस स्टूडियो के बाहर पहुँच गई थी। उसके हाथ में कबीर के नाम का वारंट था।

कबीर के खिलाफ धर्म विशेष के खिलाफ टिप्पणी करने, जातिगत लांछन लगाने, सिस्टम के खिलाफ बयानबाजी करने, दंगा भड़काने और देशद्रोह जैसे तमाम संगीन आरोप लगाए गए थे। इस बार तो टी.वी. चैनल की फुटेज भी सामने थी। कबीर का जेल जाना तय लग रहा था।

□

भागते रहो

भागना एक क्रिया है, किंतु देश की अधिसंख्य आबादी के लिए भागना एक 'क्रीड़ा' भी है। इस क्रीड़ा में लोग कभी अनजाने में तो कभी जानबूझकर संलग्न दिखाई देते हैं। आप सुबह मुहल्ले या सोसाइटी के बाहर स्कूल बस के आगमन का दृश्य देखिए। दो-चार बच्चे बस पकड़ने के लिए इतनी तेज दौड़ लगाते नजर आते हैं कि उनकी रफ्तार को अगर ओलंपिक कमेटी नाप ले तो पी.टी. ऊषा का रिकॉर्ड हर दूसरे दिन टूट जाए, लेकिन अगर ओलंपिक कमेटी इन बच्चों के पीछे एक हाथ में बैग और दूसरे हाथ में बाटर बोटल लिये इनके माँ-बाप की रफ्तार नाप ले तो शायद उसेन बोल्ट भी शरमा जाए।

100 मीटर की ऐसी फर्राटा दौड़ रोज अलग-अलग जगहों पर दिखाई देती है। ट्रेन, मेट्रो से लेकर बस पकड़ने के लिए लगाई गई दौड़ के सिर्फ ट्रैक बदल जाते हैं। भागते-भागते ऐसे लोगों के शरीर में एक विशिष्ट कंपन उत्पन्न हो जाता है, जिससे स्थिर बैठने पर भी उनका शरीर झनझनाता रहता है।

भागने की क्रीड़ा का कैनवास बहुत बड़ा है। यह दृश्य और अदृश्य रूप में खेली जा रही है। मसलन, देश के सैकड़ों युवा रोज घर से मुंबई भाग जाते हैं ताकि हीरो बन सकें। इसमें उनकी गलती है भी नहीं। ऐसे-ऐसे चंपू फिल्मों और सीरियल में हीरो बनकर बैठे हैं कि उन्हें गलतफहमी होना लाजिमी है। कुछ युवा ऐसे हैं, जो धीरूभाई अंबानी बनने के लिए घर से भाग जाते हैं। उन्हें लगता है कि उनके घरवाले दुकान पर जबरदस्ती बैठाकर उनके साथ जुल्म कर रहे हैं, जबकि उनका पोटेंशियल अंबानी-अडानी से कम नहीं। बचपन में हमारे पड़ोस में एक हमउम्र साथी रहता था। उसे घर से भागने की आदत हो गई थी। वो हर छठे महीने घर से भाग जाता था। फिर एक-डेढ़ महीने इधर-उधर भटकने के बाद घर लौट आता। पहली बार भागा तो घरवाले परेशान हुए, लेकिन दूसरी बार भागने पर घरवालों ने

परवाह ही नहीं की। भागने के मामले में उसने अपनी क्रेडेबिलिटी इतनी घटा ली कि तीसरी-चौथी बार तो घरवालों ने अखबार में 'आलोक बेटा, घर लौट आओ, तुम्हारी मम्मी बीमार हैं। तुम्हें कोई कुछ नहीं कहेगा' वाला विज्ञापन प्रकाशित कराने के विकल्प तक पर विचार नहीं किया।

भागकर शादी करना तो देश के युवाओं का बहुत पुराना शौक है। इस तरह की शादी के विषय में अलग-अलग मान्यताएँ हैं। कुछ विद्वान् कहते हैं कि भागकर शादी दहेज प्रथा को खत्म करने के लिए की जाती है। कुछ अन्य विद्वान् मानते हैं कि भागकर शादी में एक रोमांच है और चूँकि विवाह होने के बाद रोमांच की कोई गुंजाइश नहीं होती, इसलिए कई युवा इस विकल्प को अपनाते हैं। कुछ लड़के-लड़कियाँ आजकल इसलिए भी भागते हैं, ताकि बाद में वीडियो वायरल कर बाप पर प्रताड़ित करने का इलजाम लगाकर न्यूज चैनलों पर छाया जा सके। वैसे इस बात से भी इनकार नहीं किया जा सकता कि कुछ बाप-भाई मुहब्बत से उतनी ही नफरत करते हैं, जितनी इजराइल फिलिस्तीन से और ऐसे में इनकी तोपों से बचने के लिए भागना ही अंतिम विकल्प होता है।

कई एन.आर.आई. दूल्हे भी होते हैं, जो भारत में शादी करके, दहेज झटककर विदेश भाग जाते हैं, फिर लड़की के माँ-बाप पुलिस चौकी तक भागते रहते हैं ताकि इंसाफ मिल सके। काश! कोई उन्हें समझाता कि एन.आर.आई. दूल्हे के लालच के पीछे भागना अक्लमंदी नहीं।

भागना एक ऐसा खेल है, जिसके अच्छे खिलाड़ी के लिए पुरस्कार की कोई सीमा नहीं।

मैदान पर दौड़नेवाले छोटे-मोटे धावक स्वर्ण पदक से संतोष कर सकते हैं, लेकिन चतुर धावक बड़े लक्ष्य पर निशाना साधते हैं। जैसे, कई युवा देश में पढ़ाई-लिखाई के बाद इंटरनेशनल धावक बनते हुए अमेरिका, ब्रिटेन, कनाडा की तरफ निकल लेते हैं। डॉलर-पाउंड में कमाई के लिए। कभी-कभी माँ-बाप से मिलने या शादी वगैरह के लिए वे पुनः स्वदेश लौटते हैं, लेकिन उनके भीतर का इंटरनेशनल रेसर उन्हें देश में रहने नहीं देता। कई वर्ष विदेश में रहने के बाद वे स्वयं को विदेशी धावक के रूप में ही पहचाना जाना पसंद करते हैं। इसी तरह प्राइवेट कंपनियों में काम कर रहे कर्मचारी हर चौथे महीने दूसरी कंपनी की तरफ भाग लेते हैं। इससे उनका वेतन बढ़ता चलता है। थोड़ा वरिष्ठ होने के बाद वो भागते नहीं, सिर्फ भागने का हल्ला मचाते हैं। इंक्रीमेंट से कुछ दिन पहले निजी कंपनियों में हर दूसरा

शख्स भागने का हल्ला मचा रहा होता है। इंक्रीमेंट के बाद पता चलता है कि हल्ला मचानेवाला एक भी शख्स भाग नहीं पाया, अलबत्ता बॉस को गाली देते हुए भागने की प्लानिंग फिर कर रहा है।

भागने के खेल में अपना मजा है। बहुत सारे राजनेता ताउम्र एक पार्टी से दूसरी पार्टी में भागते रहते हैं। उनके एक दल से दूसरे दल में भागते हुए उनकी विचारधारा भी भागती है। कभी-कभी इस भाग-दौड़ में विचारधारा चित हो जाती है। फिर राजनेता बिना विचारधारा के ही भागता है, लेकिन जो भागत है, सो पावत है—सत्ता। मलाई। पैसा। ठेका।

हालात विकट हों यानी मामला सरकार बनाने से जुड़ा हो तो धावक राजनेता 'घोड़ों' में तब्दील हो जाते हैं। उस वक्त उनकी नस्ल के मुताबिक उनका रेट तय होता है।

चूँकि राजनेताओं को भागने की अच्छी प्रैक्टिस होती है, इसलिए अकसर वे चुटकी बजाते ही समस्याओं से भी दूर भाग जाते हैं। किसी गाँव में हैजा फैला हो तो वे वहाँ से भाग जाते हैं। जहाँ किसान खुदकुशी कर रहे हों, वे वहाँ से भाग जाते हैं। एक बार वोट लेने के बाद वे ऐसे सरपट दौड़ लगाते हैं कि फिर वोटर उन्हें कभी पकड़ नहीं पाता। हाँ, अगर उनके इलाके में कहीं फोटो खिंचाने का कार्यक्रम हो तो नेता भागकर वहाँ भी तुरंत पहुँच जाते हैं। आप गौर कीजिए कि हर ऐसे कार्यक्रम में दीप प्रज्वलन और नेताजी के भाषण के बाद उन्हें 'कहीं जरूरी काम से' जाना होता है और वे फिर भाग लेते हैं।

भागने के खेल में एक्सपर्ट राजनेता सत्ता के इर्द-गिर्द भागता है, लेकिन भागने के खेल में जो खिलाड़ी एक्सपर्टीज हासिल कर लेते हैं, वो देश के बैंकों का अरबों डकारकर विदेश भाग जाते हैं। सरकार कहती है कि वो भी उनके पीछे विदेश भागेगी, लेकिन भागने वाला जानता है कि अगर दो खिलाड़ी एक ही रफ्तार पर आगे-पीछे भाग रहे हों और आगे वाला खिलाड़ी पहले से ही 100 किलोमीटर आगे दौड़ रहा हो तो उसे पकड़ पाना मुश्किल ही नहीं, नामुमकिन है।

□

ज्ञान बाँटते चलो

हिंदुस्तान एक ज्ञान और ज्ञानी प्रधान देश है। यहाँ हर गली, मुहल्ले, चौराहे, श्मशान से लेकर जिलाधिकारी कार्यालय, पुलिस मुख्यालय, प्रधानमंत्री कार्यालय समेत जितने कार्यालय होते हैं, वहाँ ज्ञान और ज्ञानी पाए जाते हैं। कई अनाधिकृत रिपोर्ट कहती हैं कि भारत में ज्ञानियों का घनत्व दुनिया में सबसे ज्यादा है। इस बात को हर आम-ओ-खास जानता भी है, क्योंकि यहाँ एक पान की दुकान पर ही कई बार 20 से अधिक ज्ञानी मिल जाते हैं। यहाँ हर दो कोस पर पानी और बोली बदल जाती है, लेकिन ज्ञानियों की प्रवृत्ति नहीं।

ज्ञानधर्मिता भारत का विशिष्ट गुण है। यहाँ हर शख्स के पास इफरात में ज्ञान है। कई बार उसकी राय और ज्ञान आपस में इतने गड्ड-मड्ड हो जाते हैं कि समझ ही नहीं आता कि बंदा ज्ञान दे रहा है या राय। या राय ही उसका ज्ञान है? इस देश में लोगों के पास भयंकर ज्ञान है। चूँकि हर बंदा अपनी शर्ट को ही सबसे उजली, चमकदार मानता है तो वो दूसरे की शर्ट क्यों ले? यानी सबके पास इतना शुद्ध ज्ञान है कि वो किसी दूसरे का मिलावटी ज्ञान लेना ही नहीं चाहता। मिलावटी कोई भी चीज हो, सेहत के लिए हानिकारक होती है।

लेकिन हिंदुस्तान दानवीर कर्ण और हरिश्चंद्र की जन्मभूमि भी है। परोपकारिता यहाँ की मिट्टी में घुली हुई है। इसलिए हर ज्ञानी अपना ज्ञान बाँटने को बेकरार है। सबके पास इत्ता ज्ञान है कि वो बाँटकर मुक्त होना चाहता है। जिस तरह पीठ पर बोझ हो तो कंधा झुक जाता है, उसी तरह अक्ल पर ज्यादा बोझ बरदाश्त नहीं किया जा सकता। इसीलिए एक मुहावरा है कि अक्ल घुटने में है क्या? यह मुहावरा उन लोगों के लिए बना, जिनकी अक्ल ज्ञान का अतिरिक्त बोझ नहीं उठा पाई और फिर खोपड़ी से सरकते-सरकते घुटनों में आ गई।

आधुनिकता और विकास की आँधी में ज्ञानियों का भी खूब निर्माण हुआ है।

फेसबुक, ट्विटर, व्हाट्सएप, शेयरचैट गूगल और विकीपीडिया जैसे ज्ञान के सागरों में डुबकी लगाकर बंदा झटके में सर्टिफाइड ज्ञानी हो रहा है। एक जमाना था, जब कहावत थी कि एक मूर्ख ढूँढ़ो, हजार मिलते हैं। ज्ञानियों की प्रचुरता के बीच अब इस कहावत का मार्केट में 2.0 वर्जन आया है। एक ज्ञानी खोजो, दस हजार ज्ञानी मिलते हैं। एक जमाना था, जब ज्ञान प्राप्ति के लिए ईश्वर की तपस्या करनी पड़ती थी। फिर एक दौर आया, जब बंदे लाइब्रेरी वगैरह में जाकर, गुरुओं के पैर छूकर और अच्छी संगत में पर्याप्त ज्ञान हासिल कर लेते थे। आजकल इंस्टेंट ज्ञानी मिल रहे हैं।

दो मिनट में कॉफी और दो मिनट में मैगी की तर्ज पर इंस्टेंट ज्ञानी मार्केट में छाए हुए हैं। यों तो इंस्टेंट ज्ञानी हर क्षेत्र में हैं, लेकिन टी.वी. चैनलों के दफ्तर में ये बड़ी संख्या में पाए जाते हैं। इसे यों कहा जाए कि इंस्टेंट ज्ञानियों की सबसे बड़ी कर्मस्थली न्यूज चैनलों के दफ्तर हैं, तो भी अतिशयोक्ति नहीं होगी। यहाँ तीन बजे की मीटिंग में होनालूलू की प्राचीन सभ्यता पर प्रोड्यूसर को कार्यक्रम बनाने को दिया जाता है और प्रोड्यूसर मीटिंग से निकलकर पाँच बजे तक पाँच अलग-अलग आयामों के साथ पाँच स्टोरी लिख मारता है। कार्यक्रम बनानेवाले प्रोड्यूसर ने भले जिंदगी में कभी नक्शे पर होनालूलू को देखा नहीं होगा, लेकिन उसकी स्टोरी में कोई कमी निकाल दे तो जानें। ये है गूगल इंस्टेंट ज्ञान का सॉलिड कारनामा। न्यूज चैनल का एंकर तो इतना ज्ञानी होता है कि कई बार अकेले में वो बुदबुदाता है—'कभी-कभी तो अपुन को लगता है कि अपुन ही भगवान् है।'

इंस्टेंट ज्ञानियों के ज्ञान से चमत्कृत कई लोग उन्हें ईश्वर मानने की भूल तक कर देते हैं। मुझे भी शक है कि आज के दौर में भगवान् बुद्ध अगर इन इंस्टेंट ज्ञानियों से मिल लें तो एक पल के लिए तो उन्हें खुद पर गुस्सा आ सकता है कि फालतू में मैंने इत्ती तपस्या कर ज्ञान अर्जित किया। यहाँ 20-22 साल के लौंडे सुपरज्ञानी हैं। यह अलग बात है कि बुद्ध अगर ज्यादा देर इंस्टेंट ज्ञानियों से बतियाएँगे तो उन्हें अफसोस कम होगा और मनोरंजन ज्यादा।

खैर, ज्ञान प्रदायकों की कई कैटेगरी हैं यहाँ। बाबा कैटेगरी, नेता कैटेगरी, पत्रकार कैटेगरी आदि। बाबा, नेता, पत्रकार वगैरह टाइप की कैटेगरी में वो लोग आते हैं, जो ज्ञान देने का एक बार कमिटमेंट कर लेते हैं तो फिर खुद की भी नहीं सुनते। इन्हें ज्ञान देने से रोकने का कोई फॉर्मूला अभी तक किसी लैब में नहीं बना। या कहें, इन्हें ज्ञान देने के लिए मूल अधिकार टाइप के कुछ अधिकार पता नहीं किस

संविधान के जरिए मिले हुए हैं, जिससे ये किसी को भी ज्ञान देने के लिए स्वतंत्र हैं। रिक्शेवाले से लेकर अमेरिकी राष्ट्रपति तक सबको। मतलब कोई लिमिट नहीं।

ज्ञान बाँटना एक कला है और ऐसे ही कलाकार ज्ञानियों को आजकल 'मोटिवेशनल स्पीकर' भी कहते हैं। ये ज्ञान साध लेते हैं और फिर ज्ञान बाँटने का पैसा लेते हैं। मजे की बात यह कि पैसा लेकर भी ये मोटिवेशनल स्पीकर आपको वो सारी बातें बताते हैं, जो आपको पहले से पता हैं। मसलन—विफलताओं से घबराना नहीं चाहिए। फेल हो गए तो क्या हुआ, फिर उठो और तब तक कोशिश करो, जब तक सफलता न मिल जाए। मोटिवेट होने गया बंदा मन-ही-मन सोच रहा है—'चचा, 50 लाख डूब गए बिजनेस में। बापू अब पैसे दे नहीं रहे। गर्लफ्रेंड छोड़ के भाग गई। ब्लडप्रेशर की प्रॉब्लम पहले से थी, अब शुगर की भी हो गई। तुम कै रियो हो कि फिर उठो, खड़े हो जाओ। कहाँ से लाऊँ 50 लाख, जिसके चक्कर में रोज तकादा करनेवाले घर आकर गाली देते हैं। शुगर तो आ गई, अब जाएगी कैसे। पहली ही गर्लफ्रेंड 16 सोमवार कन्हैया के व्रत रखने से बनी थी, अब कैसे बनेगी?'

लेकिन मोटिवेट करनेवाले चचा मन की बात कई बार सुन नहीं पाते। वो लैक्चर देकर अपनी फीस लेते हैं और कट लेते हैं घर की तरफ, जहाँ उन्हें यूट्यूब पर इंटरनेशनल मोटिवेशनल स्पीकर के लेक्चर देखकर खुद मोटिवेट होना होता है। या कहें, अच्छे-अच्छे जुमले निकालने होते हैं। ज्ञान बाँटना भी एक धंधा है, जिस पर मंदी ज्यादा असर नहीं डालती।

कुल मिलाकर ज्ञानधर्मियों के देश में ज्ञानियों की बहार है। बच्चा पैदा होता है तो अस्पताल में डॉक्टर के ज्ञान से लेकर श्मशान की दीवारों तक पर ज्ञान पसरा पड़ा है। बावजूद इसके न जाने क्यों लोगों को पता नहीं चलता कि सहकारी बैंकों में पैसा रखना अब खतरे से खाली नहीं है, क्योंकि ये बैंक भी दुकानों जैसे हैं। न जाने कैसे आज भी लोग नाइजीरियन फ्रॉड में फँस जाते हैं। उन्हें कहीं से ज्ञान क्यों नहीं मिलता? क्यों बच्चे नंबरों के चक्कर में खुदकुशी कर लेते हैं। उन्हें किसी मोबाइल एप या नेट पर यह ज्ञान क्यों नहीं मिलता कि जान से बढ़कर कुछ नहीं। नंबर जान पर भारी नहीं हो सकते। व्हाट्सएप पर दिन गुजारनेवाले ज्ञानी क्यों अफवाहें फैला देते हैं और उन्हें पता ही नहीं चलता कि वो किसी प्रोपेगेंडा का शिकार हो रहे हैं।

आखिर क्यों ज्ञानियों को ही सही ज्ञान नहीं मिलता?

□

जंगलश्री के इंतजार में

जंगल में चुनाव निकट थे। शेर की विजय निश्चित थी।

यों जंगल में मंगल नहीं था। हाथी पानी की समस्या का सवाल उठा रहे थे, तो खरगोश लिंचिंग का। तोता-मैना समेत पूरा पक्षी समुदाय शहर की तरफ से आते प्रदूषण की वजह से परेशान था। हिरन तो सदा की तरह 'सॉफ्ट टारगेट' होने का रोना रो रहे थे। भैंसे-गधे जंगल टूरिज्म बढ़ने से परेशान थे। इसके अलावा हर प्रजाति के यंग जानवर शिकार की कमी से परेशान थे। शिकार का काम कम होने से उन्हें बैठे रहना पड़ता था। इससे उन्हें दो नुकसान थे। पहला, माँ-बाप ताना देते कि शिकार पर क्यों नहीं जा रहा? दूसरा, उनका स्टेमिना घट रहा था।

कुल मिलाकर समस्याएँ थीं। काफी थीं।

लेकिन, शेर की विजय इसलिए निश्चित थी, क्योंकि लकड़बग्घों का जो दल विपक्ष के रूप में शेर की पार्टी को चुनौती दे रहा था, चुनाव से पहले उनका नेता बार्सिलोना के जंगल घूमने चला गया। उसे घूमने का बहुत शौक था। वो अकसर दूर-दराज के जंगल घूमने चला जाता था। फिर उसने जितने दिन भी प्रचार किया, उसमें वो होनालूलू के जंगल से मँगाए पपीतों की बड़ी खेप में भ्रष्टाचार का मुद्दा उठाता रहा। जंगल के जानवरों को न तो यह पता था कि होनालूलू कहाँ है और न उन्हें पपीतों की खेप से मतलब था। लकड़बग्घों के दो-चार नेता भी शेर को गाली देने के चक्कर में जंगल की बदहाली को कोसते हुए जंगल को बुरा-भला कह बैठे। शेर ने इसे जंगलवाद और जंगल की अस्मिता पर हमला बताकर लकड़बग्घों को बैकफुट पर ढकेल दिया।

शेर को यों चुनाव-वुनाव की जरूरत नहीं है। शेर शेर होता है। वो जहाँ खड़ा हो जाए, वहीं से जंगलराज शुरू होता है, लेकिन बीते दिनों डेमोक्रेसी के हल्ले में शेर ने जंगल में भी डेमोक्रेसी की स्थापना कर दी थी। शेर यों तो झपट्टा मारकर

सब छीन सकता है, लेकिन जंगल में अब डेमोक्रेसी थी, तो शेर नहीं चाहता था कि ऐसा कोई भी काम किया जाए, जो डेमोक्रेसी के खिलाफ हो।

सो चुनाव तय थे।

इसी बीच, जंगल में एक अफवाह और फैली कि जंगल सेवा में लगे नामचीन जंगली पत्रकारों को जंगलश्री, जंगलभूषण, जंगलविभूषण जैसे अवार्ड भी चुनाव बाद दिए जाएँगे। शेर की अपनी टी.आर.पी. भी थी। फिर शेर वन-टू-वन इंटरव्यू का शौकीन भी था। उसे प्रेस कॉन्फ्रेंस का भीड़-भड़क्का पसंद नहीं था, जहाँ जंगली रिपोर्टर सवाल कम पूछते हैं, मच्छी बाजार ज्यादा लगाते हैं। शेर को शांति पसंद थी।

इसी किस्म की रमणीय शांति के बीच शेर के अलग-अलग इंटरव्यू फिक्स हुए। कोई पाँच सितारा तालाब के किनारे लिया गया तो कोई सात सितारा गुफा के भीतर। जंगल के टॉप-टॉप पत्रकार शेर का इंटरव्यू लेने पहुँचे। एक-से-एक मुश्किल सवाल। ऐसे कि शेर की रूह काँप जाए, चूँकि यह तय था कि शेर ही जीतेगा, इसलिए शेर ने क्या जवाब दिए, इससे कोई फर्क नहीं पड़ता। आप सवालों पर ज्यादा गौर फरमाएँ।

सवाल—आपने जंगल में डेमोक्रेसी की स्थापना की है, आपको डर नहीं लगता कि एक दिन आप चुनाव हार भी सकते हैं?

जवाब—डेमोक्रेसी में सबको जीतने का अधिकार है। लकड़बग्घों को भी, लेकिन इसके लिए उन्हें जंगल के जानवरों के बीच रहना होगा। उनके दुःख-दर्द जानने होंगे। मैं भले साल के चार महीने विदेशों के जंगलों में रहा, लेकिन वहाँ भी ट्विटर के जरिए देश से जुड़ा रहा। उन जंगलों के राजाओं से दोस्ती गाँठी। आज अपनी पॉपुलेरिटी का हाल यह है कि अपन अमेजॉन के जंगल का भी चुनाव लड़ लें तो वहाँ भी जीत जाएँगे।

सवाल—लेकिन जंगल के हाथियों के पानी की समस्या, खरगोशों की लिंचिंग की समस्या और यंग जानवरों के काम की समस्या पर आपका क्या कहना है?

जवाब—देखिए, आप आधा खाली तालाब देख रहे हैं, मैं आधा भरा तालाब देख रहा हूँ। ये पॉजिटिविटी मेरे भीतर है। आधी समस्याएँ मन में हैं। बारिश होगी तो पानी आ जाएगा। दो-चार खरगोश शहरी कारों के टायरों के नीचे आ गए तो लकड़बग्घों ने उसे लिंचिंग करार दे दिया। यंग जानवरों को तो शिकार की कोई कमी नहीं है। उन्हें बस अपना टारगेट बदलने की जरूरत है। जो जानवर अभी तक सिर्फ मरा कुत्ता खाता था, उसे मरी बिल्ली भी खानी चाहिए। वैसे, हम यह व्यवस्था

भी कर रहे हैं कि हर जानवर के घर-गुफा-घरौंदे तक तय सीमा में भोजन पहुँचे। हम यह सब्सिडी योजना लागू कर रहे हैं। इसलिए हर जानवर का हमने पंजीकरण किया है। उसका एक कार्ड बन गया है।

सवाल—जी, मेरा भी कार्ड बन गया है। खैर, यह बताइए कि आप इतना काम करते हैं, सोते कब हैं?

जवाब—सोना कहाँ होता है भैया! काम, काम और सिर्फ काम। अपन जंगलपुत्र हैं। जंगल की सेवा में जीवन अर्पित। कभी गुफा में बैठे-बैठे नींद लग जाए तो बात अलग है, वरना सिर्फ योजनाएँ बनाने में वक्त बीतता है।

सवाल—जी, वो तो इतनी योजनाओं की संख्या से समझा जा सकता है, लेकिन यह बताइए कि क्या आप अपनी चिंता नहीं करते। आप कुछ दुबले लग रहे हैं।

जवाब—अरे नहीं भैया! दुबले नहीं फिट लग रहे हैं। सुबह एक्सरसाइज अपनी लाइफस्टाइल का हिस्सा है।

सवाल—वाह! यह बहुत अच्छा है। तो खाना वगैरह क्या खाते हैं?

जवाब—जो मिल जाए। मोह-माया नहीं है। वैसे, डेमोक्रेसी की स्थापना के बाद मांस वगैरह कम कर दिया है। फल ज्यादा खाता हूँ।

सवाल—आम खाते हैं?

जवाब—आम! वो तो बहुत प्रिय हैं।

सवाल—और आपके क्या शौक हैं?

जवाब—एक जमाना था जब जंगल में नाटक देखने जाते थे। अब समय नहीं मिलता वरना नाटक देखना पसंद है।

सवाल—कौन सा नाटक सबसे प्रिय है?

जवाब—कई नाटक, लेकिन वो नाटक, क्या नाम था उसका···हाँ, डेमोक्रेसी। वो बहुत पसंद है। जब भी मौका मिलता है, देखता हूँ।

सवाल—तो बचपन से आपका नाटक वगैरह में इंटरेस्ट था।

जवाब—नहीं, बचपन से तो नहीं, क्योंकि बचपन में तो पिताजी बहुत मेहनत कराया करते थे। तब हम जंगल के पश्चिमी हिस्से के सुदूर इलाके में रहते थे। वहाँ शिकार खोजना ही अपने आप में बड़ा काम था, उसे मारना तो बहुत दूर की बात है।

सवाल—आप इतने हँसमुख कैसे हैं?

जवाब—मन में कोई ईर्ष्या, लालच नहीं। कोई भय नहीं। इसलिए हँसमुख

हूँ। मुझे यह डर नहीं कि जंगल का राजा नहीं रहा तो क्या होगा? राजा नहीं भी रहा तो क्या हुआ, शेर रहूँगा। चला जाऊँगा कहीं दूर, किसी शांतिवन में।

सवाल—गाने वगैरह सुनते हैं?

जवाब—अब नहीं। वैसे, कोयलगान पसंद है।

सवाल—सर, इंटरव्यू कैसा लगा?

जवाब—बहुत अच्छा। तुमने हर तरीके के सवाल किए। कई सवाल तो काफी टफ लगे।

सवाल—कुछ गलत तो नहीं पूछ गया सर?

जवाब—नहीं-नहीं। इंटरव्यू ऐसे ही होने चाहिए। बिना भय के। हर सवाल पूछा जाना चाहिए। वैलडन। मुझे गर्व है कि तुम जैसे मीडियाकर्मी जंगलराज में मीडिया की बागडोर थामे हुए हो।

सवाल—थैंक्यू सर! बस एक बात और पूछनी थी।

जवाब—अरे पूछो-पूछो, डरो मत।

सवाल—क्या यह अफवाह सच है कि चुनाव बाद पत्रकारों को जंगलश्री, जंगलभूषण वगैरह देने की भी योजना है।

जवाब—अरे 100 फीसदी सच है और मुझे अच्छी तरह याद है कि किसने-किसने मेरा टफ इंटरव्यू किया है। तुम्हारी तरह।

इस तरह सब इंटरव्यू खत्म हुए। शेर ने तो वही किया, जो राजनीति में एक मँजे हुए शेर को करना चाहिए, लेकिन जंगलवन के पत्रकार रेंग रहे थे।

हाँ, जंगल के कई पत्रकारों को अब जंगलश्री का इंतजार है।

□

पाँच मिनट में लेखक बनिए

मैं उन्हें इंटेलीजेंट व्यक्ति मानता था।

यद्यपि उनका चेहरा मुझे उसी तरह ऐसा मानने की इजाजत नहीं देता था, जिस तरह कई लोगों को अमेरिकी राष्ट्रपति डोनाल्ड ट्रंप का चेहरा देखकर लगता है कि बंदा कुछ भी हो, राष्ट्रपति नहीं हो सकता, लेकिन वो है। दरअसल, एक दिन अपने ज्ञान का उन्होंने जिस तरह लाइव डेमो दिया, उसके बाद मैं स्वयं को गुजरे जमाने का इंटेलीजेंट समझने लगा। उन्होंने मुझे बातों-बातों में दाल, चावल, तेल, साबुन, शैंपू सबके न केवल दाम बताए, बल्कि खरीदारी के कई टिप्स भी दिए।

यह अलग बात है कि बाद में पत्नी ने बताया कि उन्होंने बेटे को परचून की दुकान खुलवाई है और आजकल वहीं बैठकर पबजी खेलते हैं। मैं समझ गया था कि उनके ज्ञान का प्रदर्शन कुछ उसी तरह हुआ, जैसा इम्तिहान के वक्त बच्चा सुबह सुबह दो सवाल रटकर जाए और वो ही पर्चे में आ जाए।

खैर, मैं फिर भी कई दिन तक उन्हें इंटेलीजेंट ही मानता रहा। ऐसा मानने में मेरी गाँठ से कुछ जा भी नहीं रहा था, लेकिन फिर एक दिन मेरा भ्रम टूट गया।

वो अब लेखक बनना चाहते थे। अच्छे-खासे भले आदमी थे, न जाने कहाँ से उन्हें लेखक बनने का फितूर सवार हो गया। इस दुस्साहस को प्रकट करने भर से पहले वे लगभग एक महीने तक सुबह चाय पर चर्चा करने आते रहे। चर्चा तो नहीं हुई, लेकिन चाय लगातार पी गई। बिस्किट के साथ। फिर उन्होंने अपनी योजना का रहस्योद्घाटन उसी अंदाज में किया, जिस अंदाज में प्रधानमंत्री ने नोटबंदी का किया था। नोटबंदी के वक्त तो जुगाड़-तुगाड़ से कुछ काम बन भी गया, लेकिन यहाँ बचने की संभावना नगण्य थी, क्योंकि वे सिर्फ दो घर छोड़कर रहते थे अर्थात् पड़ोसी थे। उनसे आँख चुराना उसी तरह मुश्किल था, जैसे शीशे के सामने खड़े होकर अपनी छवि से भागना। इसके अलावा पड़ोसीपने की शुरुआत के दो-तीन

साल उन्होंने श्रीमतीजी से राखी भी बँधवाई थी। इस देश की यह खूबसूरती है कि यहाँ राखी के कच्चे धागे की बदौलत ऐसे-ऐसे काम हो जाते हैं, जो करोड़ों रुपए देकर नहीं हो सकते।

अब मेरे जिम्मे था कि मैं उन्हें लेखक बनने के टिप्स दूँ। यह जानते हुए कि उन्होंने बी.ए थर्ड डिवीजन से पास किया था। वो भी नकल से। पत्रकारिता या कोई कोर्स किया नहीं। उनकी मान्यता रही कि ज्यादा सोचने से ब्लड प्रेशर बढ़ता है, इसलिए सोचने की सोच ही गलत है।

अब यह मेरी सामाजिक जिम्मेदारी है कि मैं लेखक बनाने का क्रैश कोर्स करा ही रहा हूँ तो जनमानस का भी ध्यान रखूँ। आप भी टिप्स लीजिए और पाँच मिनट में बन जाइए लेखक-पत्रकार।

1. सबसे पहले एक मेज पर लैपटॉप रखिए। उसके बगल में एक नोटबुक। एक कलम। यदि आप सिगरेट पीते हैं तो उँगलियों में फँसाकर सिगरेट रख लीजिए। सिगरेट जला भी सकते हैं। ऐसा करने से वातावरण में घुला धुआँ भले आपके फेफड़े फूँक दे, लेकिन हो सकता है कि आपके दिमाग की बत्ती जल जाए, क्योंकि चमत्कार होते हैं।

2. अब सोचने की मुद्रा में आइए। यह वो मुद्रा होती है, जिसमें आप कुर्सी पर अपने आकारानुसार थोड़ा पसर जाते हैं और आँखों को सिर्फ इतना भींचते हैं कि आक्रमण होने की आपात स्थिति में भाग सकें। अब आप सोचिए। आप क्या लिखना चाहते हैं, यह सोचिए। अगर यह सोच दिमाग में न आए तो कैटरीना को सोचिए, सोनाक्षी को सोचिए, आलिया को सोचिए। मगर सोचिए।

3. हमें मालूम है कि सोचने के बावजूद आपके दिमाग में कुछ नहीं आएगा, क्योंकि लेख का आइडिया ऐसे आता होता तो देश की आबादी से ज्यादा लेखकों की तादाद होती। यों अभी भी लेखक कम नहीं हैं, लेकिन आबादी को एक्स्ट्रा पॉइंट देने होंगे।

4. तो ऐसा कीजिए कि अब किसी अखबार की वेबसाइट खोलिए और लेख कॉपी कीजिए। उसकी हेडलाइन अपनी अक्ल के हिसाब से बदलिए। लेखक का नाम हटाकर अपना नाम डालिए और अगर वास्तव में लेखक बनना ही चाहते हैं तो ऊपर की दो लाइनों में भी अपनी अक्ल घुसेड़कर उन्हें अपना बना लीजिए। शाबाश! आप काफी होशियार हैं।

5. अब शुरू होता है बड़ा काम। यह जो नया लेख आपने अपनी फैक्ट्री में

तैयार किया है या कहें, इतनी मुश्किल से जो लेख आपने लिखा है, उसे प्रकाशित कहाँ कराया जाए? ध्यान रहे, जिस अखबार की वेबसाइट से आपने लेख उठाया है, कम-से-कम उस अखबार को लेख न भेजें। यों भेज देंगे तो छपे भले न, लेकिन चोरी पकड़ी ही जाएगी—ऐसा नहीं है। हो सकता है कि लेख के प्रकाशन के लिए जिम्मेदार कथित संपादक उसे इसलिए खारिज कर दे, क्योंकि उसे लेख में दम न लगे या लगे कि उसने ऐसा लेख पहले भी कहीं पढ़ा है।

6. तो सवाल जस-का-तस है कि लेख कहाँ भेजा जाए? अब आप ऐसा कीजिए कि मरघट टाइम्स, चंबल का सवेरा, गुड मॉर्निंग चंबल, बीहड़ टाइम्स, अनूठा संसार, संसार के समग्र समाचार, नरसों तक, जाग उठा संसार, भारत की बात, खबरदार दर्पण, नाग टाइम्स जैसे अखबारों के संपादकों के नंबर जुटा लें। उनके व्हाट्सएप का नंबर अलग हो तो वो जुटाएँ। इ-मेल लें और उन संपादकों को दो-तीन दिन गुड मॉर्निंग मैसेज भेजें।

7. अब आपको करना यह है कि संपादकों को उनकी भूरि-भूरि प्रशंसा करते हुए मैसेज करना है। उदाहरण के लिए—आदरणीय शर्माजी, आपके अखबार के तेवर देखकर मालूम पड़ा कि सच्ची पत्रकारिता क्या होती है। आपका अखबार तो बड़े-बड़े राष्ट्रीय अखबारों को मात दे सकता है। हमारी शुभकामनाएँ; और कभी हम जैसे लेखकों की जरूरत हो तो अवश्य बताइएगा।

8. 100 में से 99 फीसदी चांस है कि संपादक आपको धन्यवाद लिखते हुए कहे कि आपका लेख छापकर खुशी होगी। इस संदेश के जवाब में आप एक हाथ जोड़ने वाला स्माइली भेजें और फिर लिखें—'आप जैसे प्रखर संपादकों को सलाम, जिन्हें पत्रकारिता की चिंता है।'

9. इसके बाद आप अपना लेख उस संपादक को ठेल दें, जिसने लेख माँगा है। यकीन जानिए कि जीत दर्पण टाइम्स, मरघट का सवेरा जैसे तमाम लब्धप्रतिष्ठ अखबार आपके लेख से बड़ा आपका फोटू छापेंगे। पहले लेख के प्रकाशन के साथ ही आप खुद को लेखक कह सकते हैं।

10. चूँकि अब आप ऑफिशियली लेखक बन चुके हैं तो पाठ्य सामग्री से बड़े फोटूवाले लेख को फेसबुक और ट्विटर पर चिपकाएँ। संपादक को टैग करते हुए उसका धन्यवाद कहें। इस तरह फेसबुक फ्रेंडलिस्ट के लोग जान जाएँगे कि आप लेखक हैं और मरघट टाइम्स से लेकर चंबल का सवेरा जैसे बड़े अखबारों में लगातार छपते हैं।

और हाँ, डरने की कोई बात नहीं। अव्वल तो चोरी पकड़ी नहीं जाएगी, क्योंकि मरघट टाइम्स जैसे अखबारों की वेबसाइट थोड़ी ढीली रहती है। दूजी बात यह कि आजकल लेखक खुद अपना लेख नहीं पढ़ता, पाठक क्या पढ़ेंगे। फेसबुक पर लेख पढ़ने के लिए नहीं, लाइक्स पाने के लिए लगाए जाते हैं। आप भी लगाइए और बिना इसकी परवाह किए हुए कि कहीं कोई पकड़ न ले, क्योंकि पकड़ा ही जाता तो आज 100 में से 50 लेखक, लेखक न होकर पान की दुकान लगा रहे होते। हाँ, दुआ कीजिए कि थोड़े दिन फेसबुक, ट्विटर पर आपकी दुकान चल पड़े तो फिर आपको अखबार में लेख लिखने की जरूरत ही नहीं रहेगी। आपको फिर चैनलों से बुलावा आएगा और चैनल की बहस में तर्क-विचार नहीं, गाली-गलौज की जरूरत होती है और यह तो आपको आता ही होगा। जेनुइनली!

□

पी.टी.एम. कथाएँ

कथा नंबर 1

भीड़ काफी थी। क्लासरूम में पैरेंट्स का मेला लगा था। सबको अपनी बारी का इंतजार। कब उनका नंबर आए और कब वो मैम से बच्चे के भविष्य पर 'शिखर वार्त्ता' करें। कई पैरेंट्स के चेहरों पर ऐसा तनाव मानो वे स्कूल नहीं, सरहद पर खड़े हों और बच्चे की क्लास टीचर बात नहीं, गोलीबारी करेगी। फ्रस्टेशन में कुछ बाप मोबाइल खोलकर फेसबुक की अंधी सुरंग में समा गए और कुछ माँएँ दूसरी माँओं के सलवार-सूट, साड़ी, जींस, स्कर्ट के डिजाइन वगैरह को निहारती हुई भीड़ में अपने बच्चे को खोजने लगीं।

बच्चे को पी.टी.एम. नहीं, खेल चाहिए। वो क्लास के दूसरे साथियों के साथ पीछे की सीट पर कूद रहा है। क्लास में पढ़ने तो वो रोज आता है। पढ़ाई बगैर कूदना रोज नहीं होता। मैडम के सामने बैठकर बच्चे के भविष्य पर शिखरवार्त्ता कर रहे तीन प्राणी आधे घंटे से वहीं बैठे हैं। इन तीन प्राणियों में एक नन्हा प्राणी बार-बार पीछे देखते हुए खेलते बच्चों के समंदर की लहर बन जाना चाहता है।

मेले में शामिल बाकी पैरेंट्स अभी भी अपनी शिखरवार्त्ता का इंतजार कर रहे हैं।

कथा नंबर 2

"ही इज गुड बॉय। बस थोड़ा राइटिंग पर ध्यान दीजिए।" पी.टी.एम. में मैडम ने पैरेंट्स से कहा।

"वो तो आप भी दीजिए। क्लास में ही तो लिखना होता है ज्यादा।" डैडी ने जवाब दिया।

"मैम! राइटिंग-वाइटिंग तो सुधर जाएगी। वैसे भी आजकल कंप्यूटर का जमाना है। टाइप ही करना है, लेकिन मेरी चिंता दूसरी है।"

"क्या ?" मैडम को लगा कि उनके पढ़ाने के तौर-तरीके में कोई बड़ी खामी है। मैडम ने पैरेंट्स की चिंता को अपने सिर-माथे लिया।

"दरअसल, यह घर आकर सोता नहीं है। खेलता रहता है। कभी मोबाइल पर गेम, कभी टी.वी. पर गेम और फिर टी.वी. पर कार्टून।"

"जी, यह तो आजकल सब बच्चे चाहते हैं। आप थोड़ा प्यार से समझाइए।" मैडम ने जवाब दिया।

"नहीं, आप समझाइए। आप टीचर हैं। आपकी बात सुनेगा। आप कहिए कि घर जाकर लंच के बाद सोया करे।"

"मैं कोशिश करूँगी" " मैडम ने पैरेंट्स की चिंता का सम्मान करते हुए कहा।

"और मैडम, जब समझाएँगी ही तो यह भी समझाइएगा कि घर आकर टाइम से लंच किया करे। कई बार तो लंच ही नहीं करता।"

"तो आप क्या करती हैं ?"

"मैं होती कहाँ हूँ। मैं तो ऑफिस में होती हूँ। फोन करके कहती हूँ कि लंच कर ले तो कहता है कि कर रहा हूँ। फिर घर आकर देखती हूँ तो पता चलता है कि खाना ही नहीं खाया।"

"जी, बच्चों का हाल ही ऐसा है। थोड़ा ध्यान रखने की जरूरत है।"

"वो ही तो मैं कह रही हूँ। आप जरा इससे रोज पूछ लिया कीजिए कि कल इसने लंच किया या नहीं ? आपसे झूठ बोलने में डरेगा।"

"लेकिन मैं कैसे…"

"अरे आप बस दो मिनट एक्स्ट्रा निकाल लीजिएगा। वैसे, आर्यन बहुत ब्राइट है। इसके पापा इसे आई.आई.टी. में भेजना चाहते हैं।"

"मैम, अभी थर्ड में है आर्यन।"

"हाँ हाँ, लेकिन अभी से प्रीपरेशन तो करनी होगी ना। तो बस हम लोग अभी से कोचिंग ढूँढ़ रहे हैं, जहाँ इसे भेजा जा सके।"

"जी-जी…मैं आपकी चिंता समझ रही हूँ। अच्छा, बाकी पैरेंट्स भी लाइन में है। एनिथिंग एल्स।"

"नहीं-नहीं, बाकी कुछ नहीं। आर्यन आपका बहुत नाम लेता है। बार-बार कहता है कि मैम ने ऐसा कहा है, मैम ने वैसा कहा है तो करना ही है। इसलिए मैं चाहती हूँ कि आप उससे यह और कह दें कि रोज टाइम से सो जाया करे। आप कहेंगी तो टाइम से सोएगा।"

मैम मुस्कुराई—"एक काम कीजिए। आर्यन को आप मेरे ही घर छोड़ दीजिए। मैं उसे पाल लूँगी। आई.आई.टी. से जब उसे डिग्री मिल जाएगी, तब आपके घर छोड़ जाऊँगी।"

"हे हे हे! आप तो मजाक भी अच्छा करती हैं। आर्यन में सेंस ऑफ ह्यूमर भी शायद आपसे ही आ रहा है।"

कथा नंबर 3

वे स्वयं आठवीं, 10वीं और 12वीं में फेल होकर एक अनूठी हैट्रिक बना चुके थे, लेकिन बतौर बाप उनकी बेटे से इतनी अधिक उम्मीदें थीं कि अगर उनके पिता एक बार सुन लेते तो शायद उनका हार्टफेल हो जाता। चौथी कक्षा में पढ़ रहे बेटे से वो चाहते थे कि वो 100 फीसदी अंक लाए, ताइक्वांडो में जल्दी-से-जल्दी ब्लैक बेल्ट हासिल करे, कक्षा की सारी प्रतियोगिताएँ जीते, वायलन बजाए और सालाना जलसे में धुआँधार भाषण भी दे।

वे अपने बेटे के जरिए अपनी तमाम कुंठाओं को जी लेना चाहते थे।

और इसलिए बीते एक घंटे से क्लास टीचर के सामने बेटे के संभावित कॅरियर को लेकर चिंतित थे। मैंने अपना सिर जब दीवार पर दे मारा, उससे पहले उनके कहे आखिरी शब्द, जो मुझे सुनाई दिए, वे थे—

"मैडम, आज के कंपटीटीव वर्ल्ड में 100 पर्सेंट से कम नंबर में बच्चा फेल ही समझा जाता है। आर्यन सिर्फ 99.2 पर्सेंट ला पाया है। आप प्लीज एक्स्ट्रा ध्यान दीजिए इस पर… !"

□

जुए पर जुआरी का पॉइंट ऑफ व्यू

जिस तरह बरसात के मौसम में मेढक खुले में आकर 'टर्र-टर्र' करते हैं, उसी तरह दिवाली के मौसम में जुआरी 'जुआ-जुआ' करते हैं। आम लोग दिवाली पर शुभकामनाएँ देते हुए एक-दूसरे को 'हैप्पी दिवाली' कहते हैं, लेकिन कर्तव्यनिष्ठ जुआरी दोस्तों को फोन करके सिर्फ एक बात पूछता है—'खेल कहाँ जमा है ? फड़ कहाँ लगा है ?' दिवाली एक तरह से जुआरियों की सालक के समान है। कई जुआरी इस एक मौसम में साल भर का इंतजाम कर लेना चाहते हैं। भाग्य के घोड़े पर सवार होकर कुछ जुआरी अपने पवित्र उद्देश्य में कामयाब हो जाते हैं, जबकि ज्यादातर अपनी अच्छी-खासी जमा-पूँजी को लुटाने के बाद पत्नी की गालियाँ सुनकर अज्ञातवास में चले जाते हैं, अगले साल दिवाली पर धुआँ करने का उद्देश्य लिये। इस साल मंदी के चलते सच्चे जुआरियों पर दोहरा दबाव है। छोटे मोटे जुआरी मार्केट से उसी तरह गायब हो गए हैं, जैसे नोटबंदी के बाद 500-100 के नोट झटके में गायब हो गए थे। मतलब यह कि ज्यादा जगह जुए के पारंपरिक फड़ नहीं सजे हैं। दूसरा, मंदी के मौसम में कुछ पल के खेल में ही सच्चे जुआरियों को बड़ा दाँव मारना है।

इस संक्षिप्त प्रस्तावना से आप समझ सकते हैं कि दिवाली का मौसम है और अभी जुआरियों का पीक सीजन चल रहा है। बावजूद इसके मैं एक सफल निष्ठावान जुआरी के साथ कुछ पल बिताने में कामयाब रहा। मैंने उनसे जाना कि जिस जुए को समाज में सामाजिक बुराई का दर्जा मिला हुआ है, उसके प्रति उनकी निष्ठा क्यों है ? आखिर जुए से क्या लाभ ? और क्यों न सरकार जुए पर हर किस्म की पाबंदी लगा दे ? मेरे प्रश्नों का प्रतिउत्तर उनके संक्षिप्त भाषण के रूप में पेश है।

"देखिए, मुझे लगता है कि जुए को सामाजिक बुराई के लफड़े में तो महाराज युधिष्ठिर फँसा गए। उन्हें चौसर खेलना आता नहीं था और वर्ल्ड क्लास चैंपियन

शकुनि के लपेटे में आ गए। आप शास्त्र-पुराण पढ़िए, जुआ भगवान् शिव ने भी खेला और राजा नल ने भी। बलराम भी जुआ खेले और युधिष्ठिर भी। जुआ अगर वास्तव में बुरा होता तो इनके दौर में जुआ होता ही क्यों? आखिर सब समझदार लोग थे। जुआ बुराई कतई नहीं, अलबत्ता हार्ट को मजबूत करने का शर्तिया टोटका है। वर्तमान समय में तो जुआ खेलना बहुत जरूरी है। जिस दौर में बैंक में रखा पैसा ही डूब रहा है, बिल्डर लाखों रुपए लेकर घर दे नहीं रहे और ग्राहक ई.एम.आई. पर ई.एम.आई. भरे जा रहा है, उस दौर में बंदे का हार्ट मजबूत होना ही चाहिए। जिस ग्राहक ने बचपन से जवानी तक जुआ खेला होगा, वो झटका झेल जाएगा। फिर प्रेम प्रसंगों के मामले में भी वही बंदे हिट होते हैं, जिनका दिल मजबूत होता है। आपने देखा होगा कि कई लड़के लड़की द्वारा प्रेम प्रस्ताव ठुकराए जाने पर आत्महत्या तक कर लेते हैं, लेकिन जिन लड़कों को जुए का अनुभव होगा, वो कभी खुदकुशी जैसी ओछी हरकत नहीं कर सकते। वो जानते हैं कि मुहब्बत भी एक जुआ है। यहाँ आज हार है तो कल जीत भी मिलेगी। जुए का शाब्दिक अर्थ है, अपेक्षानुरूप फल पाने के लिए जोखिम लेना। सरकार को तो जुए पर पाबंदी का कोई नैतिक अधिकार ही नहीं है, क्योंकि वो खुद जुआ खेलती है। घोषणा-पत्र में किए वादे जुए के अलग-अलग नाम ही तो हैं। किसी को फ्री टी.वी., किसी को फ्री अनाज, किसी को फ्री घर। सिर्फ इसलिए ताकि वोटर वोट दे और अपनी सरकार बने। वैसे, जिन्हें जुए से समस्या है, उनसे मैं एक बात पूछना चाहता हूँ कि क्या हर वक्त हम लोग जिंदगी का जुआ नहीं खेल रहे। आप सुबह घर से निकलिए और शाम को आप घर लौटेंगे या नहीं, इसकी गारंटी कोई नहीं ले सकता तो क्या यह जुआ नहीं है?"

यह सारगर्भित भाषण देकर जुआरी महोदय जुआ खेलने चले गए। जुए पर अपने विचार को लेकर मैं अब कंफ्यूज हूँ।

□

टिक-टॉक बबुआ समाजवाद लाई

मेरे घर आने वाली कामवाली बाई टिक-टॉक क्वीन है। मेरे लिए यह बात आश्चर्य, भय, ईर्ष्या और परेशानी का कॉकटेल है। आश्चर्य इसलिए कि मेरे आँगन से निकलकर कोई शख्स आज तक अखबार के क्लासिफाइड एड तक नहीं पहुँचा, ये बंदी लोकल केबल चैनल में इंटरव्यू दे आई। भय इसलिए कि कामवाली बाई अब मेरी बेटी के लिए आदर्श है। बेटी उसकी तरह बनना चाहती थी। एक दिन उसने पूछा भी—'पापा, झाड़ू-पोंछे और बर्तन माँजने का कोई प्रोफेशनल कोर्स होता है क्या? मैं भी आंटी की तरह झाड़ू करते-करते हुए वीडियो बनाना चाहती हूँ।' ईर्ष्या इसलिए क्योंकि 8वीं पास कामवाली बाई की तेजी से बढ़ती पॉपुलेरिटी रोजाना मुझ जैसे डबल एम.ए. वाले को वर्चुअली चिढ़ाती है। परेशानी इसलिए क्योंकि मुहल्ले के कई लोग मेरे घर काम करने वाली टिक-टॉक क्वीन से मिलने के बहाने मेरी गाढ़ी कमाई की चाय पी रहे है। इस परेशानी में बीवी की जलन, कुढ़न और डर ने मेरी पेशानी पर और बल डाल दिया है, क्योंकि बीवी कामवाली की लोकप्रियता से जल भी रही है और डर भी रही है कि कहीं कुछ कहा तो काम छोड़कर जाने में दो मिनट नहीं लगाएगी। पति कहीं चला जाए तो कोई बात नहीं, अलबत्ता बीवी कामवाली का न होना अफोर्ड नहीं कर सकती।

कभी-कभी के.बी.सी. में पहले ही सवाल के एवज में लोग लाइफलाइन का इस्तेमाल करते हैं। मुमकिन है कि आप उसी 'अज्ञानी' परंपरा के कवि हों। ऐसे में एक्सक्लूसिवली आपके लिए बताना जरूरी है कि टिक-टॉक वो मोबाइल एप है, जिसने कई अदृश्य कलाकारों को मंच और कई कुंठाओं को हथियार दिया है। 15 सेकंड के वीडियो बनाकर लोग गदर मचाए हैं। यकीन जानिए, 100 साल बाद टिक-टॉक के बारे में इतिहासकार बताएँगे कि सही मायने में यही एप भारत में समाजवाद लाया। कुछ दूसरे इतिहासकार खुद को ज्यादा ज्ञानी बताते हुए पहले की

बात काटेंगे और बताएँगे कि टिक-टॉक के साथ फेसबुक-ट्विटर ने भी भारत में समाजवाद लाने में महत्त्वपूर्ण भूमिका अदा की।

टिक-टॉक ने गाँव में बैठे किसान से लेकर कामवाली बाई तक को स्टार बनाकर तथाकथित संभ्रांत और आधुनिक दंभी लोगों का घमंड चूर किया तो ट्विटर ने हर ऐरे-गैरे को यह आजादी दी कि वो पी.एम. से लेकर डी.एम. तक किसी को भी खुलकर गाली दे। आगे बढ़ने और अपनी बात कहने का हर किसी को मौका मिले—यही तो असल समाजवाद है।

भारतीय राजनेताओं की तरह मैं भी समाजवाद का उस वक्त तक पक्षधर हूँ, जब तक अपनी गाँठ से कुछ न जाए, लेकिन इस प्रकरण में समाजवाद सीधे-सीधे घर में घुसकर मेरी काबिलीयत को चुनौती दे रहा था कि जब कामवाली बाई टिक-टॉक स्टार बन सकती है तो तू क्यों नहीं?

मैंने अपने दफ्तर की एक स्ट्रगलर टिक-टॉक आर्टिस्ट से टिप्स माँगी। वो बोली, "आप डब्बू अंकल की तरह नाच सकते हैं?" मैंने कहा—"बारात में नाचे भी अब अरसा गुजर गया। अब तो अपन बारात में नाचनेवालों के आगे चलते हुए बैंडवाले को आगे बढ़ाने वाले हलकारे की भूमिका में रहते हैं।"

वो बोली—"तो गाना आता है?" मैंने कहा—"सुर ने अपने साथ हमेशा बेवफाई की। इसलिए मौका पड़ने पर सुरा से गला तर कर सुर छेड़ता हूँ। जिसके बारे में बीवी का कहना है कि वो दिन उसके लिए जिंदगी का आखिरी दिन जैसा होता है।"

स्ट्रगलर आर्टिस्ट हँसी और बोली—"मिमिक्री आती है?" मैंने कहा—"नहीं। दरअसल, अपन मिमिक्री को हमेशा डाउन मार्केट काम मानते रहे। भूल गए कि बड़ों ने समझाया था कि कोई काम छोटा या बड़ा नहीं होता।"

वो बोली—"तो कुछ इंट्रेस्टिंग आता है आपको? कुछ भी।"

मैं बहुत देर तक सोचता रहा। इंट्रेस्टिंग माने क्या! मैंने धीरे से कहा—"नहीं।"

वो बोली—"ओह! तो आप दरअसल आम हैं। आम आदमी। भीड़ का हिस्सा। आप सिर्फ टिक-टॉक वीडियो देखिए। बनाने के चक्कर में मत फँसिए। सब वीडियो बनाने लगेंगे तो देखेगा कौन। सब नेता बन जाएँगे तो कार्यकर्ता कौन रहेगा। आप कार्यकर्ता बनिए। मेरे वीडियो को शेयर कीजिए। मुझे बनाइए टिक-टॉक क्वीन।"

मेरे पास 'हाँ' में सिर हिलाने के अलावा कोई विकल्प नहीं था।

□

कसरती काया की माया

क्या अब आपकी तोंद पेट की सतह छोड़ते हुए बाह्य संसार में विशिष्ट उपस्थिति दर्ज कराने लगी है? क्या आप दो मंजिल सीढ़ियाँ चढ़ने के बाद हाँफते हुए जब दफ्तर में दाखिल होते हैं तो सामने खड़ी महिला सहयोगी को देखते हुए साँस खींचकर तोंद अंदर करते हैं और फिर 20 सेकंड से भी कम वक्त में आपकी तोंद फिर बाहर निकलकर आपका अपमान कराती है? क्या आपको रह-रहकर यह विचार आने लगा है कि दफ्तर की सबसे खूबसूरत लड़की से दोस्ती में इकलौती बाधा आपकी तोंद है? क्या तोंद के साथ आपके भरे गोल-गोल गाल आपकी नजर में आपकी शख्सियत को एक कार्टून में तब्दील करने लगी है?

अगर इन तमाम सवालों के जवाब 'हाँ' हैं, तो निश्चित तौर पर आप जिम जाने के विषय में सोच रहे होंगे, क्योंकि पेट घटाने के लिए बाजार में मिलनेवाले तमाम कैप्सूल आप पहले ही खा चुके होगे। बंगाली चूरन का सेवन आपने अवश्य किया होगा। करामाती टोना बेल्ट बाँधकर वजन घटाने की कवायद आपने की ही होगी, लेकिन तोंद ने फिर भी आपका साथ नहीं छोड़ा, इसलिए आपको लगने लगा है कि आपकी अगली मंजिल जिम ही है।

किसी जमाने में जिस तरह गली-गली पान की दुकानें हुआ करती थीं, आजकल जिम हैं। आप अभी तक जिम के बाहर लगे विशालकाय बोर्ड पर बने बॉडी बिल्डर को देखकर शरमाते हैं। हट्टे-कट्टे बॉडी बिल्डर की मुस्कुराती तसवीर आपको चिढ़ाती है, लेकिन अब ऐसा नहीं होगा, क्योंकि आप 'भीष्म प्रतिज्ञा' कर चुके हैं कि अब तोंद नहीं या आप नहीं।

अच्छा तो आखिर आप जिम पहुँच गए हैं!

जिम के रिसेप्शन पर कैटरीना की कायावाली खूबसूरत लड़की से दिल मत लगाइए, क्योंकि रिसेप्शनिस्ट सिर्फ विज्ञापन है। आपका वास्ता जिम ट्रेनर से पड़ना

है। रिसेप्शनिस्ट का मामला वही है, जो नेताओं का होता है। चुनाव के वक्त घर आकर हाथ जोड़ते हुए वोट माँगे और चुनाव जीतने के बाद वोटर मिलने आए तो अपने किसी चंपू के पास भेज दिया, लेकिन जिम ट्रेनर चंपू नहीं होता। वो जिम में आपका माई-बाप होता है।

चूँकि आप अपनी तोंद से घबराए हुए हैं, इसलिए आपने एक पर्सनल ट्रेनर यानी निजी प्रशिक्षक अवश्य लिया होगा। यानी अपने खून-पसीने की कमाई का कम-से-कम आठ-दस हजार रुपए आपने निजी ट्रेनर को इस उम्मीद से दिया है कि वो आपकी तोंद कम कराएगा।

आपका आशावान होना जरूरी है, क्योंकि इसी आशा के बूते आप अपनी अंटी खाली करेंगे। आइए, अब आपको जिम के विषय में कुछ जरूरी बातें बता दी जाएँ। मसलन—

• जिम के भीतर एक अलग 'कास्ट सिस्टम' चलता है। अगर आपको यहाँ सवर्ण कहलाना है तो रीबॉक, एडिडास, पूमा जैसी ब्रांडेड कंपनियों के जूते, ब्रांडेड कंपनियों के लोअर-टी-शर्ट, महँगा बैग, शानदार घड़ी, स्टाइलिश चश्मा वगैरह खरीदना होगा वरना आपको जिम में अपने कमतर होने का अहसास होगा। कमतरी का यह अहसास आपको ठीक से एक्सरसाइज नहीं करने देगा।

• जिम ट्रेनर के कहे मुताबिक आपको प्रोटीन, कैल्शियम वगैरह लेना होगा। वो कुछ दवाई लेने की सलाह दे सकता है। इसके लिए आपको अपनी जेब थोड़ी और ढीली करनी होगी। अच्छा होगा कि आप अपने वेतन में से एक 'तोंद बजट' अलग निकालें ताकि तोंद घटाने की प्रक्रिया में किसी तरह की कोई बाधा न आए।

• जिम ट्रेनर आपको खाने पर नियंत्रण के लिए लगभग बाध्य करेगा। जैसे, आपको दिन में सिर्फ दो रोटियाँ खानी होंगी। थोड़े फल और सलाद खाने होंगे। मीठे और तले हुए खाने की तरफ तो देखना भी पाप होगा। रात में भोजन पर प्रतिबंध रहेगा। आप दूध की चाय के शौकीन हैं, लेकिन आपको ग्रीन टी से ही काम चलाना होगा। कुल मिलाकर आपको ऐसी तपस्या के लिए कहा जाएगा, जिसकी कल्पना से ही आपका रोम-रोम सिहर उठेगा।

• यों जिम में आप वजन घटाने ही गए हैं, लेकिन आपकी तोंद आपको विवश करेगी कि आप शुरुआत में जिम जाने का ऐसा वक्त चुनें, जब वहाँ लड़कियाँ न हों या सबसे कम हों। ऐसा वक्त चुनने के लिए आपको अपने कामकाज के टाइम-टेबल में बदलाव करना पड़ सकता है, तो इसके लिए तैयार रहें।

• जिम में ट्रेनर के अलावा आपको कई रायचंद भी मिलेंगे, जो आपको बिन माँगे सलाह देंगे—जैसे 'अर्र, ये क्या कर रहे हो, यह तरीका गलत है, इससे बाइसेप्स पर पूरा प्रेशर नहीं आता।' तो ऐसे रायचंदों की मत सुनिए, वरना कब-कहाँ-कैसे आपकी नसें खिंच जाएँ, कहना मुश्किल है।

• जिम से बाहर आने के बाद आपको लगभग संन्यासी के रूप में जीवन काटना होगा, क्योंकि जिम से चार कदम बाद हलवाई की दुकान से छनकर आती कचौरी-जलेबी की खुशबू आपको बार-बार उस तरफ खींचेगी, लेकिन आपको सिर्फ जिम प्रतिज्ञा पर टिके रहना है। कई बार शाम को घर में छोले भटूरे बनेंगे या मटन बनेगा, लेकिन आपको सलाद पर जमे रहना है।

• दफ्तर की छुट्टी करनी पड़े तो करें, लेकिन जिम की छुट्टी को अपराध मानें। अपराध को पाप मानें और पाप से घृणा करें और जिस चीज से आप घृणा करते हैं, वो तो नहीं ही करेंगे।

• जिम ट्रेनर आपसे रोजाना जिम में दो घंटे एक्सरसाइज करने को कहेगा, ताकि आपकी तोंद जल्दी-से-जल्दी छँटे। अब यह आप पर है कि वो दो घंटे आप कहाँ से लाते हैं, क्योंकि जिन दिनों तोंद ने शर्ट को धता बताकर बाहरी दुनिया में झाँकना शुरू किया था, तब अगर घरवालों के कहे मुताबिक 20 मिनट योग को दिए होते तो यह नौबत आती ही क्यों?

कसरती काया की अपनी माया है, लेकिन यह माया सचमुच की माया से कम नहीं। धड़ल्ले से खुलते जिम धुआँधार ऑफर दे रहे हैं। वो चाहते हैं कि मुफ्तखोर ऑफर के जाल में उलझकर बस एक बार रजिस्ट्रेशन करा लें, क्योंकि 90 फीसदी जिमप्रेमी लगातार 90 दिन जिम नहीं पहुँच पाते, लेकिन आपको आपकी तोंद की कसम, आप जरूर जाइएगा। प्रधानमंत्री भी चाहते हैं कि देश फिट रहे। देश आपसे है। वैसे, आपके लिए एक और आखिरी सुझाव पेश है—

• खुद को प्रेरित रखने के लिए जितनी तरह के फिटनेस एप्लीकेशन हैं, उन्हें अपने मोबाइल में इंस्टाल कर लें। जॉन अब्राहम और अक्षय कुमार की चार तसवीरें खरीदकर अपने बेडरूम में चस्पाँ कर दें। इससे किरपा आएगी और हाँ, अगर इस जिम में तोंद न घट पाए तो घबराएँ नहीं। और भी जिम हैं जमाने में तोंद घटवाने के लिए। याद रखिए, बाबाजी कहते हैं, करने से होता है।

□

पत्रकारिता में अनुप्रास अलंकार

पैनल : संविधान पढ़ा है?

छात्र : नहीं

पैनल : कोई बात नहीं। महात्मा गांधी की जीवनी 'सत्य के साथ मेरे प्रयोग' पढ़ी होगी?

छात्र : नहीं सर! अभी तक मौका नहीं मिला।

पैनल : 'डिस्कवरी ऑफ इंडिया'?

छात्र : बस सुना है, दूरदर्शन पर सीरियल आता था।

पैनल : 'दास कैपिटल' का नाम सुना है?

छात्र : नहीं

पैनल : 'गुनाहों का देवता' पढ़ी है?

छात्र : यह किसने लिखी है सर? इसका तो आज तक नाम नहीं सुना।

पैनल : 'वर्दी वाला गुंडा' पढ़ी है?

छात्र : नहीं सर! यह तो शायद दक्षिण भारतीय फिल्म है।

विशेषज्ञ : तो जीवन में क्या पढ़ा है तुमने?

छात्र : बचपन में वो ही चाचा चौधरी, बिल्लू, पिंकी, रमन, सुपर कमांडो ध्रुव, नागराज वगैरह काफी कुछ पढ़ा। फिर स्कूल में स्कूली किताबों और मम्मी-पापा के नंबर लाने के आदेश का बोझ इतना रहा कि आज्ञाकारी छात्र की तरह स्कूल कोर्स से बाहर का कुछ पढ़ा ही नहीं। कॉलेज में तो आप जानते ही हैं, आजकल कौन जाता है पढ़ने के लिए?

पत्रकारिता के पाठ्यक्रम में दाखिले के लिए बैठे इंटरव्यू बोर्ड के सदस्य कभी एक-दूसरे का तो कभी छात्र का मुँह देख रहे थे। उन्हें समझ नहीं आ रहा था कि बिना पढ़े-लिखे कोई छात्र पत्रकार बनने के विषय़ में कैसे सोच सकता

है? फिर भी छात्र के साहस-दुस्साहस से प्रभावित थे।

पैनल : आखिर तुममें ऐसी कौन सी योग्यता है, जिसके चलते तुम्हें दाखिला दिया जाए?

छात्र : सर, योग्यताएँ-ही-योग्यताएँ हैं, ले तो लें।

पैनल : जैसे?

छात्र : जैसे मैं अनुप्रास अलंकार का पत्रकारिता में सटीक इस्तेमाल करना जानता हूँ।

पैनल : हें···अनुप्रास अलंकार का पत्रकारिता में इस्तेमाल मतलब?

छात्र : मतलब, मैं अगर डेस्क पर काम करूँ और किसी दिन उत्तराखंड के जंगल में आग लगे, लखनऊ में धूल भरी आँधी आए, नागपुर में बारिश तबाही मचाए, कश्मीर में विस्फोट हो जाए तो इन सब खबरों को एक बुलेटिन या एक शीर्षक में समाने के लिए मैं एक बेहतरीन नाम दे सकता हूँ। जैसे 'आग, आतंक और आफत का आपातकाल।'

इंटरव्यू पैनल के सदस्य कौतूहल भरी नजर से छात्र को देख रहे थे।

छात्र : इसी तरह, पिछले दिनों सेना के एक अधिकारी की मॉडल पत्नी का अधिकारी के ही दोस्त ने कत्ल किया तो मैंने अपने एक सीनियर को नाम बताया था—'मेजर, मॉडल और मौत का मातम'। यह नाम उन्होंने शो का दिया भी और फिर खूब चला भी।

पैनल के सदस्य हैरान थे। नई किस्म की प्रतिभा से संपन्न छात्र से उनका पहली बार वास्ता पड़ा था।

छात्र : मैं रिपोर्टर बन जाऊँ तो शरशैया पर पड़े शख्स के मुँह में भी बिना किसी हिचक के माइक ठूँस सकता हूँ। भयंकर बाढ़ में डूबते हुए शख्स से पूछ सकता हूँ—आपको कैसा लग रहा है? आप बच गए तो भविष्य में क्या करना चाहेंगे?

पैनल के सदस्य किंकर्तव्यविमूढ़ थे, लेकिन इस प्रतिभा को पूरा सुनना चाहते थे।

छात्र : मैं एंकर बन जाऊँ तो बहस के गरमागरम कार्यक्रमों में मेहमानों से ज्यादा जोर से चीख सकता हूँ। मैं मेहमानों को इस कदर भड़का सकता हूँ कि एक-दूसरे का मुँह तोड़ने से कम किसी को कुछ मंजूर नहीं होगा। पहली बार मेरे शो में ही एंकर और गेस्ट हेलमेट पहने नजर आएँगे और यह अपने आप

में अनूठी बात होगी। मुझे तमाम हीरो-हीरोइनों और बाबाओं के स्कैंडल जुबानी याद हैं। मैंने यूट्यूब पर इतने वीडियो देखे हैं कि कौन सा वीडियो वायरल हुआ और किस वायरल वीडियो की क्या सच्चाई है—मुझे मालूम है।

एक्सपर्ट पैनल को समझ नहीं आ रहा था कि वो क्या कहे। तभी छात्र ने ही उनकी आशंका का निवारण किया।

छात्र : सर, आप एडमिशन देकर देखिए। आप लोगों का नाम रोशन कर दूँगा। मेरे पास आइडिया-ही-आइडिया हैं। मैं पत्रकार बन गया तो भानगढ़ के किले में स्टूडियो खोल दूँगा, ताकि भूतों से संबंधित शो के लिए हमारी टीम को भटकना न पड़े। मैं पहली बार चैनल में एक 'भूत रिपोर्टर' को नियुक्त करूँगा, जो अलग-अलग फील्ड के एक्सक्लूसिव भूतों को खोजकर उन पर स्टोरी करेगा। बहस के शो का स्तर ऊँचा ले जाऊँगा और एक साप्ताहिक शो बॉक्सिंग रिंग में आयोजित करूँगा। इस शो में नेताओं को छूट होगी कि वे अपने बॉक्सिंग कौशल का खुलकर प्रदर्शन करें। यह भी अपने आप में अनूठा प्रयोग होगा। मैं नागिन नृत्य संबंधी एक विशेष न्यूज शो अपने न्यूज चैनल पर लॉन्च करूँगा। इस शो में नागिन नृत्य करते हुए एंकर खबर पढ़ेगा। सर, आप सिर्फ कल्पना करके देखिए। एक एंकर नागिन नृत्य कर रहा है और फुंकारते हुए समाचार पढ़ा जाए—क्या गजब दृश्य होगा। इस तरह का कोई शो दुनिया के किसी न्यूज चैनल पर आज तक प्रसारित नहीं हुआ। मैं गारंटी लेता हूँ कि इस शो की टी.आर.पी. बंपर आएगी और यह इकलौता शो टेलीविजन दुनिया के सारे अवार्ड अपने नाम करेगा।

एक्सपर्ट पैनल हतप्रभ था। टी.वी. पत्रकारिता में आने से पहले पूरी तरह से तैयार ऐसे छात्र से उनका मिलना पहली बार हो रहा था। उन्होंने आखिरी सवाल किया—

पैनल : तुम्हारे पास आइडिया हैं, इसमें कोई शक नहीं, लेकिन तुम्हारी पूरी योजना में पढ़ाई-लिखाई को लेकर कोई बात नहीं हुई ?

छात्र : सर, पढ़ाई-लिखाई के लिए गूगल है। गूगल के गर्भ में क्या नहीं है, फिर विकिपीडिया भी है। इतने भर से काम चल जाता है। युद्ध के मैदान में ज्ञान नहीं, युद्ध कौशल चाहिए और वो मेरे पास है। यह आप भी मानेंगे कि पत्रकारिता का मैदान भी अब किसी युद्ध के मैदान से कम नहीं है! आप मुझे मौका दीजिए सर!

चिंतामग्न इंटरव्यू पैनल को समझ आ रहा था कि बालक पत्रकारिता का

धर्म भले न समझा हो, लेकिन बाजार का मर्म समझ चुका था। सरोकार की पत्रकारिता में से उसने 'कार' की पत्रकारिता का मंत्र पढ़ लिया था। अभिमन्यु की तरह माँ के गर्भ से बालक टी.आर.पी. नामक चक्रव्यूह को भेदने का रहस्य सीखकर आया था।

जाहिर है, छात्र को कोर्स में दाखिला मिले-न-मिले, पत्रकारिता के नए युग में उसकी सफलता तय थी।

□

जेबतराशी से वोटतराशी तक

आदरणीय स्वर्गीय श्री शरद जोशी ने 'बैंक डकैती' शीर्षक से लिखे एक व्यंग्य में बैंक डकैतों की महिमा का वर्णन करते हुए लिखा है कि जेबकतरों का काम दोयम दर्जे का होता है। मैं शरदजी से विनम्रतापूर्वक न केवल असहमत होना चाहता हूँ, बल्कि दो टूक कहना चाहता हूँ कि जेबकतरों का काम डकैतों के काम से कहीं मुश्किल होता है। बैंक लूटने पहुँचे डकैतों को कुछ बातें बखूबी मालूम होती हैं। मसलन बैंक की सुरक्षा में बाहर एक बुजुर्ग गार्ड होगा। उस सुरक्षा गार्ड के पास मौजूद थ्री नॉट थ्री बंदूक बाबा आदम के जमाने की होगी, जिसके फायर होने से ज्यादा मिस होने की संभावना है। बैंक डकैतों के पास अपने कट्टे-तमंचे-राइफल वगैरह होती हैं, जिनकी क्वालिटी पूर्व में उनके बैंक लूटने के बिजनेस की सफलता या विफलता पर निर्भर करती है। सबसे बड़ी बात 'डकैत' शब्द में एक अलग रौब है।

लेकिन बेचारे जेबकतरे के पास क्या होता है? दो आँखें, एक ब्लेड और कभी-कभार एक चाकू। जेबकतरे को अपने क्लाइंट की जेब को आँखों से तौलना होता है। दौड़ते-भागते लाखों लोगों में से किसकी जेब काटनी है, यह ताड़ना विकट अनुभव का काम है। ट्रेनी जेबकतरे और अनुभवी जेबकतरे में यही फर्क होता है। ट्रेनी जेबकतरा हर मोटी जेब को देखकर लार टपकाने लगता है, जबकि अनुभवी जेबकतरा जेब नहीं बल्कि जेब के मालिक के हाव-भाव देखकर जेब का वजन तौलता है। वो मोटी जेब के लालच में नहीं फँसता।

पॉकेटमारी का काम आसान काम नहीं है। देश में कहीं किसी यूनिवर्सिटी में पॉकेटमारी का कोई कोर्स नहीं है। सर्टिफिकेट कोर्स भी नहीं। बंदे को अपना हुनर खुद तराशना पड़ता है। इस तराशा-तराशी में कॅरियर के शुरुआती दौर में भीड़ ट्रेनी पॉकेटमार का सिर तराश देती है, फिर आजकल पॉकेटमारी पहले सरीखा चोखा

धंधा नहीं रहा। पहले लोग जेब में ही खासी नकदी लेकर चलते थे। आजकल कैशलेस का जमाना है। डिजिटल इंडिया के चक्कर में लोग पे.टी.एम., भीम एप वगैरह का इस्तेमाल करते हैं। कैश कम लेकर चलते हैं। पॉकेटमार तीन जेब मारते हैं तो एक में कैश निकलता है। ग्राहक की जेब से क्रेडिट-डेबिट कार्ड खूब मिलते हैं, लेकिन 'वन टाइम पिन' जैसे झमेलों ने अब कार्ड का इस्तेमाल भी मुश्किल कर दिया है।

सच कहा जाए तो जेबतराशी के धंधे में अब निवेश ज्यादा, रिटर्न कम है। निवेश सीधे-सीधे जान का है और रिटर्न की कोई गारंटी नहीं। उस पर मामला इतना गड़बड़ हो चला है कि जेब को तौलना भी मुश्किल हो गया है। सफेद कुर्ता-पायजामा पहने नेतानुमा शख्स की जेब काटो तो पता चलता है कि वो खुद दलाल है और चार चिट्ठियाँ लेकर नेताजी के पास जा रहा है। जिसे लड़का समझकर जेब काटो तो उसकी जेब से लिपिस्टिक निकलती है। विकट कंफ्यूजन होता है और इसी कंफ्यूजन के बावजूद पापी पेट के लिए जेबकतरों को अपने काम में जुटा रहना पड़ता है।

इन मुश्किल हालातों में भी उनका पेशेवर रवैया और काम के प्रति समर्पण बरकरार है। अब दिल्ली में स्वर्गीय अरुण जेटली का अंतिम संस्कार हुआ तो जेबकतरों ने मंत्री-संत्री समेत एक दर्जन लोगों के मोबाइल उड़ा दिए। तिहाड़ से चिदंबरमजी बाहर आए जो जेबतराशों ने उनके कई साथियो और पत्रकारों के मोबाइल उड़ा दिए। इतनी भारी सुरक्षा व्यवस्था के बीच जेबकतरों ने अगर जेबतराशी का साहस किया तो संदेश कई हैं। पहला, जेबकतरों के लिए कर्म ही पूजा है। वे विवाह समारोह से लेकर अंतिम संस्कार तक सब जगह एक ही मनोभाव से काम करते हैं। दूसरा, एक्स-वाई-जेड टाइप की तमाम सुरक्षा व्यवस्था का कोई मतलब नहीं है। इस देश में बंदे सिर्फ भगवान् भरोसे हैं। तीसरा, जो मंत्री अपनी जेब में रखा मोबाइल नहीं बचा सकता, वो संकटकाल में कुर्सी क्या बचाएगा? इन घटनाओं के जरिए जेबकतरों ने चौथा और अहम संदेश यह दिया कि मोबाइल को मोबाइल की तरह इस्तेमाल करना चाहिए, क्योंकि एक जेबतराशी तुम्हारे तमाम 'कांड' ब्रह्मांड में चुटकियों में प्रसारित कर सकती है।

एक लिहाज से देखा जाए तो पॉकेटमारी में संलग्न युवा हाथ के हुनर को बचाने की कोशिश ही कर रहे हैं या कहें पुरातन संस्कृति को बचा रहे हैं। उनका सम्मान होना चाहिए वरना आजकल हर जगह कंप्यूटर आ गया है। हर काम में

कंप्यूटर की भूमिका दिखने लगी है। कोई बड़ी बात नहीं कि जल्द ही रोबोट जेब काटने के धंधे में उतर आएँ। यों अलग-अलग कंपनियाँ अलग-अलग तरह से ग्राहक की जेब अभी भी काटती हैं, लेकिन रोबोट जेब काटने लगें तो कंपनियाँ सीधे-सीधे जेब काटने के लिए रोबोट को मैदान में उतार सकती हैं।

अच्छी बात यह है कि कम-से-कम अभी ऐसा नहीं है। रोबोट से कंपटीशन होगा तब देशी जेबकतरे कितना टिक पाएँगे, कितना नहीं, यह देखना होगा। फिलहाल, देशी जेबकतरे इसी उम्मीद में जान की बाजी लगाकर जेबतराशी करते हैं कि करत-करत अभ्यास एक दिन वोटतराशी भी सीख जाएँगे। वोटतराश को भी आँखों से वोटर को तौलना होता है और फिर वादों और दावों की घुट्टी पिलाते हुए उसकी जेब काट देनी होती है। जेबतराशों को मालूम है कि उनके कई सीनियर अब वोटतराश हैं और इस देश में जिसने कायदे से वोटतराशी सीख ली—उससे बड़ा कोई बाजीगर नहीं।

□

जनता के मन की बात

एक वक्त था, जब दो लोग एकांत में मन की बात करते थे। कभी-कभी दो की जगह चार हो जाते थे, लेकिन मन की बात होती नितांत निजता में थी। प्रधानमंत्री जी ने मन की बात का कैनवास बड़ा कर दिया। वे मन की बात भी पब्लिकली करते हैं। रेडियो पर करते हैं। टी.वी. पर करते हैं। इंटरनेट पर करते हैं। जनता के पैसे से जनता के लिए अपने मन की बात पब्लिकली सिर्फ प्रधानमंत्री-मुख्यमंत्री एफोर्ड कर सकते हैं, जनता नहीं। जनता का काम है राजनेताओं के मन की बात सुनना और यह काम पब्लिक 70 साल से बखूबी कर रही है। इस काम में जनता की एक्सपर्टीज है।

लेकिन मन तो जनता के पास भी है। कभी-कभी उसे भी मन की बात करने का मन कर सकता है, लेकिन इसके लिए लोकतंत्र में कोई ठीक व्यवस्था नहीं है। जनता के मन की बात के लिए किसी रेडियो स्टेशन में कोई स्लॉट नहीं है। न्यूज चैनल पर किसी डिबेट में आम जनता को नहीं बुलाया जाता। यहाँ भी प्रवक्ता आपस में गाली-गलौज कर मामला सैटल करते हैं। एंकर को आप आम जनता की कैटेगरी में नहीं रख सकते। वो विशिष्ट प्राणी होता है, जो भले खुद के.बी.सी. के पहले सवाल के जवाब में लाइफ लाइन का इस्तेमाल करे, लेकिन स्टूडियो की हॉट सीट पर बैठकर वो दुनिया के हर शख्स से सवाल पूछ सकता है। स्टूडियो में बैठकर एंकर के पास बाली का बल आ जाता है, जिसके चलते वो स्टूडियो में बैठे हर शख्स को न सिर्फ गरिया सकता है, बल्कि घटिया, निकृष्ट, फालतू, चिरकुट वगैरह कुछ भी कह सकता है। राजनीतिक दल का प्रवक्ता स्टूडियो की बेइज्जती को अपनी लोकप्रियता का सेंसेक्स मानता है, इसलिए बेइज्जती-दर-बेइज्जती कराता रहता है।

ऐसे में जनता मन की बात के लिए कहाँ जाए? मैंने यह सवाल एक नेताजी

से किया। उन्होंने चंद सेकंड इस सवाल को अपने मस्तिष्क के मिक्सर में घुमाया और फिर जवाब के तौर पर एक सवाल उछाला।

जनता को मन की बात की जरूरत ही क्या है? हम जनता के प्रतिनिधि हैं। हम लोग रैली वगैरह में मन की बात करते हैं। बाकी प्रधानमंत्री-मुख्यमंत्री जहाँ मौका मिले, वहाँ मन की बात करते हैं।

मैंने कहा—फिर भी, कभी मन करे तो?

वो बोले—पहले यह तय हो कि जनता को मन की जरूरत ही क्या है? मन अब एक्सक्लूसिव आइटम है। इस जमाने में हर ऐरा-गैरा मन रखना एफोर्ड नहीं कर सकता, क्योंकि मन होगा तो मनी माँगेगा। थोड़ी-बहुत मनी दे दो तो रोजगार माँगेगा। रोजगार दे दो तो तरक्की माँगेगा। तरक्की दे दो तो बीवी माँगेगा। बीवी दे दो तो खूबसूरत बीवी माँगेगा। खूबसूरत बीवी दे दो तो ऐश्वर्या राय माँगेगा और तुम जानते हो कि ऐश्वर्या राय अब अमिताभ जी की बहू हैं।

मैंने कहा—आप अजीब बात कर रहे हैं। जनता वैसे भी कहाँ मन की बात करना चाहती है। फुरसत कहाँ है। देश की 80 फीसदी आबादी रात को भूखी सोती है। वो रोटी का जुगाड़ करेगी या मन की बात करेगी। फिर भी, कभी मन की बात की इच्छा हो जाए तो क्या किया जाए?

वे बोले—यार, जंतर मंतर बनवाया तो है। वहाँ प्रदर्शन कर ले। वो प्रदर्शन ही मन की बात है। ज्यादा मन करे तो एक-दो गाड़ियाँ तोड़-ताड़ ले। भीड़ की हिंसा के बाद किसी को जेल नहीं होती। हमने खुद जवानी में इस तरह कई बार अपने मन को शांत किया है। इकलौता बंदा हो तो मन की बात के लिए किसी पानी की टंकी पर चढ़ जाए। नीचे 100-200 लोग इकट्ठा हो जाएँगे, उनसे मन की बात कर ले। सुबह लोकल अखबार में फोटू भी छप जाएगी।

मैंने कहा—आप समझ नहीं रहे हैं। जनता के मन में उसका दर्द छिपा हो तो वो कहाँ बताए?

वे बोले—हम हैं तो। हम सब समझते हैं। जनता के मन से हमारा डायरेक्ट कनेक्शन है। पाँच साल में एक बार हम जनता से मन की बात सुनने उसके घर जाते हैं। हाथ जोड़ते हैं। पैर छूते हैं। जनता के मन की बात का पूरा डेटाबेस रहता है हमारे पास। उसे बताने की जरूरत नहीं है और जनता के मन में ज्यादा ही दर्द उठे तो ट्विटर पर हमें दो-चार गालियाँ दे दे। मन को ठंड पड़ जाएगी। कौन रोक रहा है?

मैंने अपने मन को मन मारकर मनाया कि तू मान ले कि ये नेता नहीं मानेगा कि मन की बात जरूरी है और सच्ची बात तो यह है कि जनता ही नहीं जानती कि उसके लिए मन की बात पब्लिकली करना कितना जरूरी है। इसीलिए कर्ज लेकर न चुका पानेवाला किसान भी परिवार से मन की बात किए बिना खुदकुशी कर लेता है। सीवर की जहरीली गैस में बिना कायदे के उपकरण लिये उतरने वाला सफाईकर्मी कभी पब्लिकली मन की बात करता ही नहीं कि हमारी हत्या ठीक नहीं। ट्रेन में चाय देकर चलती ट्रेन से प्लेटफॉर्म पर कूदने वाला बच्चा कभी मन की बात नहीं करता कि उसका वक्त स्कूल जाने का है। बलात्कार की शिकार लड़की के लिए मन की बात कहना तो दूर, मन की बात सुनना भी मुश्किल होता है, क्योंकि वो चाहती है कि बलात्कारी का गला अपने हाथ से घोंट दे, लेकिन घरवाले कहते हैं कि पुलिस से शिकायत भी नहीं करनी। वो रूह के घाव मन में लिये बरसों जीती है।

सच यह है कि 99 फीसदी आबादी के मन की बात मन में रह जाती है!

□

काम वही, वचन नए

कई क्षेत्र में पेशेवरों को पेशे में आने से पहले शपथ दिलाई जाती है। जिस दौर में शपथ लिखी गई, वो दौर शायद गांधी-तिलक का रहा होगा तो उन वचनों में ईमानदारी का कड़वापन कुछ ज्यादा ही है। आज का दौर प्रैक्टिकल लोगों का है। तो ऐसे में कुछ नई प्रैक्टिकल शपथ पेश हैं ताकि पेशेवरों को धंधे में आ जाने के बाद झूठ न बोलना पड़े। कोई उनसे यह न कह सके कि तुमने शपथ कुछ और ली थी, लेकिन काम कुछ और कर रहे हो।

पुलिसकर्मियों के लिए—

मैं, पुत्र⋯शपथ लेता हूँ कि भारतीय मुद्रा के प्रति निष्ठा एवं सच्ची भक्ति का परिचय दूँगा। पुलिस अधिकारी के कर्तव्य एवं उत्तरदायित्व, यथा थाने में बुलाकर किसी की भी टाँग तोड़ देना, एनकाउंटर को धर्म समझना, रेस्तराँ में बिल न देना, को पूरे मनोयोग से पूरा करूँगा।

मैं यह भी शपथ लेता हूँ कि रिश्वत को कभी स्वयं अपने हाथ में ग्रहण नहीं करूँगा तथा अपने पद के कर्तव्यों का पालन मासूमियत भरी चालाकी, चपरासी को बुलाने व ठुकाई-पिटाई में होने वाले परिश्रम के साथ पूरा करूँगा।

मैं शपथ लेता हूँ कि निष्पक्षता के जाल में कभी नहीं उलझूँगा और जनता की सेवा करते हुए परिवार के लिए मेवा लाने का ध्यान रखूँगा। इस कार्य में मेरे निजी परमेश्वर बड़े साहब मेरी सहायता करें।

डॉक्टरों के लिए—

मैं अपोलो वैद्य, अस्क्लीपिअस, ईयईआ, पानाकीआ और सारे देवी-देवताओं की कसम खाता हूँ और उन्हें हाजिर-नाजिर मानकर कहता हूँ कि मैं अपनी असली अथवा फर्जी डिग्री और परख-शक्ति के अनुसार इस शपथ को पूरा करूँगा।

जिस इनसान ने मुझे यह पेशा सिखाया है, मैं उसका तब-तक उतना ही

सम्मान करूँगा, जितना माता-पिता का करता हूँ, जब तक कि वो मुझसे कुछ नहीं माँगता। मैं पहले ही वर्ष में पिता की गाढ़ी कमाई से डॉक्टर बनने में खर्च हुई 50 लाख की धनराशि कूट दूँगा।

मैं रोगी से प्रेम करूँगा और मेरा प्रेम लगातार बढ़ता जाएगा यदि वो सिर्फ मेरे क्लिनिक पर एक्सक्लूसिवली आए। मैं गरीब-से-गरीब रोगी को लोन लेकर इलाज कराने का हर संभव तरीका बताऊँगा। आवश्यकता पड़ने पर अपने सहायक से उनके लोन के दस्तावेज भरवाऊँगा भी।

मैं किसी के माँगने पर भी उसे विषैली दवा नहीं दूँगा। अपने क्लिनिक पर मैं किसी भी स्त्री को गर्भ गिराने की दवा नहीं दूँगा। अपने क्लिनिक पर मैं पूरी शुद्धता और पवित्रता के साथ अपने हुनर की रक्षा करूँगा।

जो कला मुझे नहीं आती, मैं उसका किसी रोगी पर परीक्षण नहीं करूँगा, लेकिन दूसरे क्लिनिक पर भेजने का पूरा कमीशन लूँगा। मैं जिस किसी रोगी के घर जाऊँगा, उसके लाभ के लिए ही काम करूँगा, लेकिन अगर उसका पद या प्रभाव मेरे किसी काम आ सके तो भविष्य में उसका इस्तेमाल करूँगा।

मैं किसी के साथ जानबूझकर अन्याय नहीं करूँगा, लेकिन रोगियों से फीस के मामले में कोई समझौता नहीं करूँगा। इस मामले में मैं निष्पक्षता के सिद्धांत पर चलूँगा और गरीब-अमीर हर मरीज से पूरी फीस लूँगा।

चिकित्सा के समय या दूसरे समय, अगर मैंने रोगी के व्यक्तिगत जीवन के बारे में कोई ऐसी बात देखी या सुनी, जिसे दूसरों को बताना बिल्कुल गलत होगा, तो मैं उस बात को अपने तक ही रखूँगा, ताकि रोगी की बदनामी न हो, लेकिन रोगी ने कभी ज्यादा चूँ-चपड़ की या मुझसे अटकने की कोशिश की तो उसकी बातों का वीडियो बनाकर वायरल करने का मुझे हक होगा।

मैंने कभी यह शपथ तोड़ी और झूठा साबित हुआ, तो इस दुआ का बिल्कुल असर न हो और पूरी शपथ को नल एंड वॉयड माना जाए।

मंत्री के लिए—

मैं ईश्वर की शपथ लेता हूँ कि मैं विधि द्वारा स्थापित भारत के संविधान के प्रति सच्ची श्रद्धा और निष्ठा रखूँगा, जब तक कि संविधान के नियम-कायदे मेरी निजी प्रगति में बाधक न बनें। मैं भारत की प्रभुता और अखंडता के अतिरिक्त अपनी पार्टी अक्षुण्ण रखूँगा।

मैं राज्य के मंत्री के रूप में अपने कर्तव्यों, यथा ट्रांसफर-पोस्टिंग का संपूर्ण

अधिकार, ठेकों में कमीशन, उद्घाटन का अवसर आदि का श्रद्धापूर्वक और शुद्ध अंत:करण से निर्वहन करूँगा तथा भय या पक्षपात, अनुराग या द्वेष के बिना, सभी प्रकार के लोगों के प्रति भारतीय व अंतरराष्ट्रीय मुद्रा और पार्टी आलाकमान के अनुसार कार्य करूँगा।

मैं ईश्वर की शपथ लेता हूँ कि जो विषय राज्य के मंत्री के रूप में मेरे विचार के लिए लाया जाएगा अथवा मुझे ज्ञात होगा, उसे किसी व्यक्ति या व्यक्तियों को, तब के सिवाय जबकि ऐसा करने से स्विस बैंक में खाता खुलने और अमेरिका की नागरिकता मिलने की संभावना न हो, मैं प्रत्यक्ष अथवा अप्रत्यक्ष रूप से संसूचित या प्रकट नहीं करूँगा.'

मैं ईश्वर की शपथ लेता हूँ कि हाईकमान को कभी नाराज नहीं करूँगा और अपने कार्यकर्तारूपी चेलों को भी परिवार का सदस्य मानते हुए उनकी रोजी-रोटी के लिए जो कुछ करना पड़े, करूँगा। मैं शपथ लेता हूँ कि मेरे पद पर रहते हुए पहले भाई-बंधु, फिर रिश्तेदार और फिर पार्टी कार्यकर्ताओं का ही भला होगा और पार्टी फंड के बाबत जितना टारगेट मुझे सौंपा जाएगा, मैं पूर्ण मनोयोग से उस टारगेट को पूर्ण करूँगा।

वकील के लिए—

मैं ईश्वर की शपथ लेकर कहता हूँ कि एक वकील के रूप में मैं अपने क्लाइंट की पूरी ईमानदारी से जेब काटूँगा। मैं उसके चाल, चरित्र और चेहरे को देखकर फीस लूँगा।

मैं एक वकील के रूप में हर संभव कोशिश करूँगा कि मेरा क्लाइंट कभी जेल न जाए, भले मेरी फीस देते हुए उसका घर बिक जाए, दुकान बिक जाए। मैं, न्याय के सिद्धांत पर भरोसा करते हुए हत्यारे, बलात्कारी, चोर, आतंकवादी से लेकर छुटभैये पॉकेटमार तक का केस पहले आओ, पहले पाओ के आधार पर लड़ूँगा।

मैं हर केस में तारीख लेने की अपनी योग्यता का इस्तेमाल क्लाइंट को बरसों बरस जेल न पहुँचने के उसके मौलिक अधिकार के लिए अवश्य करूँगा। मैं वकील रहते हुए सुबह वकालत करूँगा, लेकिन शाम को राजनीति से लेकर प्रॉपर्टी डीलिंग तक के कार्य, अपनी क्षमतानुसार, न्याय के दायरे में करूँगा।

□

ढाई आखर का समाजशास्त्र

'पोथी पढ़-पढ़ जग मुआ पंडित भया न कोय
ढाई आखर प्रेम का पढ़ै सो पंडित होय।'

नरकटउआ गंज के इकलौते कथित स्कूल में मास्टर साहब बच्चों को ज्ञान दे रहे थे। कथित इसलिए, क्योंकि स्कूल अमूमन प्रिंसिपल साहब की पार्टी संबंधी गतिविधियों का अड्डा था। स्कूल के दो हिस्से थे। प्रिंसिपल साहब ने बड़ा हिस्सा समाज की भलाई के महान् उद्देश्य को पूरा करने के लिए पार्टी को दिया था। छोटे हिस्से में स्कूल टाइप की कोई चीज संचालित होती थी। छोटे हिस्से के विद्यार्थियों को बड़े हिस्से में झाँकने की इजाजत नहीं थी, क्योंकि वहाँ अकसर देशी शराब, सिगरेट, अफीम, भाँग और मुरगे की आत्माएँ पाई जाती थीं।

मास्साब विद्यार्थियों के प्रतिबंधित बड़े हिस्से में जाने के नियम को लेकर बहुत सख्त थे। वे स्वयं देर शाम घर से लौटकर ही बड़े हिस्से में संचालित पार्टी गतिविधियों में हिस्सा लेते थे। उन्होंने कल देर रात भी प्रिंसिपल साहब के साथ पार्टी गतिविधियों में हिस्सा लिया था, इसलिए सुबह-सुबह यह तय नहीं कर पा रहे थे कि दोहा कबीरदास का है या भगवानदास का। अलबत्ता दोहे में बहुत गहरी बात कही गई है—इसका उन्हें भान था।

उन्होंने कहा—कोई बताएगा इस दोहे का अर्थ?

ये क्लास आठवीं की थी, लेकिन अधिकांश विद्यार्थियों के कद और चेहरे बता रहे थे कि विद्या प्राप्ति को लेकर उनकी जीजीविषा गजब की है। आठवीं क्लास में कई-कई बार फेल होने के चलते कई छात्रों के दाढ़ी-मूँछ निकल आई थी। यह अलग बात है कि कक्षा में पढ़नेवाली विद्या भी दो बार फेल हो चुकी थी, जिसके चक्कर में पाँच-छह छात्र पास होने के चक्कर में पड़ना ही नहीं चाहते।

मास्साब ने फिर पूछा—कोई बताएगा इस दोहे का अर्थ?

तगड़े छात्रों में सबसे होनहार रामू ने हाथ उठाया। बोला—मास्साब, पहले

हमाओ एक सवाल है। मास्साब ने कहा—पूछो!

हालाँकि, मास्साब ने 'पूछो' कहते ही समझ लिया था कि लौंडा अब बवालिया बात करेगा और इस क्लास में कम-से-कम इस दोहे का अर्थ आज के दिन छात्र नहीं जान सकेंगे।

रामू ने कहा—ढाई आखर प्रेम के पढ़न की का जरूरत है। कई और ढाई आखर हैं, बाए पढ़ाओ…

मास्साब ने कहा—जैसे?

रामू बोला—जैसे कट्टा। कट्टा की भासा जिनने पढ़ लई, बाए और कछु पढ़न की जरूरत ना है। हमाए चाचा को तुम जानत ही हो, उननें कट्टा के ढाई आखर घोल के पीए हैं, आज के दिन कोई उनसे चूँ-चपड़ करके दिखाए दे तो मानें।

मास्साब ने शालीनता में घूरने की विशिष्ट मुद्रा बनाते हुए उससे बैठने को कहा। रामू बैठ भी गया, लेकिन जब तक इरफान खड़ा हो गया। वो बोला—मास्साब, रामू की बात में दम तो हए। हमाए पिताजी ने ढाई आखर लट्ठ के पढ़े हैं, आज 200 बीघा जमीन पर हमाओ कब्जा है।

मास्साब ने कहा—ठीक है, ठीक है, लेकिन बात साहित्य की हो रही है।

रामू फिर खड़ा हुआ। बोला—बात साहित्य की नहीं मास्साब, समाज की है। अब मुद्दा जे है कि ढाई आखर काहे के पढ़े जाएँ। तुम हम बच्चन को सिखाए रहे हो, प्रेम के ढाई आखर पढ़ो और हमें मालूम है कि प्रेम के ढाई आखर पढ़ के घंटा कुछ नहीं उखाड़ सकत कोई। पढ़न है तो ढाई आखर सट्टा के पढ़ ल्यौ। हमाए सगे ताऊ ने ढाई आखर सट्टा के ऐसे पढ़े कि आज कस्बा में तीन-तीन मटका चल रए उनके। एक कोठी खड़ी होए गई है और अब बे पंचायत को चुनाव लड़न की सोच रए हैं।

मास्साब बोले—अरे, ये एक प्रसिद्ध दोहा है। तुम्हारी परीक्षा में आ सकता है।

अब छोटू खड़ा हो गया। बोला—हम घंटा डरएँ परीक्षा से। आज मास्साब, बड़ा इसू छेड़ दओ है तुमने। आखिर, ढाई आखर काहे के पढ़े जाएँ। आज तुमें क्लियर करना पड़ेगो। हम तो कह रहे हैं कि तुम ढाई आखर कुर्सी के पढ़ाए द्यो। कुर्सी ही माई-बाप है। अब देखो, तुम मास्टर की कुर्सी पर न बैठे होते तो हम का तुमाई इत्ती सुन रए होते। बताओ।

जैसा कि मास्साब को मालूम था, दोहे पर विचार-विमर्श नहीं होना था, लेकिन वो समझ गए थे कि कट्टा, लट्ठ, सट्टा और कुर्सी जैसे ढाई आखर पढ़नेवाले छात्रों को ढाई आखर का अपना संसार गढ़ना था, जिसमें ढाई आखर की 'सत्ता' को पाना ही जीवन का सर्वोच्च लक्ष्य होगा। फिर मास्साब ने सोचा—यही लक्ष्य तो अपना भी है। तभी तो अपन स्साले प्रिंसिपल को इत्ता बरदाश्त करते हैं।

□

भूख-हड़ताल से पहले क्रैश कोर्स

क्या आप असंतुष्ट हैं? क्या आप अपनी नाराजगी जाहिर करने के लिए भूख-हड़ताल या धरना-प्रदर्शन करना चाहते हैं? क्या रह-रहकर भूख-हड़ताल की इच्छा आपके मन में कुलाँचे मारती है, लेकिन हड़ताल की अहंकारी सोच के खिलाफ आपका पेट ही दिलोदिमाग की मानने से इनकार कर देता है? यदि इन सवालों का जवाब हाँ है तो भूख-हड़ताल से जुड़ा छोटा सा क्रैश कोर्स आपके लिए है।

आज के युग में ऐसा कोई शख्स नहीं, जो असंतुष्ट नहीं। जो यह कहता है कि वो संतुष्ट है, वो या तो झूठा है या फिर महाझूठा। या फिर वो ऐसा बाबा है, जिसकी अपनी एक्सक्लूसिव गुफाएँ हैं, जहाँ वो सांसारिक रूप से असंतुष्ट होने के बाद खास साधनाएँ कर संतुष्ट होता है। चूँकि आप न झूठे हैं, न बाबा; तो आप असंतुष्ट हैं। असंतुष्ट किसी भी शख्स से, किसी भी बात पर और किन्हीं भी हालात को लेकर हुआ जा सकता है। वोटर राजनेता से सदैव असंतुष्ट रहता है और राजनेता मतदाताओं के असंतुष्टि की किंचित् परवाह न होते हुए आलाकमान से असंतुष्ट रहता है कि वो उसे पर्याप्त तवज्जो नहीं देता। असंतुष्टि का भाव अश्यंभावी है, अलबत्ता असंतुष्टि किस पैरामीटर पर है—उससे भूख-हड़ताल होने या न होने की अवस्था तय होती है।

चलिए, मान लिया कि आप सच्चे असंतुष्ट हैं और आप भूख-हड़ताल करना चाहते हैं।

तो पहला काम तो आप यह करें कि भूख-हड़ताल पर बैठने की धमकियाँ दें। फेसबुक, ट्विटर पर धमकियाँ पोस्ट करें। कई बार सिर्फ धमकी से काम चल जाता है। सलमान खान को भी इस विषय में शोध कर बताना चाहिए कि कितने प्रतिशत भारतीय सिर्फ भूख-हड़ताल, धरना प्रदर्शन या खुदकुशी की धमकी देकर अपना काम चला लेते हैं।

मान लीजिए, धमकी से काम नहीं होता तो भूख-हड़ताल करना मजबूरी हो सकती है। मौसम अच्छा हो तो किराया देने की अपनी औकात के हिसाब से किसी ग्राउंड में तीन परत का गद्दा डालकर भूख-हड़ताल शुरू करें। भूख-हड़ताल से एक दिन पहले शानदार स्वादिष्ट भोजन कर लें ताकि अगले एक-दो दिन लालच में न फँसें।

अत्यधिक गरमी हो या मौसम खराब हो तो किसी ए.सी. कमरे में सोफे पर पसर कर भी धरना दिया जा सकता है। हाल में ऐसा कारनामा एक मुख्यमंत्री ने करके दिखाया है। धरने के दौरान चार्ज मोबाइल साथ रखें। इंटरनेट पैक भी रिचार्ज करा लें, क्योंकि वाईफाई कनेक्शन काटा भी जा सकता है। वैसे भी, आजकल धरना-प्रदर्शन पर साथ देने लोग पहुँचते नहीं। पिछले दिनों अन्ना भी लोगों की बेवफाई का शिकार हो चुके हैं। कुछ भूख-हड़ताल आजकल ऐसी भी हो रही हैं कि बंदा रात में 12 से सुबह 6 बजे तक के लिए घर चला जाता है। अगर आप पुराने भूख-हड़ताली नहीं हैं तो इसी विकल्प का चयन करें। जूता चलने की आशंका के मद्देनजर थोड़ी भीड़ आते ही हेलमेट पहन लें। मीडिया में एक-दो मित्र हों तो उन्हें शानदार पार्टी का झाँसा देते रहें ताकि वो आपकी खबर छपवाने या बाइट चलवाने की कोशिश करते रहें। कुछ अच्छी फिल्में देखकर मरने के नाटक या बेहोश होने की नौटंकी का सीन करना सीख लें। अपने संकट को बड़े कैनवास में रखते हुए संवैधानिक संकट बताने की कोशिश करें।

फिर भी बात न बने तो रिश्तेदारों के दो बच्चे बुलाकर जूस पी लें और चुपचाप घर चले जाएँ। वैसे भी, मरने के लिए थोड़े आपने भूख-हड़ताल की थी।

और हाँ, बेइज्जती से बचने के लिए भूख-हड़ताल तोड़ने के अगले ही दिन आप सैर-सपाटे के लिए किसी दूसरे राज्य का टिकट कटा लें। जरूरत हो तो कह दें कि इलाज के लिए जा रहे हैं। दोस्त, रिश्तेदार और पब्लिक सब भूल जाते हैं।

□

ओए बगदादी, तू मर नहीं सकता!

ओए बगदादी, तू हम टी.वी. पत्रकारों को यों छोड़कर मर नहीं सकता! हमने तुझे 101010110 बार मारा, लेकिन तूने कभी बुरा नहीं माना और हर बार वापस लौटकर आया, लेकिन इस बार अमेरिकी राष्ट्रपति की गवाही सामने है। बगदादी, तू सिर्फ एक आतंकवादी नहीं था, टी.आर.पी. का चिराग था। ऐसा चिराग, जिसे जितना रगड़ो उतनी टी.आर.पी. आती थी। हमने तेरी कितनी लानत-मलामत की। अपनी खोपड़ी को रचनात्मक ऊँचाइयाँ देते हुए तेरे बारे में न जाने क्या-क्या कहानियाँ गढ़ीं, लेकिन तूने कभी हमारी बात का खंडन नहीं किया। वरना, आजकल हाल यह है कि नेता कैमरे के सामने बयान देने के बावजूद यह कह देते हैं कि हमारी बात को तोड़-मरोड़कर पेश किया गया।

ओह बगदादी, अब हम किसे मारेंगे? तेरा मरना टी.आर.पी. के एक युग का खत्म हो जाना है। तू कई न्यूज चैनलों का संकटमोचक था। जब हमें कोई खबर समझ नहीं आती थी, हम तुझे मार देते थे। तू भी निःस्वार्थ भाव से मर जाया करता था, लेकिन अब ऐसा लग रहा है, जैसे कोई बहुत प्रिय साथ छोड़ गया हो।

ओए बगदादी, तुझे नहीं मालूम, तेरा जाना न्यूज चैनलों के दफ्तर में कैसा शून्य भर गया है। राखी सावंत जी भी कई दिनों से निष्क्रिय हैं। खली की कोई खबर अरसे से नहीं है। स्वर्ग की सीढ़ियों के जरिए भक्त शायद पहले ही स्वर्ग के दर्शन कर चुके हैं। टी.आर.पी. खेंचू कई बाबागणों पर तो स्वयं राहु-केतु विराजमान हैं और वो जेल में चक्की पीस रहे हैं। अपनी मौत की भविष्यवाणी करनेवाले आदरणीय कुंजीलाल का भी कुछ दिन पहले निधन हो गया है। न जाने क्यों उन्होंने भी कभी दोबारा भविष्यवाणी नहीं की? वे दोबारा भविष्यवाणी करते। हम दोबारा लाइव टेलीकास्ट दिखाते। खूब तमाशा होता। इस बार 'पीपली लाइव रिटर्न्स' बनती।

ओए बगदादी, अब बिना ड्राइवर की कार वाली खबरों का जमाना नहीं रहा।

अब तो सच में कई कार कंपनियों ने बिना ड्राइवरवाली कार लॉन्च कर दी हैं। बीच-बीच में डब्बू अंकल के शानदार नृत्य वाले वीडियो अवश्य आते हैं, लेकिन तेरे मरने की खबर शाश्वत थी। हाल यह था कि एंकर बदलकर पुराना प्रोग्राम भी हमने कई बार चला दिया, लेकिन दर्शकों ने हमेशा उसे नया माना।

ओए बगदादी, हमें किस उलझन में छोड़ गया तू? हाँ, हिंदू-मुसलमानवाली बहस हमारा सहारा है। वो तो अच्छा है कि हमारे कुछ प्रोड्यूसर इस बात में निष्णात हैं कि वो दुनिया के हर मुद्दे में हिंदू-मुसलमान खोज सकते हैं। फिर भी तेरी बात निराली थी।

ओए बगदादी, तेरे जाने के बाद हमारे पास सिर्फ भानगढ़ के भूत बचे हैं। वो भी बुरा नहीं मानते। उनकी भी टी.आर.पी. आती है और अच्छी बात यह है कि लालच, ईर्ष्या, द्वेष जैसे विकारों की तरह भूत भी कभी मरा नहीं करते।

□

मुंगेरीलाल के खयाल

कभी-कभी मेरे दिल में खयाल आता है कि मैं साहित्यकार बन जाऊँ। एक ऐसी नई कहानी लिखूँ, जिसका अंत विकट कंफ्यूजिंग हो। सिर्फ अंत को समझने के लिए देश के तमाम विश्वविद्यालयों में, गोष्ठियों में, सम्मेलन में मुझे आमंत्रित किया जाए। इस आधुनिक कहानी के लिए मुझे कोई बड़ा पुरस्कार मिले। इस खयाल के बाद मुझे खयाल आता है कि क्यों न मैं किसी पुरस्कार की निर्णायक समिति का प्रमुख बन जाऊँ और अवार्ड का निर्णय करूँ। आखिर देनेवाला हमेशा लेनेवाले से बड़ा होता है।

सच कहूँ तो कभी-कभी मेरे खयाल मुझे सोने नहीं देते। क्रिकेट विश्व कप के दौरान मुझे कमेंटेटर बनने का खयाल आने लगा था। हर हिंदुस्तानी की तरह मेरा भी मानना था कि मैं क्रिकेट का जानकार हूँ, लेकिन एक खेल चैनल को मैंने अंग्रेजी भाषा में आवेदन भेजा तो कमबख्तों ने जवाब तक नहीं दिया। संभव है, मेरी इंग्लिश इतनी शानदार रही हो कि चैनल वालों को समझ ही न आई हो। क्या पता ?

कभी-कभी लगता है कि मेरे हर अनुभव पर एक फिल्म बन सकती है, इसलिए मुंबई पहुँचकर कहानीकार बन जाऊँ। फिर खयाल आता है कि कहानीकार को कभी उसका वास्तविक हक नहीं मिलता, इसलिए निर्देशक बनना उचित रहेगा। फिर खयाल आता है कि निर्देशक भी तो आजकल निर्माता के हाथ की कठपुतली हो गए हैं, तो क्यों न निर्माता ही बना जाए। निर्माता चाहे तो किसी भी कहानी में आइटम सॉन्ग घुसेड़ सकता है और मन करे तो बेटे को हीरो बना सकता है, लेकिन निर्माता बनने के लिए अंटी में मोटा पैसा चाहिए। फिल्म नहीं चली तो पैसा डूब सकता है। पैसा डुबोना अक्लमंदी नहीं तो खयाल आया कि बिल्डर बन जाऊँ। किसी भी कीमत पर घर लेने के लिए खुद को गिरवी रखनेवाले ग्राहकों को सपने बेचूँ। ग्राहक ई.एम.आई. भरे, मैं नोट भरूँ।

बिल्डर बनना अच्छा विकल्प है, लेकिन फिर मन में खयाल आता है कि बिल्डर भी तो नेताओं के हाथ की कठपुतली होता है। तो क्यों न नेता बन जाऊँ? नेता बनने के लिए शुरुआती तौर पर सिर्फ दो-तीन काम करने हैं। पहला, सफेद कुर्ता-पायजामा के तीन-चार सैट खरीदने हैं। दूसरा, चार-छह चेलों को दो-तीन महीने के चाय-पानी का खर्च देकर साथ रखना है, जो जरूरत पड़ने पर जिंदाबाद-जिंदाबाद के नारे लगाएँ। तीसरा, दीपावली और नववर्ष की शुभकामनाओं वाले बड़े बोर्ड या पर्चे (हैसियत अनुसार) लगवाने हैं। चौथा, जहाँ मौका मिले, वहाँ धरना प्रदर्शन कर देना है।

नेता बनने का खयाल काफी दिनों तक मन को घेरे रहा, लेकिन फिर खयाल आया कि आलाकमान की भक्ति बिना काहे का नेता? और जिस तरह हर गली में आजकल चार-छह नेता पाए जाते हैं, उसमें आलाकमान अपनी तरफ क्यों देखेगा? कंपटीशन बहुत ज्यादा है। आजकल घोटालों की संभावना कम हुई है और नेता बनते ही सी.डी. कांड होने की आशंका ज्यादा हो जाती है। आपको पता ही है कि सी.डी. कांड वो कांड होता है, जिसमें फिल्म बनने के दौरान का नायक फिल्म रिलीज होते ही खलनायक बन जाता है।

आजकल जिसके पास कोई काम नहीं है, उसके पास यूट्यूब चैनल है। तो कभी-कभी खयाल आता है कि मैं भी यूट्यूब चैनल खोलूँ। फिर डर लगता है कि कहीं मैं इतना वायरल न हो जाऊँ कि मुझे घर से बाहर निकलने के लिए सिक्योरिटी गार्ड रखने पड़ें।

सच कहूँ तो कभी-कभी मेरे दिल के कई खयाल आपस में उसी तरह उलझ जाते हैं, जैसे एन.डी.ए. में होते हुए भी शिवसेना-बीजेपी उलझ जाते थे। समझौता करने को कोई खयाल तैयार नहीं दिखता। मैं फिर कई-कई घंटे उसी संयम से नए खयाल का इंतजार करता हूँ, जैसे प्लेटफॉर्म पर यात्री ट्रेन का करते हैं। दिल की हर चौथी धड़कन नए खयाल का अनाउंसमेंट लगती है, लेकिन खयाल पैसेंजर मेल की तरह आता है।

खयालों की अपनी महकती बगिया में बैठकर मुझे फिर खयाल आया कि मैं तो सिर्फ खयालों में डूबा हूँ, लोग खयालों को पूरा करने के खेल में जुटे हैं। साहित्यकार आलोचक को पटा रहा है और नेता आलाकमान को। निर्देशक निर्माता को साइड हटाकर सीधे फाइनेंसर से जुगत बिठा फिल्म बना रहा है। तो मैं क्या राज ठाकरे की तरह सिर्फ खयाली पुलाव पका रहा हूँ?

लेकिन सच यह है कि मेरे जैसे खयाली पुलाव पकानेवाले बहुतायत में हैं। हम अच्छे लोग हैं, जो समाज के लिए कुछ करना चाहते हैं, लेकिन करते कुछ नहीं। सिवाय खयालों में खोए रहने के। दूसरी तरफ, ऐसे लोग भी हैं, जो नेटवर्क में वर्क का तड़का मारकर समाज-समाज की नमाज पढ़ते हैं और देखते-देखते साहित्यकार, कहानीकार, गीतकार, बिल्डर और नेता सब बन जाते हैं।

लेकिन मैं ऐसा क्यों नहीं बन पाता? हमसे का भूल हुई, जो आम आदमी बनने की सजा हमका मिली? आज खयालों में डूबे-डूबे एक खयाल ने मेरी विफलता को डिकोड कर दिया। वो यह कि मैं और मेरी कामयाबी के बीच सिर्फ दो घंटे की एक्स्ट्रा नींद रोड़ा है! नींद और सफलता मेरी दो महबूबाएँ हैं। और ऐसे विरले कम होते हैं, जो एक साथ एक वक्त में दो-दो प्रेमिकाओं को साध लेते हैं। नींद बचपन की गर्लफ्रेंड है, तो अपन उसके आगे नतमस्तक है। क्या आपके और आपकी सफलता के बीच भी यही रोड़ा है?

□

आयोजनात्मक ज्ञान को नमन

देश में कई लोगों को अभी भी पूरी तरह साफ नहीं है कि फीफा राष्ट्रीय फूफाओं का कोई संगठन है या फुटबॉल का अंतरराष्ट्रीय फेडरेशन। वे बस इसलिए फीफा-फीफा कर रहे हैं, क्योंकि दूसरे लोग कर रहे हैं। दूसरों में कई इसलिए फीफा-फीफा कर रहे हैं, क्योंकि पहले में कई फीफा-फीफा कर रहे हैं। फीफा कप में भले भारतीय टीम नहीं खेल रही, लेकिन भारतीयों की दिलचस्पी का आलम यह है कि कई हनीमून जोड़े हनीमून के लिए रूस पहुँच गए हैं। एक पंथ दो काज।

फीफा कप से हिंदुस्तान को कई फायदे हुए हैं। पहला, बेगानी शादी में सिर्फ अब्दुल्ला नहीं, बल्कि पूरा देश दीवाना है और इससे सरकार ने राहत की साँस ली है। कोई आंदोलन, कोई धरना-प्रदर्शन नहीं हो रहा। सब शायद वर्ल्ड कप खत्म होने तक के लिए टाल दिए गए हैं। वैसे भी धरने-प्रदर्शन का क्या है। 100-200 यार जुटे, जलेबी-कचौड़ी खाई और बैठ गए किसी रेल की पटरी पर। ज्यादा उत्साह हुआ तो एक-आध पटरी उखाड़ दी, लेकिन फुटबॉल वर्ल्ड कप चार साल में एक बार होता है और भारतीय वक्त की कद्र करना जानते हैं।

फीफा कप का एक फायदा यह भी हुआ है कि चार आखर फुटबॉल के पढ़कर बंदे पंडित हो लिये हैं। जिस शख्स ने जिंदगी में आज तक पेले के अलावा किसी का नाम नहीं सुना था, वो बताता हुआ मिल जाएगा—'यार, कल नेमार ने जैसा हेडर मारा, वो वन ऑफ दे बेस्ट था वर्ल्ड कप का।' कोई कहते हुए मिल जाएगा—'अर्जेंटीना ने जैसा बकवास खेल खेला है, वैसा वर्ल्ड कप हिस्ट्री में कभी नहीं दिखा। अच्छा होता मैराडोना आज भी मैदान में होता।' मतलब फुटबॉल आईक्यू में अचानक ऐसा उछाल हुआ है कि गिनीज बुक वाले जाँचें तो भारतीयों के नाम पर वर्ल्ड रिकॉर्ड हो सकता है।

एक फायदा यह हुआ है कि कुछ बच्चे अचानक फुटबॉल खेलने लगे हैं तो

फुटबॉल की बिक्री बढ़ गई है। कुछ माँ-बाप को अपने बच्चों में नेमार, रोनाल्डो और मेसी दिखने लगा है, तो वो उन्हें फुटबॉल कोचिंग सेंटर में भरती करा आए हैं। इससे पूर्व खिलाड़ी टाइप के लोगों को कुछ दिन के लिए काम मिल गया है। वैसे, यही माँ-बाप अभी थोड़े दिन बाद क्रिकेट वर्ल्ड कप के दौरान बच्चों को क्रिकेट कोचिंग कराएँगे और फिर ओलंपिक के वक्त स्विमिंग कोचिंग में यह सोचते हुए दाखिल कराएँगे कि उनके बच्चे में फेल्प्स बनने की पूरी संभावना है। फिर यही माँ-बाप 12वीं के इम्तिहान में बच्चे से 99 फीसदी अंकों की यह सोचते हुए अपेक्षा करेंगे कि उनका बच्चा रामानुजम से कम तो दिखता नहीं।

वैसे, इसमें कोई शक नहीं कि हम हिंदुस्तानी महाज्ञानी हैं, लेकिन हमारा ज्ञान आयोजनात्मक ढर्रे के मुताबिक चलता है। मतलब जैसा आयोजन वैसा ज्ञान। हमारे भीतर एक चिप लगी हुई है, जिससे खास आयोजन के वक्त हमारे भीतर का एंटीना वातावरण की तरंगों को पकड़कर खुद ही ज्ञान अर्जित कर लेता है। क्रिकेट से लेकर इकोनॉमिक्स और फुटबॉल से लेकर राजनीति तक हर मुद्दे पर बिंदास चर्चा कर सकते हैं। टेलीविजन न्यूज एंकर इस महाज्ञानी समुदाय के प्रणेता हैं। आज हर शख्स इतना ज्यादा 'रायजादा' है कि वो एक्सपर्ट को भी राय देता है। पानी की गुमटी चलानेवाला विराट कोहली को समझा सकता है कि उसे सीधे बल्ले से क्यों खेलना चाहिए और परचून की दुकान वाला प्रधानमंत्री मोदी की यह कहते हुए आलोचना कर सकता है कि उनकी विदेशी नीति पूरी तरह फेल है और उन्हें क्यों अमेरिका से 'टू प्लस टू' वार्त्ता नहीं करनी चाहिए।

लेकिन अभी देश का ध्यान फुटबॉल पर है तो ज्ञान फुटबॉल का बढ़ा हुआ है। जल्द चुनाव आने हैं और फिर देखिएगा देश में कितने पॉलिटिकल पंडित पैदा होते हैं। यह धरा महाज्ञानियों की है। गूगल को भी हमें नमन करना चाहिए।

□

दिल्ली में बंदर राज!

दिल्ली में इन दिनों बंदरों का राज है। आप इस वाक्य का कोई गलत मतलब मत निकालिए। दिल्ली में वास्तव में इन दिनों असल बंदरों की तूती बोल रही है। कई इलाकों में उनके जलवे और आतंक का मिश्रित रूप गठबंधन के उन सहयोगियों की तरह दिख रहा है, जिनका खुश रहना और रूठना दोनों सरकार पर भारी पड़ते हैं। खुश रहें तो ठेके माँगते हैं। कार्यकर्ताओं की लाई ट्रांसफर की माँगों को पूरा करने की डिमांड करते हैं। रूठे तो सार्वजनिक रूप से सरकार की ही आलोचना करने लगते हैं।

लेकिन बात नेताओं की नहीं, बंदरों की हो रही है। दिल्ली में बंदरों का जलवा इस रूप में दिख रहा है कि कई रेहड़ीवाले उनसे पंगा नहीं लेते और बंदरों के प्रकट होते ही उन्हें फौरन कुछ खाने को दे देते हैं। बंदरों की इस हफ्तावसूली के चर्चे मुंबई तक पहुँचे तो भाई लोग बंदरों से हफ्तावसूली की ट्रेनिंग लेने दिल्ली आएँगे। बंदरों का आतंक इस रूप में कि जो रेहड़ीवाले या आम लोग बंदरों से पंगा लेने की कोशिश करते हैं, बंदर रौद्र रूप दिखाकर उन्हें अस्पताल की तरफ रवाना कर देते हैं। बंदरों के प्रकोप से मुक्ति दिलाने के लिए दिल्ली नगर निगम पूरे देश से बंदर पकड़ने वालों को बुला रही है। प्रति बंदर पकड़ने का मेहनताना 2400 रुपए कर दिया है, जो देश में सबसे ज्यादा है, लेकिन फिर भी 'मंकी कैचर' नहीं आ रहे।

मैं सोच रहा हूँ कि बचपन में पिताजी ने जिस तरह जबरदस्ती टाइपिंग का कोर्स कराया था, अगर वैसे ही जबरदस्ती बंदर पकड़ने का कोई कोर्स करा देते तो आज मर्सिडीज में घूम रहा होता। हर महीने 100 बंदर पकड़ता और ऐश करता, लेकिन पिताजी को कहाँ मेरी स्किल डेवलप कराने में कोई रुचि थी। उन्हें लगता था कि बेटा टाइपिंग सीख लेगा तो कचहरी के बाहर बैठकर चार-पाँच हजार तो कमा ही लेगा।

खैर, मुझे यह समझ नहीं आया कि बंदरों को पकड़ने के लिए मंकी कैचर बुलाए जा रहे हैं तो बंदरों को भगाने के लिए उनके बॉस लंगूर को क्यों नहीं बुलाया जा रहा? मैंने एक मंकी कैचर से माजरा पूछा तो वो बोला—"आजकल लंगूर मिलते कहाँ हैं? वो जंगल में मिलते हैं और जंगल अब बचा नहीं। फिर बंदर भी लंगूर की धौंस-पट्टी में आते नहीं। मॉब लिंचिंग का जमाना है। लंगूर को भी डर लगता होगा कि कहीं सब बंदर मिलकर लिंचिंग न दें। लिंचिंग मामले में कहीं कोई सुनवाई भी नहीं। भीड़ 'हो-हो' करते हुए आती है, पीटती है और निकल लेती है। कई बंदर साथ होते हैं तो लंगूर का अब लोड लेते नहीं।"

मैंने कहा—"ठीक है, लिचिंग का डर लगता होगा। माहौल तनावपूर्ण है। सजा किसी को होती नहीं तो लंगूर भी शायद डरा होगा। लंगूर अक्लमंद जानवर होता है। मुमकिन है, न्यूज वगैरह देखता हो तो टी.वी. पर पिटाई की तसवीरें देखकर दहल जाता हो। फिर भी, हर शख्स का एक स्वभाव होता है। लंगूर का कर्म है बंदरों को भगाना। लंगूर बंदरों के सामने हार मान जाएगा तो सैकड़ों पौराणिक कहानियों का क्लाइमेक्स बदल जाएगा।"

वो बोला—"देखिए, वक्त का तकाजा है, बहुमत के साथ रहिए या कहें बहुमत से मत उलझिए। बाकी एक-दो अकड़ू लंगूर यदा-कदा अपनी काली पूँछ फहराते हुए जलवा दिखा भी देते हैं तो भी होता कुछ नहीं। आखिर लंगूर बंदरों को कहाँ तक भगाएगा। बंदर जनकपुरी से भागते हैं तो तिलकनगर में खंभा गाढ़ देते हैं। तिलकनगर से भागते हैं तो मायापुरी में डेरा जमा देते हैं। दिल्ली बहुत बड़ी है।"

मैं समझ गया था कि न सिर्फ दिल्ली बहुत बड़ी है, बल्कि दुस्साहस बहुत बड़ा है। भीड़ साथ हो तो किसी को किसी से डर नहीं लगता। न सरकार, न विपक्ष, न इनसान, न बंदर, किसी को नहीं।

□

काम में लगे रहिए

इन दिनों काम का इतना बोझ है कि मैं कोई काम कर ही नहीं पा रहा। पहले अनुच्छेद 370 हटाने के बाद कई दिन इस चिंतन में बीत गए कि क्या अब पाकिस्तान के साथ युद्ध होगा? कश्मीर के सेब अब महँगे होंगे या सस्ते? श्रीनगर में डल झील के किनारे प्रॉपर्टी का दाम क्या है? यों अपने पैसे से मैं अभी तक नोएडा में दो कमरे का फ्लैट नहीं खरीद पाया हूँ, लेकिन जब देश के लाखों लोग श्रीनगर में प्रॉपर्टी खरीदने का ख्वाब बुन रहे हों, तो मैं कैसे पीछे रह सकता था?

बमुश्किल अनुच्छेद 370 के बाद के हालात पर चिंतन से मुक्त हुआ था कि चंद्रयान-2 ने सोचने का काम दे दिया। चंद्रयान-2 के चाँद पर पहुँचने से पहले दो-चार दिन इस चिंतन में चले गए कि चंद्रयान-2 के चाँद पर पहुँचने के बाद क्या होगा? क्या अब मैं भी चाँद पर जाऊँगा? क्या आने वाले दिन में श्रीहरिकोटा से दिन में दो बार चाँद के लिए रॉकेट उड़ेंगे? और क्या रॉकेट का कंडक्टर भी खुले पैसे न होने का बहाना करके मेरी मेहनत की कमाई हड़प लेगा?

मैं बहुत चिंतित था। इस चिंता में पूरी रात न्यूज चैनलों पर 'चाँद के पार चलो' और 'चंदा मामा दूर के' जैसे गाने सुनकर सोचता रहा कि अगर चंद्रयान-2 थोड़ी देर से चाँद पर पहुँचा तो न्यूज चैनल वालों को तो नए गाने कंपोज कराने होंगे। या संभव है कि स्टूडियो में वैज्ञानिकों की जगह शायरों-गीतकारों को बैठाया जाए ताकि वो चाँद पर नई-नई कविताएँ कहें—गजलें कहें, लेकिन मैं जैसा सोचता हूँ, वैसा होता कहाँ है? विज्ञान की भाषा में कहूँ तो मेरी चाही चीज कभी मेरे ऑर्बिट में आती ही नहीं। ये परेशानी बचपन से है। मैंने बचपन में जिस लड़की को गर्लफ्रेंड बनाना चाहा, वो चाँद-सी सूरत वाली लड़की किसी दूसरे ग्रह(मुहल्ले) के लड़के के ऑर्बिट में चली गई।

अब मैं नए काम में लगा हूँ। नया काम है अपनी गाड़ी के तमाम कागजों को

दुरुस्त करना। नए ट्रैफिक नियम लागू होने के बाद आजकल लाखों लोग यही काम कर रहे हैं और इस काम को करते हुए सैकड़ों बेरोजगारों को अचानक रोजगार मिल गया है। रोजगार लाइन में लगकर पॉल्यूशन सर्टिफिकेट बनवाने का।

सरकार की अच्छी बात यही है कि वो हर कुछ दिन में बेरोजगारों को नया काम दे देती है। नोटबंदी के बाद हजारों बेरोजगार अपने घर के सदस्यों के, पड़ोसियों के, रिश्तेदारों के नोट बदलवाने के लिए बैंक की लाइन में खड़े हो गए थे। आजकल पॉल्यूशन सर्टिफिकेट बनवाने के लिए खड़े हैं। बेरोजगारों के लिए यह वक्त काटने और कमाई दोनों का अवसर है। एक पॉल्यूशन सर्टिफिकेट बनवाने निकलो तो दिन भर के पान-गुटखे का इंतजाम हो जाता है।

बेरोजगार भोले होते हैं। वे काम का स्तर नहीं देखते। वे सिर्फ काम देखते हैं। काम मिलता है तो करते हैं। निरपेक्ष भाव से। वे कभी एक पार्टी के समर्थन में वोट माँगते हैं तो कभी उसी पार्टी के खिलाफ धरना-प्रदर्शन करते हैं, बस फोड़ते हैं, लेकिन आजकल पॉल्यूशन सर्टिफिकेट बनवा रहे हैं।

सच कहूँ तो बेरोजगारों के अलावा बाकी देश भी इन दिनों नए ट्रैफिक नियमों के जाल में उलझा है। लाखों लोगों ने तो गाड़ी खरीदने के बाद उसके कागज कहाँ रख छोड़े हैं, उन्हें खुद पता नहीं। कइयों को पता नहीं कि हेलमेट कहाँ मिलता है ? करोड़ों लोगों ने नए नियम सुनकर ब्लड प्रेशर बढ़ा लिया है, क्योंकि नियम का पालन करना हिंदुस्तान में अघोषित अपराध है।

बहरहाल, देश की असंख्य जनता को कुछ दिनों के लिए काम मिल गया है। सरकार खुश है। जिस देश की सारी जनता काम में लगी हो, उस सरकार को खुश होना ही चाहिए। मैं भी खुश हूँ। आप भी अब काम पर लग जाइए।

□

मंदी बनाम चालान

सरकार बहुत दूरदर्शी है। मंदी आने की खबर क्या हुई, सरकार ने उसकी राह में नए ट्रैफिक नियम के रूप में स्पीड ब्रेकर लगा दिया। अचानक हर जगह चालान की चर्चा शुरू हो गई। खुद मंदी कंफ्यूज हो गई कि आऊँ या जाऊँ? जहाँ तक मंदी से प्रभावित लोगों का सवाल है तो इस देश में लोगों की चार कैटेगरी हैं। पहली इतनी गरीब है कि उसे एक वक्त का भोजन तक नसीब नहीं होता। मंदी उसकी भूख से टकराकर उसके घर में दम तोड़ देती है। दूसरी कैटेगरी के लोग जैसे-तैसे दो जून की रोटी का इंतजाम कर लेते हैं, लेकिन उनकी सीमित जरूरतें मंदी को मुँह चिढ़ाती हैं। उन्हें न कार चाहिए, न पेट्रोल। न एयर कंडीशन्ड घर चाहिए, न मल्टीप्लेक्स के पॉपकॉर्न। उन्हें न एडिडास के जूते चाहिए, न ली की जींस।

एक कैटेगरी इतनी रईस है कि 'मंदी' और 'महँगाई' जैसे शब्द उनके शब्दकोश में लिखे ही नहीं हैं। चौथी कैटेगरी में वो मध्यवर्गीय भारतीय आते हैं, जो मंदी और महँगाई के आने पर जितना प्रभावित होते हैं, उससे दस गुना ज्यादा हल्ला मचाते हैं, लेकिन सरकार बहुत सयानी है। वो नहीं चाहती कि मंदी को लेकर मचे हल्ले से 'नॉइस पॉल्यूशन' फैले। तो सरकार ने मंदी की राह में नए ट्रैफिक नियम के काँटे बो दिए।

अब मंदी को चालान के चाकू से काटा जा रहा है। आप पूछ सकते हैं कि मंदी का चालान से क्या लेना-देना? पूछिए-पूछिए, क्योंकि इस देश में लोगों की एक समस्या यह भी है वो किसी से कुछ पूछते नहीं, लेकिन मैं सहिष्णु व्यक्ति हूँ। आपके बिना पूछे बता देता हूँ। दरअसल, चालान के जरिए सरकार पूरी मंदी को पटखनी देना चाहती है।

अब देखिए, नए ट्रैफिक नियम के लागू होते ही अचानक हेलमेट इंडस्ट्री में बहार आ गई है। हेलमेट इंडस्ट्री से जुड़े लोगों के पास पैसा आएगा तो जरूर खर्च

करेंगे। घर बनवाएँगे, टी.वी. खरीदेंगे, कार खरीदेंगे, अपनी दुकान पर एक-दो कर्मचारी रखेंगे। यानी मंदी को मात देने में अपनी भूमिका निभाएँगे।

इसी तरह प्रदूषण नियंत्रण प्रमाण-पत्र बनानेवाला मंदी को मात देने में अपनी भूमिका निभाएगा। पुलिसकर्मी तो मंदी को भगाने में पहले दिन से सक्रिय हो ही गए हैं। ट्रैफिक नियम उल्लंघन के बाद पहले जिस बंदे से वो 50 रुपए की रिश्वत लेते थे, वो रेट अब 500 रुपए हो गया है। 500 रुपए वाले जुर्म का रेट 2000 रुपए हो गया है। पुलिसकर्मी कमाकर ज्यादा रकम घर ले जाएँगे तो उनकी बीवियाँ ज्यादा गहने खरीदेंगी। बच्चे नई-नई कारें खरीदेंगे। नया फ्लैट खरीदा जाएगा या पुराने मकान में नया कमरा बनेगा। यानी एक पुलिसकर्मी की जेब में ज्यादा नोट आने से सीमेंट से लेकर ऑटो इंडस्ट्री तक की मंदी को मात मिलेगी।

जिन लोगों के हजारों-लाखों के चालान होंगे, वो उसकी भरपाई के लिए ज्यादा काम करेंगे। नए आइडिया सोचेंगे। इन नए अनूठे विचारों से नए स्टार्ट-अप्स खोले जाएँगे। हर स्टार्ट-अप कुछ लोगों को नौकरी देगा। कुछ लोग चालान की रकम चुकाने के लिए बैंक से पर्सनल लोन लेंगे या क्रेडिट कार्ड से भुगतान करेंगे। इससे बैंकिंग इंडस्ट्री की ग्रोथ होगी। मोटा चालान न भर पाने की वजह से जिन लोगों की गाड़ियाँ जब्त होंगी, वो ओला-उबेर की कैब से घर जाएँगे। इससे इन कंपनियों का व्यवसाय भी बढ़ेगा।

चालान की चिल्ल-पों इसी तरह जारी रहेगी तो मॉब लिंचिंग, हिंदू-मुसलमान, राम मंदिर जैसे मुद्दों पर भी लोगों को ध्यान नहीं जाएगा। इन मुद्दों पर बहस से असहिष्णुता फैलती है। जितने ज्यादा रुपए का चालान कटेगा—न्यूज चैनल को चटपटी खबर दिखाने का उतना बड़ा अवसर मिलेगा। इससे चर्चा के केंद्र में चालान रहेगा, मंदी-वंदी की कोई बात नहीं होगी। दरअसल, चालान का चाबुक मंदी की ऐसी पिटाई करेगा कि मंदी रहे भले कहीं, लेकिन चूँ तक नहीं करेगी।

□

हर तरफ हनीट्रैपिंग

आजकल बंदे हनीट्रैप बहुत होते हैं। रोज खबर आती है कि फलाँ नेता या फलाँ अधिकारी हनीट्रैप हो गया। हनीट्रैप तो ठीक है, कई बंदों का हनीट्रैप होते-होते सी.डी. कांड भी हो जाता है। सी.डी. कांड की व्याख्या किसी ग्रंथ में नहीं है। सामान्य परिभाषा के अनुसार यह वो कांड होता है, जिसमें सी.डी. बनते वक्त फिल्म का नायक फिल्म रिलीज होते ही खलनायक में तब्दील हो जाता है। इस कांड के पश्चात् कुर्सी, नौकरी और पत्नी बचाने के लाले पड़ जाते हैं। प्रतिष्ठा के विषय में कुछ सही-सही नहीं कहा जा सकता कि वो कम होती है या बढ़ती है ? क्योंकि सी.डी. कांड के कई नायक कालांतर में मुख्यमंत्री के सेक्रेटरी और राज्यपाल भी बने।

फिर भी, आम मान्यता है कि सी.डी. कांड का नायक बनना खतरों के खिलाड़ी होना है। ऐसे में ज्योतिषियों को पता करना चाहिए कि सी.डी. कांड बंदे की कुंडली में किस दशा में फलीभूत होता है ताकि सी.डी. कांड से बचने के लिए उपाय खोजे जा सकें। उपाय पता चल जाए तो 90 फीसदी नेता-अधिकारी उपाय करा लेंगे। आखिर 'प्रीवेंशन इज बैटर दैन क्योर'।

सिर्फ हनीट्रैप में फँसा बंदा माल ले-देकर मामला सैटल कर सकता है, लेकिन सी.डी. कांड होने के बाद मामला सैटल नहीं, वायरल होता है और सोशल मीडिया का वायरल वीडियो वायरल बुखार से एक लाख गुना तेजी से फैलता है। सी.डी. कांड का नायक रातोरात मीडिया में वो मुकाम हासिल करता है, जो दस-बीस छोटे-मोटे घोटालों से हासिल नहीं हो सकता। इन सी.डी. कांड की बदौलत ही शायद सी.डी. बनाने वाली कंपनियाँ भी चल रही हैं वरना अमेजॉन, नेटफ्लिक्स जैसे ओ.टी.टी. प्लेटफॉर्म, यूट्यूब और तमाम दूसरे मोबाइल एप के जमाने में घरों से सी.डी. उसी तरह गायब हो चुकी हैं, जैसे भारतीय राजनीति से मार्गदर्शक मंडल के मार्गदर्शक।

अनुभवी बताते हैं कि त्रिया चरित्रं, पुरुषस्य हनीट्रैपिंगम्, देवो न जानति कुतो मनुष्य: मतलब त्रिया का चरित्र और पुरुष की हनीट्रैपिंग के विषय में ईश्वर भी ठीक ठीक नहीं बता सकते। हनीट्रैप में बंदा कहीं भी, कभी भी फँस सकता है। उदाहरण के लिए पूरे देश में शराबी शराब पीने के लिए बार में जाते हैं, जिसे हिंदी में 'मधुशाला' कहा जाता है, लेकिन इंदौर में मधुशालाओं में गन्ने का रस मिलता है। यह भी एक तरह की हनी ट्रैपिंग है। राजनेता वोटरों की हनी ट्रैपिंग करते हैं। लुभावने वादे हनी ही तो हैं। राजनेताओं की हनीट्रैपिंग इतनी घातक होती है कि लोग बरसों-बरस तक फँसे रहते हैं। कंपनियाँ ग्राहकों के साथ हनीट्रैपिंग का खेल खेलती हैं। चार दिन में गोरा बनाने की क्रीम से लेकर छह महीने में 36 किलो वजन घटानेवाले कैप्सूल कस्टमर को हनीट्रैप ही तो करते हैं। हनीट्रैपिंग का सबका अपना-अपना अंदाज है, लेकिन उद्देश्य वही है—शिकार फँसाना।

हनीट्रैपिंग गंदा है पर धंधा है। क्रेडिट कार्ड कंपनियों से लेकर प्राइवेट स्कूल तक सब अपने-अपने शिकार को हनीट्रैप कर रहे हैं। आप लाख चाहें पर हनीट्रैप होना आपकी नियति है। विज्ञापनों की चमक और घाघ मार्केटिंग एक्सपर्ट आपको घर में घुसकर हनीट्रैप करेंगे और आप कुछ नहीं कर पाएँगे।

कलियुग की हर महाभारत के मूल में 'हनी' है। जहाँ हनी है, वहाँ लार टपकाते लोग ट्रैप होंगे ही। इसलिए हनीट्रैंपिंग का धंधा कभी मंदा नहीं पड़ता। सच यह है कि आज हर तरफ हनीट्रैपिंग हो रही है, लेकिन हम आँख खोलकर भी धृतराष्ट्र बने हुए हैं।

□

मिलावट का स्वर्ण काल

यह मिलावट का स्वर्णकाल है। जित देखिए तित मिलावट। लोग आधुनिकता और विकास का नारा लगाते हुए मिलावट के स्वर्णकाल को इंजॉय कर रहे हैं। मिलावट ही सत्य है। कभी सौभाग्य से शुद्ध माल के दर्शन हो जाएँ तो लोग उलझन में पड़ जाते हैं कि फैशन के इस युग में 100 फीसदी टंच माल कहाँ से आ गया? हाल यह है कि दिल्ली के ज्यादातर लोगों को अगर पूरी तरह शुद्ध हवा मिल जाए तो उनकी तबीयत खराब हो सकती है। आदत ही नहीं है।

देश के करोड़ों लोग शुद्ध दूध पी लें तो उनका हाजमा बिगड़ सकता है। आदत ही नहीं है। माता के जगराता में अगर शुद्ध धार्मिक भजन बिना फिल्मी तड़के के बजने लगें तो संभव है कि भक्तगण उठकर चले जाएँ। आदत ही नहीं है। वीर रस की कविता सुनाने वाला कवि भी कवि सम्मेलन में दो-चार वनलाइनर की मिलावट कर देता है कि क्या पता आयोजक इन्हीं पर रीझ जाए।

शुद्ध माल अब किसी को पंसद नहीं। या समझिए कि शुद्धता सिर्फ विज्ञापनों की टैग लाइन तक सीमित है। हजम किसी को नहीं होती। शुद्ध हिंदी बोलिए तो लोग पुरातन समझ लेते हैं। यू नो, या, यो-यो, आई मीन टू से जैसे चंद अंग्रेजी शब्दों की मिलावट कर दीजिए तो सब ठीक हो जाता है। ईमानदारी में भी बेईमानी की मिलावट को तरजीह दी जाती है। थानेदार बिना रिश्वत के काम करने का आश्वासन दे दे तो कंफ्यूजन बढ़ जाता कि काम होगा या नहीं?

राजनीति में तो खैर मिलावट-ही-मिलावट है। टिकट न मिलने पर राजनेताओं की विचारधारा में मिलावट इतनी त्वरित गति से होती है कि तेल-गेहूँ-दूध में मिलावट करनेवाले घनघोर मिलावटबाज भी हैरान रह जाते हैं। लेकिन भोली जनता इस मिलावट उर्फ हृदय परिवर्तन पर राजनेताओं से कभी कोई सवाल नहीं पूछती। राजनेता भी जानने-समझने लगे हैं कि सवाल पूछने का रिवाज नहीं है हमारे यहाँ।

मजेदार बात यह कि विचारधारा की मिलावट के बीच कई बार कार्यकर्ता तक कंफ्यूज हो जाते हैं कि वो किस पार्टी के हैं, क्योंकि कई बार रात में जिस पार्टी का झंडा लेकर सोने जाते हैं, सुबह उठकर पता चलता है कि वो तो विरोधी पार्टी का है।

मिलावट के इसी स्वर्णकाल में सत्ता के 'मौसम वैज्ञानिक' केंद्रीय मंत्री राम विलास पासवान भी मिलावट का शिकार हो गए। वे खुद खाद्य एवं उपभोक्ता मामलों के मंत्री हैं, लेकिन सब्जीवाले ने उनके कर्मचारियों को भी मोम लगे सेब थमा दिए। वो तो देश का सौभाग्य है कि केंद्रीय मंत्री स्वयं कभी-कभी रशियन सलाद बनाने किचन में भी जाते हैं। वरना, कइयों को भ्रम है कि राजनेता है तो हर पाँच साल पर सिर्फ लोगों को मूर्ख बनाएगा। खैर, मंत्रीजी मिलावट का शिकार हुए तो सब्जी बेचनेवाले पर काररवाई लाजिमी थी, लेकिन प्रेस कॉन्फ्रेंस में मंत्रीजी ने खुद बता दिया कि सेब 420 रुपए किलो के भाव से खरीदे गए थे।

मिलावट के स्वर्णकाल में अब जनता पूछ रही है कि अगर 420 रुपए किलो में भी शुद्ध सेब नहीं मिल सकते तो आम जनता जिसे सेब समझकर खाती है, वो क्या आइटम है ?

□

सिस्टम के 'चूहों' का आतंक

एक रिपोर्ट के मुताबिक देश में इस वक्त करीब 240 करोड़ चूहे हैं। यानी प्रति व्यक्ति करीब दो चूहे। सरकार बता रही है कि 'अच्छे दिन' आ गए हैं। जाहिर है, चूहों के भी अच्छे दिन चल रहे हैं। आलम यह है कि छह चूहे दिन में एक आदमी का भोजन चट कर जाते हैं। साल में करीब 40 करोड़ लोगों का पेट भरने लायक खाना चूहे खा रहे हैं। कुल मिलाकर चूहों की मौज चल रही है। आज से नहीं, बरसों से चल रही है। चूहे अपना काम करते हैं और निकल लेते हैं, लेकिन हम लोग अमूमन चूहों को लेकर ज्यादा परेशान नहीं होते। घरों में एक-दो चूहों को तो गणपति का दूत मानकर स्पेशल स्टेटस मिला ही रहता है।

चूहे बिंदास होते हैं। बेखौफ। कहीं भी, कभी भी दाँत मारकर बिल में घुस जाते हैं। सिस्टम को दाँत मारकर कुतरने वाले चूहे भी ऐसे ही होते हैं। दाँत मारा, थोड़ा कुतरा और जब तक किसी को पता चला, बिल के अंदर घुस गए। आजादी के बाद से सिस्टम को कुतरने वाले इनसानरूपी चूहे फल-फूल रहे हैं। ये कितने लोगों का खाना, मकान, कपड़ा, कंप्यूटर, चारा चट कर रहे हैं, इसका खुलासा किसी रिपोर्ट में कायदे से नहीं हुआ। चूहे बिल्ली से डरते हैं, लेकिन भ्रष्टाचार का टॉनिक पीकर सिस्टम में सेंध लगाने वाले चूहों को मारने वाली बिल्ली आज तक जन्मी ही नहीं। चूहों पर थोड़े दिनों तक अंकुश लगाने वाली बिल्लियाँ कभी-कभार आईं, लेकिन इन चूहों को पूरी तरह खामोश कोई नहीं कर पाया। जिस तरह असली चूहों का एक जोड़ा साल में 700-800 नन्हे चूहों को जन्म देता है, वैसे सिस्टम में सेंध लगाने वाला इनसानी चूहा अपने आसपास कई नए चूहों की फौज तैयार करता है, जो उसी के रंग में रँगकर सिस्टम की ऐसी-तैसी करता है।

वैज्ञानिकों के मुताबिक चूहे में छेनी के आकार वाले एक जोड़ी कुतरने वाले दाँत होते हैं, जिन्हें 'इंसाइजर' कहा जाता है और चूहों के ये दाँत रोजाना करीब

0.4 मिलीमीटर की दर से बढ़ते रहते हैं, लेकिन सिस्टम के भ्रष्ट चूहों के दाँत, पेट, लालच और हड़पने की हवस किस रफ्तार से बढ़ेगी, इसका आकलन दुनियाभर के वैज्ञानिक अभी तक नहीं कर पाए हैं। दिलचस्प यह कि बिल्ली के गले में घंटी बाँधने वाले तमाम वीर बहादुर ऐसे चूहों के गले में घंटी नहीं बाँध पाए हैं।

हद यह कि सिस्टम के भ्रष्ट चूहे मौका मिलने पर असली चूहों को दोषी साबित कर डालते हैं। मसलन बिहार में शराबबंदी के बाद मालखाने से सैकड़ों लीटर शराब गायब हो गई तो सिस्टम के चूहों ने असली चूहों को शराबी करार दे डाला। गोदामों से अनाज गायब होने पर चूहों पर अनाज खाने का आरोप तो अकसर लगता रहता है।

असली चूहों का कोई संगठन, कोई पार्टी नहीं है, इसलिए उन्हें तो आरोप झेलने ही होंगे और सिस्टम के भ्रष्ट चूहों को इसलिए चिंता नहीं क्योंकि उनके माईबाप हर संगठन, हर पार्टी में हैं। यदा-कदा जेल भी जाते हैं, तो जेल के सख्त सिस्टम को भी कुतरने की कला जानते हैं।

□

आधी रात आजादी से मुठभेड़

रात के दो बजे थे। घुप्प अँधेरा था। मुझे घर पहुँचने की जल्दी थी। अचानक भड़भड़ाया हुआ, बेचैन, इधर-उधर भागता एक प्राणी मेरी कार से टकराया। बंदा सोच-समझकर हत्या कर दे तो उसका मजा शायद कुछ और होता हो, लेकिन बेवजह हत्या के जुर्म में जेल में चक्की पीसने का डर मुझे डरा गया, लेकिन किस्मत अच्छी थी। बेचैन शख्स सड़क से उठी और बोली—"आजादी-आजादी।"

मैंने पूछा—"क्या हुआ? किससे चाहिए आजादी?"

वो बोली—"मैं ही आजादी हूँ।"

मैंने कहा—"देखिए, रात के दो बजे भद्दा मजाक ठीक नहीं।"

वो बोली—"नहीं, सच कह रही हूँ। मैं एक कोने में बैठी थी कि अचानक मेरे कानों में कई जगह से 'आजादी-आजादी' की गूँज आने लगी। ऐसा लगा कि हर तरफ बस मेरा नाम है। हर साल 15 अगस्त के आसपास ऐसा ही होता है। दिमाग चकराने लगा। किधर जाऊँ? इसी मानसिक अवस्था में कब कार से टकरा गई, पता नहीं।"

मैंने 'आजादी' को पानी पिलाया। उसकी साँस-में-साँस आई। वो बोली—"हर साल का यही रोना है। सावन के मौसम में अचानक 'आजादी-आजादी' का नाम इतना पुकारा जाता है, जैसे आजादी न हुई, भोले बाबा हो गई।"

मैंने कहा—"आप टेंशन मत लो। आप सही सलामत हो। कुछ गड़बड़ हुई तो पास में ही संसद् भवन है, वहाँ भी 'फर्स्ट ऐड बॉक्स' रखा है।"

'आजादी' अब खुलने लगी थी। बोली—"क्या हाल कर दिया देश का। अंग्रेजों के हाथों से मुझे ऐसे छीनकर लाए थे मानो पलक-पाँवड़ा बिछाकर रखेंगे। हुआ क्या? गरीब और गरीब हो रहा है। दलितों के घर मुझे पहुँचने नहीं देते। मीडिया के आँगन में मेरा परमानेंट चैंबर था, लेकिन उसे भी साल-दर-साल

उखाड़ने की कोशिश हुई है तो चैंबर तंबू में तब्दील हो गया है। और…"

मैंने टोका—"काहे टेंशन ले रही हैं। चिल रहिए। आपका दिन है। लड्डू खाइए। इधर-उधर इतने कार्यक्रमों में आपको चीफ गेस्ट के रूप में आमंत्रित किया गया है, वहाँ जाइए। मंत्री-संत्री सब आपके साथ सेल्फी लेना चाहते हैं, तो उनके साथ फोटू खिंचाइए। 'किसे कितनी आजादी' का सवाल बड़ा बवालिया है, इसे छोड़िए।"

आजादी बोली—"लेकिन मुझे नींद नहीं आती। लोग आज भी भूखे मर रहे हैं। अन्नदाता खुदकुशी कर रहा है। लोग गड्ढों में मर रहे हैं। कोई सिस्टम नहीं। क्या इसी दिन के लिए मुझे लेकर आए थे।"

मैंने कहा—"देखिए, अब कुछ ज्यादा हो रहा है। ज्यादा चूँ-चूँ करेंगी तो जमाना ठीक नहीं। आपका कत्ल भी हो सकता है। मॉब लिंचिंग बहुत हो रही है इन दिनों।"

आजादी घबरा गई। उसके चेहरे का रंग उड़ने लगा। होंठ थरथराने लगे। वो मुझसे कुछ कहना चाहती थी, लेकिन कह पाती, उससे पहले ही मेरी नींद खुल गई। □

ताजमहल पर निठल्ला चिंतन

देश की सरकारों के शवों का कभी पोस्टमार्टम हुआ तो पता चलेगा कि सरकारों के पास दिल, जिगर, फेफड़े, हाथ, पैर सब होते हैं, लेकिन कान नहीं। वे किसी की नहीं सुनतीं। आम आदमी तो खैर आम है ही, जिसे चूसने में मजा आता है, लेकिन सरकारें सुप्रीम कोर्ट की भी नहीं सुनती। सुप्रीम कोर्ट 1995 से कह रहा है कि ताजमहल को प्रदूषण से बचाओ। इस मुद्दे पर सुप्रीम कोर्ट केंद्र और राज्य सरकार पर इतना चिल्ला चुका है कि यह आवाज अगर डेसिमल में नापी जा सकती तो खुद सुप्रीम कोर्ट ध्वनि प्रदूषण फैलाने के आरोप में घिर जाता। बावजूद इसके सरकारों के कानों पर कभी शायद जूँ इसीलिए नहीं रेंगी, क्योंकि उसके कान हैं ही नहीं। इस बीच, ताजमहल के कभी भूरे, कभी पीले, कभी काले होने की खबर आती चली गई। वो तो अच्छा हुआ कि ताजमहल के कभी भगवा या पूरी तरह हरा होने की खबर नहीं आई वरना मामला घनघोर सांप्रदायिक हो सकता था।

ताज की दुर्दशा से आहत सुप्रीम कोर्ट ने अब ताज को प्रदूषण मुक्त करने के लिए समिति बनाने का फैसला दिया है। दो साल बाद जब सुप्रीम कोर्ट सरकार से पूछेगी कि भइया, बताओ, समिति ने क्या किया? तो पता चलेगा कि सातवें अजूबे को प्रदूषण मुक्त कराने के नाम पर अधिकारियों ने दुनिया के छह अजूबों की सैर कर ली और 30-40 करोड़ का बिल सरकार को थमा दिया। बाकी हाल वैसे-का-वैसा।

सुप्रीम कोर्ट इतना खफा है कि उसने कह डाला है या तो इसे खूबसूरत बनाओ या ध्वस्त कर दो। अधिकारी कंफ्यूज हैं कि क्या ताजमहल को ढहाने का आदेश सुप्रीम कोर्ट वास्तव में दे सकता है? अगर हाँ, तो क्या उन्हें अपने-अपने ठेकेदारों को सूचित कर देना चाहिए कि भइया, करोड़ों टन संगमरमर उठाने का ठेका तुम्हें मिल सकता है, आकर पहले सेटिंग कर लो।

वैसे, ताजमहल अगर ढहा दिया गया तो चार पक्ष सबसे ज्यादा खुश होंगे। पहला, आगरा के वे लोग, जिन्हें हर हफ्ते, दो हफ्ते में रिश्तेदारों को ताजमहल घुमाने ले जाना पड़ता है। आगरा के कई परिवारों में तो एक बेरोजगार बंदा सिर्फ इसी काम में लगा हुआ है कि वो रिश्तेदारों को ताजमहल घुमाए। दूसरा पक्ष है सरकार। सरकार सोचेगी, चलो बवाल कटा। कोर्ट की लताड़ से मुक्ति मिली। तीसरा पक्ष है आतंकवादी। वे अरसे से प्लान बना रहे हैं कि ताजमहल को ढहा दें। कई बार ऐसी खबरें आईं कि आतंकवादी आगरा पहुँच गए हैं, लेकिन सुरक्षा के पुख्ता बंदोबस्त के बीच उन्हें आगरा से पेठा खाकर वापस लौटना पड़ा। चौथा पक्ष है बंदर। इन दिनों ताज परिसर में पर्यटकों से ज्यादा बंदर रहने लगे हैं और वे इनसानी अतिक्रमण से बहुत परेशान रहते हैं।

निठल्ले चिंतन की खूबी यही है कि वो कोई भी दिशा पकड़ सकता है। तो मेरे मन में एक खयाल यह भी आ रहा है कि शाहजहाँ ने ताजमहल बनवाया ही क्यों? यह मुमताज के प्यार में ताज बनानेवाली थ्योरी जमती नहीं, क्योंकि शाहजहाँ की छह बीवियाँ थीं। अगर एक से कुछ ज्यादा मुहब्बत होती तो बाकी पाँच जीना मुहाल कर देतीं। शाहजहाँ साहब कितने भी बड़े बादशाह रहे हों, पाँच बीवियों का कोपभाजन नहीं झेल सकते थे। पाँचों मिलकर ऐसा बवाल काटती कि शाहजहाँ पहले ही औरंगजेब को राजपाट सौंप लालकिले में बंद हो जाते। हो सकता है, वो रईसी दिखाना चाहते हों। अब आम आदमी रईस हो जाता है तो फॉर्च्यूनर खरीदता है। विदेशी रिवॉल्वर खरीदता है या बेटी की शादी के मेन्यू में 10 की जगह 20 स्वीट डिश रखवा लेता है, लेकिन बादशाह बेचारा क्या करता? बनवा दिया ताजमहल। उस वक्त माइकल जैक्सन टाइप के सितारों का कंसर्ट होता नहीं था, वरना किसी इंटरनेशनल स्टार को बुला लेता। औरंगजेब और दाराशिकोह का भी निकाह हो लिया था वरना स्विट्जरलैंड में डेस्टिनेशन वेडिंग करते हुए बारात में शाहरुख जैसे किसी सितारे को बुलाया जा सकता था और रिसेप्शन में 20 एक्स्ट्रा व्यंजन बनवाकर रईसी झाड़ी जा सकती थी।

कुल मिलाकर आदमी विकट रईस हो तो क्या करे। सो ताजमहल ही बनवा दिया। अजूबा। हो सकता है कि शाहजहाँ ने आगरा की अर्थव्यवस्था में बढ़ोतरी को ध्यान में रखते हुए 20 वर्षीय मनरेगा स्कीम के तहत ताजमहल बनवाया हो। मजदूरों को काम मिल जाएगा। ताज के आसपास कॉलोनी बन जाएँगी। ताज बनेगा तो वही ठेले-चाटवाले अपनी रेहड़ी लगा लेंगे। इससे अर्थव्यवस्था में बढ़ोतरी होगी।

मुझे ताज बनानेवाले मजदूरों के हाथ काटने की खबर भी फेक न्यूज लगती है, जो उस वक्त किसी एक-दो असंतुष्ट मजदूरों ने फैलाई थी। 20 हजार 'ठाकुर' पूरे शहर में घूम रहे होते तो किसी-न-किसी अंग्रेज की नजर जरूर पड़ी होती और अंग्रेजों को आदत थी—हर बात का दस्तावेजीकरण करने की। उन्होंने नाम-पते के साथ लिखा होता कि किस-किस मजदूर के हाथ काटे गए। ऐसा होता तो इन मजदूरों के परिजन आज जरूर वक्फ बोर्ड से पेंशन ले रहे होते या जंतर मंतर पर पेंशन के लिए इनका आंदोलन चल रहा होता।

निठल्ले चिंतन का निष्कर्ष यही है कि ताजमहल शाहजहाँ ने मजे-मजे में बनवा दिया। बादशाहों को कुछ काम चाहिए होता है, तो रोज एक बिल्डिंग को बनते देखना ही काम था। मजे-मजे में बनवाए ताज पर अब सरकारें भी मजे लेती हैं। ताजमहल पीला हो या हरा—किसी को क्या फर्क पड़ता है। सुप्रीम कोर्ट चिल्लाता है तो चिल्लाता रहे, उनकी बला से। सुप्रीम कोर्ट बेवजह ज्यादा ही सीरियस होता रहता है।

□

आम आदमी पर बायोपिक कब?

एक जमाना था जब बॉलीवुड में भगवानों को लेकर बायोपिक बना करती थीं। भगवान् राम की बायोपिक 'रामराज्य' को तो महात्मा गांधी ने भी देखा था। बापू ने जीवन में इकलौती फिल्म यही देखी, लेकिन अब वक्त बदल गया है। स्वतंत्रता सेनानी, खिलाड़ी, गुंडे, आतंकवादी सब पर बायोपिक बन रही हैं या बन चुकी हैं। सीधे-सीधे कहें तो हर उस शख्स पर बायोपिक बन रही है, जिसकी जिंदगी में जरा भी उठा-पटक हुई है।

ईश्वर अगर किसी एजेंट के जरिए रॉयल्टी माँग सकते तो भगवान् राम, कृष्ण और हनुमान सिर्फ अपनी बायोपिक से खासे रईस हो सकते थे, क्योंकि शुरुआती दौर में इन पर बहुत फिल्में बनीं। फिर महाभारत, रामायण का दौर आया, लेकिन ईश्वर तो असल डायरेक्टर है और दिलदार भी। वरना, सुना है कि जिस बंदे पर बायोपिक बनती है, उसने जितना पैसा अपनी जिंदगी में नहीं कमाया, उससे ज्यादा वो बायोपिक के नाम पर निर्माता से ले लेता है।

बायोपिक का सबसे बड़ा फायदा यह है कि इसमें जिस बंदे की बायोपिक है, उसे कुछ नहीं करना होता। सिर्फ इजाजत देनी होती है और रॉयल्टी लेनी होती है। बायोपिक मूलत: संबंधित व्यक्ति के अपने खास क्षेत्र में संघर्ष का दस्तावेज होती है। फिर क्षेत्र चाहे खेल का हो या अंडरवर्ल्ड का, लेकिन बायोपिक अगर संघर्ष का दस्तावेज ही है तो आम आदमी की बायोपिक क्यों नहीं बनती? महँगाई से लड़ते हुए, बच्चों की मोटी फीस भरकर दोहरा होते हुए, ई.एम.आई. के बोझ तले दबकर रोते हुए, कभी-कभी मुफलिसी में भी पत्नी और प्रेमिका के बीच झूलते हुए आम आदमी भी तो संघर्ष ही करता है, लेकिन उसकी बायोपिक बॉलीवुड नहीं बनाता। मुमकिन है कि बॉलीवुड को डर हो कि ऐसा करने से सारी बायोपिक एक-सी लगेंगी। आम आदमी की सारी बायोपिक एक-दूसरे की नकल लगेंगी तो बॉलीवुड

में कॉपीराइट का झंझट होगा। लड़ाई होगी। बॉलीवुड आपस में लड़ेगा तो बँटेगा।

यह भी हो सकता है कि जिन संघर्षों में जीकर आम आदमी खुद को बड़ा तुर्रम खाँ समझता है, उसे बॉलीवुड तुच्छ समझता हो। आम आदमी पूरी जिंदगी में देसी तमंचे उर्फ कट्टे के दर्शन नहीं कर पाता, संजय दत्त ने एके-56 खरीदी थी। महँगाई के दौर में आम आदमी एक अफेयर कायदे से नहीं सँभाल पाता, लेकिन संजय की बायोपिक में जिक्र है कि उनकी 350 से ज्यादा लड़कियों से खास दोस्ती रही। मतलब यह कि आम आदमी का संघर्ष भी बड़ा फालतू टाइप होता है, जिसमें न रोमांच, न सनसनी।

'बायोपिक' के केंद्र में आम आदमी का संघर्ष शायद इसलिए भी नहीं होता, क्योंकि ऐसा होते ही आम लोगों के बीच संघर्ष होने का डर है। हर आम आदमी अपने संघर्ष को महान् मानता है और उसे लगता है कि उसने जितना संघर्ष किया है, उतना कोई कर ही नहीं सकता। बॉलीवुड निर्माता शायद इस पचड़े में पड़ना ही नहीं चाहते और इसीलिए आम आदमी की बायोपिक नहीं बनती।

□

मुंबई बारिश की चिंता किसे?

वो फिर लौट आई। उसी तामझाम, उसी कातिल अंदाज के साथ। उन्हीं सुर्खियों के साथ। जी नहीं, मैं किसी फिल्मी तारिका की बॉलीवुड में पुनर्वापसी का जिक्र नहीं कर रहा। मैं मुंबई की भारी बारिश का जिक्र कर रहा हूँ, जो त्योहारों की तरह हर बरस आती ही है।

मैंने एक अखबारी मित्र से पूछा—"मुंबई में भयंकर बारिश होती है। तुम लोग सही वक्त पर दफ्तर नहीं पहुँच पाते होगे तो दिक्कत होती होगी?" उसने बेहयाई से जवाब दिया—"काहे की दिक्कत। जिस दिन कुछ ज्यादा ही विलंब होता है तो पिछले साल की हेडलाइन और खबर निकालकर चिपका देते हैं। कुछ भी तो नहीं बदलता। उन्हीं इलाकों में फिर पानी भरता है, जिनमें पिछले दस साल से भर रहा है। बी.एम.सी. उसी तरह नाकारा है, जैसी दस साल पहले थी। बी.एम.सी. चलानेवाली शिवसेना के नेताओं पर विरोधी उसी तरह भ्रष्टाचार के आरोप लगाते हैं, जैसे पहले लगाते थे। नालों की सफाई, बिल्डिंग धँसना, समुद्र में हाईटाइड के हालात और बिगड़ना जैसी सुर्खियाँ उसी तरह आती हैं, जैसी 10 साल पहले आती थी। हम उन्हीं सुर्खियों और खबरों को री-जनरेट कर देते हैं।"

मैं मुंबई से बाहर बैठकर उसी तरह आश्चर्यचकित था, जैसे ज्यादा सीटें होने के बाद भी महाराष्ट्र वीजेपी सत्ता से बाहर है। फडवणीस को फिलहाल सीएम के पद से कोई लेना देना नहीं लेकिन वो सीएम के हर मूवमेंट पर नजर रखे हुए हैं। मुझे भी फिलहाल मुंबई से फिलहाल कोई लेना-देना नहीं, लेकिन टी.वी. चैनल मुंबई बारिश को दिखा रहे हैं तो मुझे भी लग रहा है कि मुंबई के हालात जानने-समझने चाहिए। मैंने एक दोस्त को फोन लगाया और पूछा—"भाई, ये बी.एम. सी. अधिकारी क्या अंधे हैं। उन्हें दिखता क्यों नहीं कि हर साल बारिश में हालात कितने बिगड़ जाते हैं?" दोस्त ने दार्शनिक साँस ली और बोला—"नजरिए का

फर्क है। बी.एम.सी. अधिकारी जब मुआयने पर निकलते हैं तो मुंबई की सड़कों पर नाव चलती देख उन्हें अपनी उपलब्धि पर फख्र होता है कि देखिए, हमने मुंबई को वेनिस बना दिया। जिस काम को बड़े-बड़े राजनेता करने का ख्वाब नहीं देख पाए, उन्होंने थोड़े से भ्रष्टाचार से कर दिखाया। एक नजरिया यह भी है कि मुंबईवासी सालभर पानी की किल्लत का रोना रोते हैं। बारिश में हर तरफ जल-ही-जल देखकर उन्हें पानी से एक विरक्ति हो जाती है।"

मैंने एक रिश्तेदार को फोन लगाया और पूछा कि बच्चों के स्कूल का क्या होता है? तो वे बोले—"होना क्या है। छुट्टी हो लेती है। बच्चे मौज करते हैं।"

मैं समझ गया था कि न्यूज चैनलों के चक्कर में मुंबई की भारी बारिश का मुंबई से बाहर बैठे लोग ही कुछ ज्यादा तनाव लेते हैं। बाकी सब को आदत हो गई है।

□

कट्टा और प्रेमिका

बंदा जब उत्तरोत्तर रईस होता है, तो रईसी झाड़ने के नए-नए उपक्रम लेकर आता है। मसलन—शुरुआती रईस विदेश यात्रा के फोटू फेसबुक पर पोस्ट करता है। फिर जैसे-जैसे रईस होता चलता है, रईसी दिखाने के नए-नए चोंचले करता है। इन चोंचलों में एक चोंचला है इटालियन रिवॉल्वर खरीदने का। जिस रईस ने कभी सपने में चींटी तक नहीं मारी, वो भी शान के लिए एक रिवॉल्वर खरीदना चाहता है। वो पहले 'जान को खतरा' बताते हुए लाइसेंस लेता है और फिर शान से रिवॉल्वर खरीदकर लाता है।

लेकिन जैसे रईस लोग शान के लिए इटालियन रिवॉल्वर रखते हैं, वैसे गरीब शान के लिए कट्टा रखता है। कट्टा गरीब गुंडों, रंगबाजों, आशिकों और बदमाशी की दुनिया में ट्रेनी बच्चों की शान है। कट्टा एक सुख है। कट्टा एक अहसास है। कट्टा एक जज्बात है। कट्टा एक रसूख है। कट्टा एक वजूद है। बाहर निकली शर्ट के भीतर से बाहर झाँकने को बेताब कमर पर कट्टा लगे होने का मतलब क्या होता है—यह दुनिया में सिर्फ वो ही शख्स समझ सकता है, जिसने कट्टा लगाया हो या कहें कट्टे को जीया हो।

देसी कट्टा सिर्फ बहादुर किस्म के नौजवान रख सकते हैं। ऐसे बहादुर, जिन्हें जान हथेली पर लेकर चलने की आदत हो। ऐसे वीर, जिन्हें जान की रत्ती भर परवाह न हो। जी नहीं, कट्टा रखने से किसी भी पल सामनेवाले को मार देने की बहादुरी नहीं आती। दरअसल, कट्टा कब, कैसे, किन मौकों पर चल जाए, इसकी गारंटी कोई नहीं ले सकता। न कट्टा बनानेवाला, न बेचनेवाला, न रखनेवाला। इस लिहाज से कट्टे की इटालियन रिवॉल्वर से कोई तुलना नहीं। विदेशी रिवॉल्वर चलाने में कोई रोमांच नहीं, क्योंकि आप जिस पर गोली दागना चाहते हैं, दाग सकते हैं, लेकिन कट्टा कभी भी फायर हो सकता है। इस मामले में कट्टे की सिर्फ

प्रेमिका से तुलना की जा सकती है। कट्टा और प्रेमिका कभी भी फायर हो सकते हैं। बिन कारण, बिन मौसम।

कट्टे से खेलने में एक अलग रोमांच है। कट्टे को लेकर कोई भविष्यवाणी नहीं की जा सकती। बहुत मुमकिन है कि कट्टा उस वक्त न चले, जब आपको सबसे ज्यादा जरूरत हो। कट्टा 'मिस' बहुत होता है। कट्टा कई बार चलानेवाले पर ही चल जाता है। कट्टे की नली सामने ही होती है, लेकिन दागते ही कट्टे से गोली पीछे की तरफ भी निकल सकती है। कट्टा चलानेवाले इसे 'थ्रिल' कहते हैं, जो रेस-3 वगैरह जैसी फिल्में देखकर खुद को 'थ्रिलर' के प्रशंसक कहनेवाले कभी नहीं जी सकते।

कट्टा जिस तरह प्रेमिका की तरह कभी भी फायर हो सकता है, वैसे ही प्रेमिका की तरह कभी भी आपसे ब्रेक-अप कर सकता है। इसे लेकर अपने पास एक धाँसू किस्सा है।

दरअसल, मुहल्ले का हमारा एक दोस्त सोना सिंह घोषित रूप से बेहद डरपोक था। वो घर में चूहे, कॉकरोच, बिल्ली से लेकर हर उस चीज से डर सकता था, जिसमें थोड़ा भी मूवमेंट हो। दुनिया का दस्तूर है कि जो डरता है, वो मरता है। सो, दोस्त लोग सोना सिंह को डराने का ही खेल अकसर खेला करते थे। एक दिन हमारे एक दोस्त ने अपने कट्टे का सार्वजनिक प्रदर्शन किया। इस दौरान एक दूसरे दोस्त ने वो कट्टा देखने के लिए माँग लिया और पास की ही दुकान पर बैठे सोना सिंह की खोपड़ी पर टिका दिया।

बोल, "सोना सिंह! मार दिया जाए या छोड़ दिया जाए?"

डायलॉगबाजी हो रही थी। जिस दोस्त का कट्टा था, वो लघुशंका के लिए सीन से नदारद था।

कँपकँपाए सोना सिंह को कुछ दोस्त देख भी रहे थे, लेकिन शायद किसी को अंदाज नहीं था कि अब क्या होगा?

अचानक! दोस्त ने ट्रिगर दबा दिया, ट्रिगर दबते ही सोना सिंह गिर पड़ा। सब हँस पड़े। खिलखिलाकर। गोली चली नहीं, सोना सिंह डर के मारे गिर पड़ा था।

लेकिन इस तमाशे की भनक कट्टे के मालिक यानी हमारे दोस्त को लगी, वो दौड़कर घटनास्थल पर पहुँचा। उसने कट्टाचालक को करीब चार किलो माँ-बहन की गालियाँ दीं और कट्टा खोलकर दिखाया। कट्टा लोड था, बस मिस हो गया था।

कट्टे का यही रोमांच है। कट्टा किसी भी गारंटी–वारंटी से ऊपर है। कट्टे की कार्यप्रणाली ईश्वर के अस्तित्व को स्वीकार करती है। ईश्वर की इच्छा के बिना पत्ता भी नहीं हिल सकता तो कट्टा चलानेवाले की क्या औकात। वैसे, कट्टा चले न चले, कमर में कट्टा खोंसकर कट्टाचालक की चाल में रौब जरूर आ जाता है। कट्टे से चाल में एक अलग लहक आती है, जो कट्टा लगाए शख्स को देखने पर समझी जा सकती है। कट्टे से गोलीबाजी बदमाशी की यूनिवर्सिटी में बी.ए. (पास) की डिग्री है। कट्टा चलानेवाला ही भविष्य में बमचालक बन सकता है। वैसे, कट्टाचालकों की एक राह नेतागीरी में भी खुलती है। कई पूर्व कट्टाचालक अब नीतिचालक बन चुके हैं।

□

'अंडरवर्ल्ड बाबाओं' की गुप्त बैठक

बाबाओं के 'अंडरवर्ल्ड' में इन दिनों उठा-पटक मची हुई है। कई बाबाओं पर शनि ने वक्री होकर राहु-केतु संग कुदृष्टि डाल दी है। जो बाबा पहले जमानत कराने का ठेका लेते थे—उनकी खुद की जमानत नहीं हो पा रही। जो शनि शांत कराते थे—शनि ने उनका ही तेल निकाल रखा है। इस कदर कि मारे-मारे फिरना पड़ रहा है। हत्या को हाथ का मैल समझने वाले कई बाबा हार्डकोर हत्यारों के बीच जेल में हैं। बाबाओं के शेयर मार्केट में कई बाबाओं का शेयर उसी तरह औंधे मुँह गिरा हुआ है, जैसा इन दिनों डी.एच.एफ.एल. का है।

इस मुश्किल वक्त में बाबाओं के 'अंडरवर्ल्ड' में एक गुप्त बैठक हुई, जिसकी खबर सूत्र के जरिए खाकसार को लगी है। बैठक का सजीव चित्रण प्रस्तुत है।

जूनियर बाबा : ये बड़े बाबा लोग गुफाओं को गुप्त क्यों नहीं रखते? हमारे पास गुफाएँ नहीं हैं तो भक्त हमें बाबा नहीं मानते। हम जूनियर बाबाओं का मार्केट पहले ही डाउन होने लगता है

सीनियर बाबा : बैठक का एजेंडा तय है। आज का मुद्दा गुफा नहीं है।

गीला बाबा : क्या करें? बाबाओं पर संकट आन पड़ा है और कोई उपाय नजर नहीं आ रहा। चेले ही राहु-केतु बनकर पीछे पड़ गए हैं।

ढीला बाबा : संकट मत कहो। जहाँ भी जिक्र करना हो, संवैधानिक संकट कहो—इससे बात में वजन आता है। कुछ तो नेताओं से सीखो तुम लोग।

जूनियर बाबा : लेकिन आप लोग ये गुफा में करते क्या हैं? मैं भी अपने आश्रम में गुफा बनाना चाहता हूँ।

सीनियर बाबा : बकवास मत करो। बीस साल के एक्सपीरियंस के बाद बन पाती है गुफा। नए-नए खेल में आए और बनाने चले हो गुफा और मैंने पहले ही कहा न, आज का एजेंडा गुफा नहीं है।

गीला बाबा : और क्या? अभी तुम्हारे सी.वी. में दो कायदे के मर्डर नहीं। दो एक्सटोरशन नहीं। चार रेप नहीं। और चले हो गुफा बनाने। हुँह!

सीनियर बाबा : अरे, एजेंडे से फिर भटक गए।

ढीला बाबा : देखिए वक्त और भक्त दोनों ठीक नहीं चल रहे।

गीला बाबा : बिल्कुल। एक महीने पहले एक भक्त ने ही मेरी गुप्त सी.डी. बना ली थी। दस लाख देकर मामला रफा-दफा किया। हद यह कि मामला सुलटा ही था कि पुलिसवाला आ गया माँगने। कहने लगा—बाबाजी, घोड़ा घास से यारी करेगा तो खाएगा क्या? सी.डी. मेरे पास ऑरिजनल है। धाँसू प्रिंट है।

सीनियर बाबा : ये साले पुलिसवाले! खैर, भक्त नेता भी आजकल पास नहीं फटक रहे। सबको डर है चुनाव के वक्त हमारे साथ कोई फोटो मार्केट में न आ जाए।

ढीला बाबा : मुझे तो कोई बता रहा था कि एक नेता तो गूगल से ढूँढ़-ढूँढ़कर फोटो डिलीट कराने की कोशिश कर रहा है।

सीनियर बाबा : साले उद्योगपति भी आजकल कम हो गए हैं आना। पूरा मार्केट ही डाउन है।

गीला बाबा : अरे, माल्या भड़का रहा है कइयों को। कह रहा है कि सीनियर बाबा के कहने पर उसने 16 कैलेंडर गर्ल्स से 16 शुक्रवार का व्रत रखवाया। व्रत के लिए सुंदरियों को पेमेंट तक किया, लेकिन उपाय फुस्स हो गया। प्राइवेट जेट तक बिक गया। माल्या की बात सुनकर कई कारोबारी बाबाओं से दूरी बना रहे हैं।

सीनियर बाबा : वास्तव में वक्त खराब है। एक बायोपिक बनवाकर करेक्टर सुधारने का प्लान चल रहा था, लेकिन अब प्रोड्यूसर कह रहा है कि बाबाओं को पब्लिक बायोपिक में नहीं 'ए' सर्टिफिकेट वाली फिल्मों में ही देखना चाहती है।

जूनियर बाबा : आप उन्हें गुफा के दर्शन करा लाओ, किरपा आएगी।

सीनियर बाबा : अबे चुप! गुफा, गुफा, गुफा! गुफाओं के बाहर भी बाबाओं की दुनिया है।

जूनियर बाबा : जेल?

सन्नाटा खिंच गया। बाबाओं की 'अंडरवर्ल्ड' बैठक बिना निर्णय के खत्म हो गई।

□

बिकाऊ घोड़े का लैटर

आदरणीय अध्यक्ष महोदयजी,

मैं जानता हूँ कि इन दिनों आप दो टाँगवाले ऐसे 'घोड़े' ढूँढ़ रहे हैं, जो सत्ता की रेस में आपकी तरफ से दौड़ सकें। मैं इस हेतु अपना आवेदन भेज रहा हूँ। मैं आपकी तरफ से न केवल दौड़ने के लिए तैयार हूँ, बल्कि आप कहें तो दो-चार घोड़ों को लँगड़ी अड़ाकर गिराने को तैयार हूँ। दो-चार घोड़ों को अच्छी नस्ल की घोड़ी का लालच देकर आपकी तरफ से दौड़ने को बाध्य भी कर सकता हूँ, बशर्ते पहले आप मुझे यह अवसर दें।

आप जानते ही हैं कि इन दिनों महँगाई बहुत बढ़ गई है। कल ही खबर आई कि खुदरा महँगाई दर और थोक महँगाई दर दोनों बढ़ गए। बताइए, क्या हाल है देश का! वैसे भी, दो टाँगवाले घोड़ों को राजनीति के मैदान में बाजी मारने के लिए तिजोरी खाली करनी पड़ती है। टिकट पाने के लिए पार्टी फंड में करोड़ों जमा कराने से लेकर कार्यकर्ताओं को बाँटने और फिर वोटरों को लुभाने के लिए शराब से लेकर नकद देने में ऐसी-तैसी हो जाती है। यकीन जानिए—वो तो 1000-2000 एकड़ जमीन पर कब्जा कर रखा है तो काम चल रहा है, वरना चुनाव के बाद कैश तो बचा ही नहीं, फिर हमारे संगी-साथी भी अपनी कारगुजारियों से दबाव बना देते हैं। पिछले दिनों कर्नाटक राज्य के हमारे साथी जनार्दन रेड्डी ने बिना विधायक हुए, बिना मंत्री हुए जिस तरह बेटी की शादी में 500 करोड़ रुपए खर्च कर डाले, उसके बाद बीवी भी जिद पाले बैठी है कि बेटी की शादी में 250 करोड़ से कम खर्च किया तो अम्मा को घर बुला लूँगी और तुम्हारी छाती पर मूँग दलूँगी।

मैं और मेरे जैसे कई विधायक ये रिस्क नहीं ले सकते, लेकिन क्या करूँ? अभी तक कोई प्रस्ताव आपकी तरफ से मुझे नहीं मिला। माना कि आपको किला फतह करने के लिए सिर्फ 15-20 घोड़े चाहिए, लेकिन बाजार में हर घोड़े को

बराबर माना जाना चाहिए। हर घोड़े को निरपेक्ष भाव से देखा जाना चाहिए। कई घोड़े सदैव बिकने को तैयार रहते हैं, लेकिन उन्हें कभी कोई प्रस्ताव ही नहीं मिलता। इस चक्कर में उन पर 'ईमानदार' होने का टैग लग जाता है और फिर उन्हें भविष्य में सिर्फ इसलिए कोई प्रस्ताव नहीं मिलता कि ईमानदार घोड़े का राजनीति में क्या काम! मेरा स्पष्ट मानना है कि अगर मंडी सजती है तो हर घोड़े को बिकने का हक मिलना चाहिए। घोड़ा अगर बालिग है या कहें कि घोड़े में लँगड़ी लड़ाने की हिम्मत है तो उसे बिकने का मौका मिलना ही चाहिए। राजनीतिक मंडी में बिकना हर घोड़े का जन्मसिद्ध अधिकार है और कोई पार्टी उससे यह हक नहीं छीन सकती।

मैं फिर आपसे विनम्र गुजारिश कर रहा हूँ कि मुझे खरीदें। मेरी बोली लगाएँ। आजकल न बिकना गलत है, न बोली लगना। आई.पी.एल. की मंडी सजती है तो धोनी और कोहली को भी बिकते देखा है हमने। बाजारवाद में बिकना ही अंतिम सत्य है। साबुन-शैंपू हो या घोड़ा या नेता—सबका महत्त्व बिकने से ही हैं। प्लीज—मेरे महत्त्व को खारिज मत कीजिए। मुझे खरीद लीजिए, मुझे खरीद लीजिए।

—बिकने को तैयार एक सेवक

□

राष्ट्रीय नृत्य बने नागिन डांस

एक बार फिर नागपंचमी छूछी निकल गई। छूछी मतलब कछु न होना। बड़ी उम्मीद थी कि सरकार इस नागपंचमी पर नागिन नृत्य-शैली को राष्ट्रीय नृत्य घोषित कर देगी, लेकिन राष्ट्रीय तो क्या, किसी राज्य ने राज्यीय नृत्य तक घोषित नहीं किया। मुझे समझ नहीं आता कि जमीन से जुड़ी इस नृत्य-शैली की उपेक्षा आखिर कब तक सरकारें करेंगी?

नागिन नृत्य-शैली 100 फीसदी टंच देसी नृत्य-शैली है। दुनिया के किसी देश में नागिन नृत्य जैसा नृत्य नहीं होता और दुनिया के किसी देश का कोई माई का लाल हिंदुस्तानी सड़कों पर नागिन नृत्य करते नर्तकों से मुकाबला नहीं कर सकता। नागिन नृत्य नर्तकों की दो श्रेणियाँ होती हैं। पहली, जो कभी वास्तविक तो कभी अदृश्य रुमाल को बीन समझकर सड़क पर अर्धचंद्राकर अवस्था में लोटायमान होकर बीन बजाता है। दूसरी श्रेणी इसी बीन पर फन लहराते हुए नर्तकों की होती है, जिनमें धुन बजते ही अचानक साँपिन की आत्मा प्रवेश कर जाती है। नागिन नृत्य नर्तक जमीन पर लोटते-लोटते खुले मन से अपनी टाँगों को इस तरह इधर-उधर फेंकता है कि आसपास के लोग उसके प्रभाव क्षेत्र से बाहर निकलने में ही भलाई समझते हैं। नागिन डांस के कलाकारों की राष्ट्रीय धुन 'तन डोले मेरा मन डोले' और 'मैं तेरी दुश्मन, दुश्मन तू मेरा' मानी जाती है।

इस स्वदेशी नृत्य-शैली को बढ़ावा देकर स्वदेशी आंदोलन को मजबूत किया जा सकता है, लेकिन सरकार का ध्यान ही इस तरफ नहीं जा रहा। इसका नुकसान यह हो रहा है कि गलत नागिन डांस कर लोग नागों को अपना दुश्मन बना रहे हैं। साँप उन्हें डस रहे हैं। आप सोचेंगे कि लेखक को फेंकने की पूरी आदत है। आप चाहें तो गूगल कर लें।

उत्तर प्रदेश के सहारनपुर जिले के नानौता थाना क्षेत्र में घुड़चढ़ी कार्यक्रम के

दौरान डी.जे. की धुन पर एक बंदा नागिन डांस कर रहा था। नागिन डांस के दौरान ही वहाँ एक साँप आ गया। उसने कुछ देर डांस देखा। नागिन डांस कर रहा दूल्हे का दोस्त साँप के पास गया और उसे उठाकर नागिन डांस करने लगा। यह देखकर नाग को गुस्सा आ गया और उसने दूल्हे के दोस्त को डस लिया।

साँप नेता तो नहीं, जिसे हर बात पर बोलने की आदत हो तो वो बिना वजह बताए चला गया। हिंदुस्तान की अच्छी बात यह है कि यहाँ शहरों से लेकर गाँव-खेड़ों तक में हर बात के विशेषज्ञ पाए जाते हैं। तो वहाँ मौजूद साँपों के एक विशेषज्ञ (जिनका दावा था कि उन्होंने इच्छाधारी नागिन के दर्शन किए हैं) ने दावा किया कि दूल्हे का दोस्त गलत नागिन डांस कर रहा था। बारात में पधारी नागिन सब कुछ बरदाश्त कर सकती थी—लेकिन अपने पूर्वजों की बनाई नागिन नृत्य-शैली का अपमान बरदाश्त नहीं कर पाई और उसने नर्तक को डस लिया।

अब, अपनी चिंता यह है कि गलत नागिन डांस करके कहीं लोग साँपों को अपना दुश्मन न बना लें। शहरों के बच्चे तो कायदे से नागिन नृत्य कभी कर ही नहीं सकते, क्योंकि उन्हें आइडिया ही नहीं कि इस नृत्य को साधना कितना मुश्किल है। नागिन नृत्य नर्तक में लात सहने की अद्‌भुत शक्ति होती है तो बदबू सहने की भी। जिस गंदे भरे नाले के पास बारात की कुल क्षमता झटके में आधी रह जाती है, वहाँ भी नागिन नृत्य नर्तक बदबू से अप्रभावित रहकर नृत्य सेवा में लगा रहता है। जाहिर है, बिना नागिन नृत्य की बारीकियों को समझे जब भी कोई शहरी बच्चा इस शैली में हाथ आजमाएगा, वह गलती करेगा ही।

नागिन नृत्य एक प्राचीन नृत्य-शैली है, जिसे बचाने की जिम्मेदारी सरकार की है, लेकिन सरकार इस तरफ कोई ध्यान ही नहीं दे रही। उलटा नागिन डांस को बरबाद करने के उपाय खोजे जा रहे हैं, क्योंकि जिस तरह राज्यों में मदिरा पर पाबंदी लग रही है, उससे नागिन नृत्य में सेवारत कलाकार हतोत्साहित हो रहे हैं। नागिन नृत्य नर्तक बिना मदिरा के उस तरह परफॉर्म ही नहीं कर सकता, जिस तरह यह नृत्य-शैली डिमांड करती है।

मेरी सरकार से माँग है कि नागिन डांस को बचाने की योजना 'मेक इन इंडिया' प्रोग्राम में शामिल की जाए। नागिन डांस शुद्ध भारतीय डांस है और इसका संरक्षण आवश्यक है। ठीक नागिन डांस सिखाने के लिए अकादमियाँ शुरू की जाएँ, जहाँ निःशुल्क नागिन डांस सिखाया जाए। नागिन डांस के विशेष कार्यक्रम तमाम सरकारी कार्यक्रमों की शुरुआत में रखे जाएँ। नागिन नृत्य नर्तकों को बारात

में नि:शुल्क मदिरा उपलब्ध कराई जाए। यकीन जानिए, एक बार कायदे के नागिन डांसरों की फौज तैयार हो जाए तो उन्हें डोकलाम में भी छोड़ा जा सकता है। चीनी फौजी नागिन नर्तकों का नृत्य देखकर ही सीमा छोड़कर भाग जाएँगे।

कितना हसीन ख्वाब है न! यह सच हो सकता है, बशर्ते नागिन नृत्य-शैली के संरक्षण को गंभीरता से लिया जाए। पहली शर्त है कि अगली नागपंचमी पर इसे राष्ट्रीय नृत्य घोषित किया जाए और योगा दिवस की तरह नागिन नृत्य दिवस भी घोषित किया जाए। उस दिन पूरा देश 'मन डोले, तन डोले' की धुन पर नृत्य करे। आहा! क्या सुंदर दृश्य होगा।

तो मेरी सरकार से गंभीर माँग है कि सही नागिन नृत्य को बचाए, लेकिन मैं जानता हूँ कि जिन राजनेताओं से यह माँग कर रहा हूँ—उन्हें खुद नहीं पता कि वे कब किसकी धुन पर नाचेंगे। राजनीति के नर्तक सुबह अगर वर पक्ष के लिए नाचेंगे तो जरूरी नहीं कि शाम को भी ऐसा ही हो। सत्ता की बीन पर राजनीतिक नर्तक अपना अलग लोटायमान नृत्य करता है और ये नृत्य राजनीति खुद सिखा देती है। फर्क इतना है कि गलत नागिन डांस करनेवालों को डसने साँप चले आ रहे हैं, अमर्यादित राजनीति करनेवालों को डसनेवाला कोई नहीं।

□

कहाँ है अंतरात्मा की आवाज?

राजनीति में अंतरात्मा की आवाज का बड़ा महत्त्व है। निर्णायक मौकों पर जिस पार्टी के पास बहुमत नहीं होता या जिस शख्स को हारने का डर होता है, वो बाकियों से अंतरात्मा की आवाज पर वोट डालने की अपील करता है। इस अपील को सुनकर कुछ युवा नेता वास्तव में चाहने लगते हैं कि वो अपनी अंतरात्मा की आवाज पर वोट करें, लेकिन उनकी परेशानी यह होती है कि उन्हें नहीं मालूम होता कि अंतरात्मा की आवाज होती कैसी है? उन्होंने सुना जरूर है कि गुजरे जमाने में राजनेता राजनीति से ऊपर उठकर अंतरात्मा की आवाज सुना करते थे, लेकिन कैसे? यह कोई बतानेवाला नहीं है। संसद-विधानसभा-पंचायतों वगैरह में इस तरह का कोई कोर्स भी कभी नहीं कराया गया, जिसमें राजनेताओं को यह बताया गया हो कि अंतरात्मा की आवाज सुनने के क्या तरीके हैं?

अंतरात्मा अपनी आवाज किसी स्पीकर में भी नहीं कहती, जिससे उसे आसानी से सुना जा सके। बाहर की दुनिया में इतना बवाल, इत्ता हंगामा है कि असल में बोली हुई बात तो कई बार सुनना मुश्किल होता है, अंतरात्मा की आवाज कहाँ सुनी जाएगी? फिर, संसद-विधानसभा में रहकर नेताओं के कान भी धीमी आवाज को सुन नहीं पाते। संसद-विधानसभा वगैरह में पहले ही इतना हल्ला होता है कि कई बार सांसद-विधायक अपनी बात समझाने के लिए इशारों का इस्तेमाल करते हैं और कई नेता तो हल्ला में गुल्ला मिलाकर ऐसा मारक किस्म का हल्ला-गुल्ला करते हैं कि कान फट जाते हैं। खुद नेता समझ नहीं पाते कि कौन क्या बक रहा है। ऐसे में नेता अंतरात्मा की आवाज कैसे सुनें?

कुछ नेताओं को कभी-कभार अंतरात्मा की हलकी-फुलकी आवाज सुनाई दे जाती है तो वे उसे नजरअंदाज करने में ही भलाई समझते हैं। वे जानते हैं कि अंतरात्मा की आवाज सुनने से ज्यादा जरूरी है आलाकमान की आवाज

सुनना। आलाकमान वो शख्स होता है, जो बिना कमान के लक्ष्य को भेद देता है। आलाकमान ही टिकट देता है। आलाकमान ही मंत्रीपद देता है। आप कितने ज्ञानी हों, कितने समझदार हों, लेकिन आलाकमान की आवाज आपको सही-सही सुनाई नहीं देती तो आपके सारे ज्ञान, समझदारी और अक्लमंदी का लब्बोलुआब शून्य है। समझदार राजनेता जानते हैं कि आलाकमान की आवाज ही असल आवाज है, क्योंकि टिकट नहीं मिला तो पूरी राजनीति धरी-की-धरी रह जाएगी और पार्टी के सत्ता में आने के बाद मलाईदार पद नहीं मिला तो राजनेता होने का फायदा ही क्या? आत्मा का क्या है। वो अजर-अमर है। गीता में साफ-साफ भगवान् कृष्ण ने समझाया है—

नैनं छिन्दन्ति शस्त्राणि नैनं दहति पावकः।
न चैनं क्लेदयन्त्यापो न शोषयति मारुतः॥

आत्मा को शस्त्र काट नहीं सकते। अग्नि जला नहीं सकती। पानी इसे भिगो नहीं सकता। यानी आत्मा तो आत्मा रहनी ही है। आत्मा रहेगी तो उसकी आवाज भी रहेगी। इस जन्म में न सुन पाएँगे तो अगले जन्म में सुन लेंगे।

लेकिन जिन राजनेताओं को अंतरात्मा की आवाज पर वोट करने की अपील बड़ी 'फैसिनेटिंग' लगती है—वो भी समझ नहीं पाते कि क्या करें? इस आवाज का कोई रिकॉर्ड नहीं है, किसी सी.डी. में उपलब्ध नहीं है, किसी पेन ड्राइव में सेव करके रखा नहीं गया तो परेशानी ज्यादा है। कुछ राजनेता सोचते हैं कि विज्ञापन दे दें—'प्रिय अंतरात्मा की आवाज, तुम जहाँ कहीं हो लौट आओ। तुम्हें कोई कुछ नहीं कहेगा। तुम्हें अभी तक हमने भले न सुना हो, लेकिन अब हम सुनेंगे। तुम्हारी आवाज सुनकर ही हम वोट देंगे। प्लीज लौट आओ।' कुछ जानकार बताते हैं कि अंतरात्मा सीने में होती है, नेता चेक करके देखता है तो पाता है कि वहाँ तो हार्ट होता है, जो नेताओं में या तो होता ही नहीं या अकसर फेल हो जाता है।

ऐसा नहीं है कि नेताओं को कभी भी अंतरात्मा की आवाज सुनाई नहीं देती। कभी-कभी ऐसे मौके भी आते हैं, जब राजनेताओं को एक साथ अपनी अंतरात्मा की आवाज सुनाई देती है। जब कभी राजनेताओं के वेतन-भत्ते की बढ़ोतरी का प्रस्ताव पेश किया जाता है तो सभी राजनेता अपनी अंतरात्मा की आवाज पर उसे बढ़ाने के पक्ष में वोट देते हैं। सबकी अंतरात्मा एक सुर में बोलती है। फिर प्रस्ताव भले खजाने को मोटा चूना लगाने वाला हो। प्रस्ताव भले सबसे बड़ी दुश्मन पार्टी ने रखा हो।

वैसे, सच यह भी है कि इन दिनों राजनेताओं को क्या, किसी को भी अंतरात्मा की आवाज सुनाई नहीं देती। बलात्कार की घटनाओं से पटे पेज को देखकर कभी हमारी अंतरात्मा नहीं कहती कि इस मुद्दे पर आंदोलन हो। भ्रष्टाचारी राजनेताओं को जी भरकर कोसने वाले हम लोग मौका पड़ने पर रिश्वत देने-लेने से नहीं हिचकते और उस वक्त हमारी अंतरात्मा नहीं कहती कि यह गलत है। सड़क दुर्घटना में घायल शख्स को वहीं पड़ा रहने देते हुए हमें अपनी मीटिंग का महत्त्व ज्यादा दिखाई देता है। किसानों की खुदकुशी एक आँकड़े में तब्दील हो गई, लेकिन हमारी अंतरात्मा की आवाज कभी नहीं कहती कि किसानों की मदद की जानी चाहिए।

दरअसल, ऐसा लगता है कि बीते कई साल से हम सबके अंतरात्मा की आवाज ही लंबी छुट्टी पर चली गई है और छुट्टी खत्म होने का नाम नहीं ले रही।

□

कहाँ हो कॉमरेड?

एक थे कॉमरेड। अपने जमाने में कई क्रांति-व्रांति की थीं। ऐसा उनका दावा था। इन दिनों उनका एक युवा क्रांतिवीर बेगुसराय से चुनाव लड़ रहा था। उन्हें उम्मीद थी कि नया क्रांतिवीर नाना पाटेकर से भी बड़ा डायलॉगबाज साबित होगा और संसद् में सिर्फ और सिर्फ उसके डायलॉग गूँजेंगे।

ख्वाबों की फसल लहलहा रही थी। इसी उम्मीद के माहौल में कॉमरेड को दिल्ली के एक जाने-माने कॉलेज में भाषण के लिए आमंत्रित किया गया। उन्होंने निमंत्रण स्वीकार कर लिया। उन्हें लगा कि लिफाफा प्राप्ति के साथ युवाओं के बीच युवा क्रांतिवीर का प्रचार भी होगा। साथ ही देश की राजनीति में लेफ्ट की भूमिका पर गंभीर चर्चा भी हो जाएगी।

निमंत्रण कॉलेज की तरफ से आया था तो कॉमरेड को विश्वास हो गया कि वामपंथ का सूर्य अभी अस्त नहीं हुआ है। चूँकि कॉलेज से बुलावा आया था तो कॉमरेड को उम्मीद जगी कि कुछ नई भर्तियाँ भी हो जाएँगी। कॉमरेड इस भावी उपलब्धि को लेकर मन-ही-मन मुस्कुराने लगे। मुस्कुराते-मुस्कुराते वे उस ऑडिटोरियम में पहुँचे, जहाँ कुछ छात्रों को नंबर काटने की धमकी देकर कॉलेज के अध्यापकों ने जबरन बैठाया हुआ था। कुछ छात्र इस जोर-जबरदस्ती को वामपंथ की नोक पर अपहरण की संज्ञा दे रहे थे, लेकिन कॉमरेड खुश थे। उनकी खुशी इस बात को लेकर नहीं थी कि पिज्जा-बर्गर के इस युग में भी करीब दो दर्जन छात्र वामपंथ पर उनका भाषण सुनने के लिए इकट्ठा थे बल्कि उनकी खुशी इस बात को लेकर थी कि उन्हें सुननेवाले सभी बच्चे थे। चूँकि, वाम दलों में युवा नेता ही 60-65 के आसपास का होता है, इसलिए 18-20 साल के छात्र बच्चे ही थे।

अभी कॉमरेड चंद दिन पहले ही पार्टी कांग्रेस में हिस्सा लेने गए थे तो वहाँ कई 'युवा' नेता खाँस रहे थे, किसी 'युवा' को दमा था, कई 'युवाओं, को शुगर की बीमारी थी, कोई 'युवा' नाना बनने की वजह से बीच में ही महासम्मेलन छोड़कर घर गया था। कुल मिलाकर 'युवा' होश में थे, किंतु जोश के विषय में

सही-सही नहीं कहा जा सकता था। वहाँ मौजूद कुछ 'युवाओं' का मानना था कि कार्यक्रम में सिंकारा टॉनिक का स्टॉल नहीं है, इसलिए युवा परेशान हैं।

कॉलेज पहुँचकर कॉमरेड खुश हुए। दिल्ली में जे.एन.यू. के अलावा किसी और कॉलेज से बुलावा भी इस खुशी की एक वजह था। इसी खुशी में उन्होंने भाषण देने के लिए माइक का कान मरोड़ा और मरोड़ते ही उन्होंने छात्रों के बीच एक सवाल उछाल दिया।

"अच्छा बताइए, कॉमरेड कौन हैं?"

मोबाइल पर कैंडीक्रश खेलते कुछ छात्रों के कान 'कॉमरेड' शब्द सुनते ही खड़े हो गए। जबकि व्हाट्सएप पर मैसेज भेजते हुए कुछ छात्राओं को समझ ही नहीं आया कि यह किस प्राणी का नाम है?, लेकिन हर कक्षा में एक-दो ज्ञानी छात्र होते हैं या कम-से-कम ऐसे छात्र होते हैं, जो खुद को ज्ञानी समझते हैं, तो खुद को ज्ञानी समझने वाले ऐसे ही एक ज्ञानी छात्र ने जवाब दिया—

"सर, काम यानी शांति से रेड मारने वाले अधिकारी को कामरेड कहा जाता है। मोदी सरकार में इनकी नियुक्ति विशेष तौर पर हो रही है क्योंकि सभी अधिकारियों को शांति से रेड मारकर धरा जा रहा है।"

इस जवाब को सुनते ही कॉमरेड गश खाकर गिरने की स्थिति में आ गए, जैसे—तैसे सँभाला और कहा—"नहीं बच्चो, वामपंथी विचारधारा में विश्वास करनेवाले को कॉमरेड कहा जाता है। कॉमरेड होना फख्र की बात है।"

कॉमरेड इससे पहले कुछ कहते कि एक छात्रा, जो फिल्म इंडस्ट्री को उपकृत करने के उद्‌देश्य से इस संसार में आई थी या कम-से-कम उसका शृंगार चीख-चीखकर यही गवाही दे रहा था, ने उछलते हुए एक सवाल कॉमरेड की तरफ उछाल दिया—

"जी सर, कल मैंने पढ़ा था अखबार में। कल जब फिल्म सप्लीमेंट फुलटू टाइम्स मुझे नहीं मिल रहा था तो मैंने गलती से मेन पेज उठा लिया था। उसमें आपकी पार्टी के एक प्रोग्राम की न्यूज थी सर!, लेकिन मैं पूछना चाहती हूँ कि आपकी पार्टी क्या कांग्रेस से टूटकर अलग हुई थी?"

कॉमरेड चकराए और बोले—"क्यों?"

छात्रा ने जवाब दिया—"सर, उसमें लिखा था कि 'पार्टी कांग्रेस' की तैयारियों से नेता खुश नजर आए।"

अब कॉमरेड का पारा चढ़ने लगा, लेकिन सुंदर लड़की की एक मासूम-सी मुस्कुराहट बड़े-बड़े गुस्सैलों का पारा ठंडा कर देती है तो कॉमरेड ने भी अपनी जेब

में बंद मुट्ठी से संयम को टटोला और फिर मुट्ठी में कैद कर लिया। फिर बोले—

"देखो बच्चो, इस देश को कॉमरेड की जरूरत है। बाजारवाद की आँधी में जिस तरह एक नए वर्ग संघर्ष ने जन्म लिया है, उसके बाद सिवाय क्रांति के कुछ और नहीं चाहिए। आज सामाजिक सरोकार जिस तरह हाशिए पर डाल दिए गए हैं और सर्वहारा वर्ग के लिए दो जून की रोटी का सवाल इस कदर बड़ा हो गया है कि वो माउत्से तुंग को याद करते हुए जंगल-जमीन की लड़ाई लड़ते हुए बंदूक हाथ में थामने को बेकरार है, उसके बाद हमें यह बात समझनी होगी कि एक नई क्रांति की जरूरत है और इस क्रांति के लिए नए कॉमरेड चाहिए। हम शेर हैं और शेरों की तरह हमें लड़ना होगा।"

इससे पहले कॉमरेड पूरा ज्ञान दे पाते, एक छात्र ने सीधा सवाल कर डाला—"कॉमरेड शेर हैं तो अब देश में 44 ही बचे होंगे…। चलिए, जितने बचे होंगे—वे शेर ही होंगे। आपने कहा है तो हम अभी कॉमरेड हो जाते हैं। बताइए अपना फेसबुक और ट्विटर पेज या व्हाटसएप नंबर। हम सब अभी फेसबुक पेज लाइक कर देते हैं। ट्विटर पेज फॉलो कर लेते हैं और व्हाट्सएप पर मैसेजिंग शुरू कर देते हैं। हो जाएँगे कॉमरेड।"

"लेकिन, अभी पार्टी फेसबुक या ट्विटर पर ज्यादा एक्टिव नहीं है।" कॉमरेड ने थोड़ा धीरे से जवाब दिया।

"क्या ?" बच्चों के मुख से एक साथ निकला। बिन फेसबुक-ट्विटर पर एक्टिव हुए कैसी पार्टी। एक छात्र ने स्मार्टफोन पर पार्टियों के पेज़ को टटोला और धीरे से बुदबुदाया—"सर, फेसबुक पर बस चंद लाख लाइक्स और ट्विटर पर जितने आपकी पार्टी के फॉलोवर्स हैं, उतने तो मेरे घर की कामवाली के हैं। जरूर आपकी अभी नई पार्टी बनी होगी। तभी फेसबुक-ट्विटर-यूट्यूब कुछ है नहीं और नए बच्चे चाहिए, जो फ्री में काम करें। हद है यार। बिना तैयारी के पार्टी बना डालते हैं और फिर इन्हें चाहिए कॉमरेड।"

कॉमरेड अब थोड़ा झिझके, क्योंकि सोशल मीडिया तो आज की जरूरत है। उन्होंने जवाब देने की कोशिश की और बोले—"बच्चो, सोशल मीडिया आज की जरूरत है, इससे इनकार नहीं। हम लोगों ने पार्टी कांग्रेस में तय किया है कि हम लोग जल्दी ही सोशल मीडिया पर कायदे से उपस्थिति दर्ज कराएँगे।"

"हयँ—उपस्थिति दर्ज कराएँगे का क्या मतलब है सर! उपस्थिति दर्ज कराने से क्या होगा ? बाकी पार्टियों के फेसबुक पेज पर दस-दस करोड़ मेंबर हो चले हैं और आप कह रहे हैं कि उपस्थिति दर्ज कराएँगे। तो हो लिया काम और एक बात

बताइए कि आपकी पार्टी क्या कांग्रेस से टूटकर निकली है। मेरी जी.के. अच्छी है। हाल-फिलहाल तो कांग्रेस में कोई टूट हुई नहीं है तो यह पार्टी कांग्रेस में आपने कैसे तय कर लिया?"

कॉमरेड अब बौखलाने की सीमा तक आ गए, लेकिन बोले, "पार्टी कांग्रेस यानी पार्टी का महासम्मेलन।"

"यह क्या मजाक है सर! महासम्मेलन यानी पार्टी कांग्रेस। महासमिति को आप पार्टी बी.जे.पी. कह देंगे। यह क्या गड़बड़ है। ऐसे यूथ कंफ्यूज हो जाएगा सर! आज का यूथ पहले ही बहुत कंफ्यूज है सर! कॉलेज में किस लड़की को गर्लफ्रेंड बनाए—यह कंफ्यूजन है। कॉलेज से निकले तो कौन सा कोर्स करे—यह कंफ्यूजन है। नौकरी है नहीं तो नौकरी कैसे पाई जाए—यह कंफ्यूजन है। शादी गर्लफ्रेंड से कैसे हो और हो तो उसके बाप को कैसे पटाया जाए और अपने बाप को कैसे समझाया जाए—इस पर विकट कंफ्यूजन है। व्हाट्सएप पर रोज ऐसा कौन सा नया जोक भेजा जाए दोस्तों को कि लगे कोई मारू काम किया है—तो नए जोक ढूँढ़ने में बड़ी मशक्कत होती है। काफी कंफ्यूजन होता है नए-पुराने के बीच भेद करने में। मार्केट में किस मोबाइल पर कौन सा ऑफर सबसे अच्छा है—इसे लेकर घनघोर कंफ्यूजन है। वोट डालने जाओ तो फिर कंफ्यूजन है कि किस पार्टी ने कौन सी बेस्ट डील दी है। यानी क्या फ्री वाई फाई जरूरी है या फ्री लैपटॉप। कौन सा यूथ लीडर बेस्ट है—इस पर भी कंफ्यूजन।" एक साँस में सारे कंफ्यूजन को गिनाते हुए छात्र ने कॉमरेड की तरफ देखा।

कॉमरेड अब घबराए हुए थे। कुछ बोलते, इससे पहले ही छात्र ने फिर सवाल दागा—

"अच्छा यह बताइए, आपकी पार्टी में यूथ लीडर कौन है?"

"वो···वो हमारी पार्टी का यूथ लीडर है, मिस्टर!"

"अरे मिस्टर वगैरह छोड़िए। क्या एज है उनकी?"

"वो, करीब 70 के हुए हैं अभी।"

70 सुनते ही क्लास खाली हो गई। सन्नाटा बिना एंट्री पास के सीधे पसर गया। पसर क्या गया-औंधा लोट गया। कॉमरेड सिर्फ एक गिलास पानी और क्रांति के महान् विचार के साथ खड़े रह गए। बिन कॉमरेड क्रांति कैसे होगी या क्रांति के लिए अब कॉमरेड की जरूरत ही नहीं।

कॉमरेड अब खुद कंफ्यूज थे।

□

आतंकियों की गुप्त बैठक

नमस्कार। आप देख रहे हैं ढिंकचैक न्यूज और मैं हूँ डबरू कुमार। इस वक्त मैं अपनी जान की बाजी लगाकर खड़ा हूँ, उस खौफनाक घाटी से 51 किलोमीटर दूर, जहाँ आतंकवादियों की गुप्त बैठक चल रही है। देश के तमाम आतंकवादी संगठनों के बॉस यहाँ पहुँचे हुए हैं। आप सोच रहे होंगे कि जिस बैठक की सरकार को खबर नहीं, उसकी खबर मुझे कैसे है? तो जनाब, बात ऐसी है कि इस गोपनीय बैठक की पल-पल की जानकारी मुझे मेरा एक सूत्र दे रहा है। यह तो आप जानते ही हैं कि सूत्र पत्रकार की वो अदृश्य पूँछ होती है, जिसे घुमाकर वो किसी भी मंत्री-संत्री-सेलिब्रिटी को जब चाहे नाराज कर सकता है, आतंकवादियों की तो हैसियत ही क्या? चूँकि, मामला विश्वास का है, इसलिए मैं आपको सीधे वो टेप सुनवा देता हूँ, जिसे मेरे सूत्र ने आतंकवादियों की गुप्त बैठक से एक्सक्लूसिवली मुझे भेजा है। सुनिए—

आतंकवादी-1 : इस बैठक का एजेंडा आपको मालूम ही है, धारा 370 खत्म होने के बाद बने नए हालात में हमारे लिए भुखमरी की स्थिति पैदा होती दिख रही है। हमें कुछ नया सोचना होगा।

आतंकवादी-2 : अब सोचने को रह क्या गया है जनाब! पिछले तीन साल से आतंकियों का इंक्रीमेंट नहीं हुआ। सोचा था, पड़ोसी मुल्क की नई सरकार कुछ माल भेजेगी, लेकिन वो तो खुद कटोरा लेकर अमरीका के दरवाजे खड़ी है।

आतंकवादी-3 : सही कह रहे हैं जनाब आप। हम युवा छोकरों को बहकाते थे और फिर उन्हें कमांडर-फमांडर बनाकर प्रमोशन का झुनझुना थमाते रहते थे, लेकिन अब हाल यह है कि सारे कमांडर मारे गए हैं। नए लड़के इतने नालायक हैं कि ज्वॉइनिंग से पहले ही अजीब-अजीब शर्त रख रहे हैं।

आतंकवादी-1 : मसलन?

आतंकवादी-3 : मसलन 72 हूरों का प्रोफाइल दिखाओ।

आतंकवादी-4 : अरे जनाब! ज्यादातर छोरे तो संगठन की पॉलिसी पूछ रहे हैं। पूछ रहे हैं कि टर्म इंश्योरेंस है या नहीं? एक्सीडेंट हुआ तो क्या मिलेगा? डेपुटेशन पर सीरिया वगैरह भेजा गया तो क्या कुछ खास फायदा मिलेगा? शादी की छुट्टियाँ कितनी मिलेंगी? हद है!

आतंकवादी-5 : हद यह नहीं है, हद यह है कि घाटी के लड़के तो घाटी में तैनात ही नहीं होना चाहते। कोई कह रहा है कि हमें स्विट्जरलैंड में पोस्टिंग दे दो, कोई कह रहा है कि मॉरीशस में ड्यूटी लगा दो। कश्मीर घाटी में टेंशन बहुत है।

आतंकवादी-1 : क्या फालतू बात है। मैं इतने साल कराची में पोस्टिड हूँ। वहाँ भी टेंशन रहती है। कभी-कभी वहाँ रहते हुए मुझे खुद समझ नहीं आता कि हम आतंकवादी हैं या आतंक से पीड़ित लोग। कभी भी कहीं भी बम फट जाता है। कराची में रहते हुए पान खाने अथवा दाढ़ी में मेहँदी लगाने जाने के लिए भी घर से निकलते हुए मन घबराता है। तरह-तरह के बुरे विचार मन में आते हैं।

आतंकवादी-2 : देखिए, मसला यह भी है कि नए बच्चे टारगेट देखकर ही घबरा जाते हैं। हमें अपने टारगेट के बारे में फिर सोचना होगा। मार्केटिंग की भाषा में कहूँ तो बच्चों से 'टारगेट अचीव' नहीं हो पा रहा है। मेरे संगठन ने ही फरवरी में 30 घुसपैठियों को इंडिया में घुसपैठ कराने का लक्ष्य दिया था। पाँच महीने बाद भी पाँच का काम नहीं हुआ। उसमें भी दो को भारतीय जवानों ने टपका दिया। इस टेंशन की वजह से उनका 'ब्लड प्रेशर' बढ़ गया है।

आतंकवादी-3 : देखिए, आतंकी संगठनों को अपनी रिक्रयूटमेंट पॉलिसी बदलनी होगी। हमारे यहाँ प्रमोशन, इंक्रीमेंट को लेकर कोई ठोस नीति नहीं है और इंटरनेट और सोशल मीडिया के जमाने में युवा छोरे अपडेट बहुत हैं। कल एक लड़का आया तो बोला, आपके यहाँ नया पे-कमीशन कब लागू होगा? एक और आया तो बोला-टेरर कैंप में इनवर्टर तो लगाओ।

आतंकवादी-1 : आप सब समस्याएँ बता रहे हैं। हल क्या है?

आतंकवादी-2 : देखिए, सीधा-सीधा कोई सॉल्यूशन होता तो हम यहाँ क्यों आते। वैसे, एक आइडिया तो यह है कि आतंक-वातंक छोड़कर नेतागीरी की जाए। इमरान भाई से भी मुल्क सँभल नहीं रहा। अगर हम सब आतंकी संगठन एक साथ आकर चुनाव लड़ें तो मामला बन सकता है।

आतंकवादी-3 : आइडिया बुरा नहीं है, क्योंकि 30 साल से हम सिर्फ

घाटी में गोलियाँ चला रहे हैं, लेकिन भुट्टा तक नहीं उखाड़ पाए हैं। सच कहूँ तो कभी-कभी नेताओं को देखकर लगता है कि पहले मर्डर के बाद ही नेतागीरी की लाइन पकड़ ली होती तो आज ये दिन नहीं देखने पड़ते। वो गरीब को और गरीब बनाकर, भूखे के मुँह से निवाले छीनकर, बहू-बेटियों की इज्जत पर राजनीति करते हुए अपनी जेब भरकर आतंक ही तो फैलाते हैं। नहीं-नहीं, मुझे गरीबों, बेसहारा लोगों और मासूम लड़कियों से कोई हमदर्दी नहीं है। मैं सच्चा आतंकवादी हूँ। सिर्फ यह सोच रहा हूँ कि आतंक का रास्ता गलत चुन लिया।

आतंकवादी-4 : तौबा-तौबा! ये हो क्या रहा है? मुझे लगता है कि हमें फौरन एक ठोस 'टेरर पॉलिसी' बनानी होगी।

आतंकवादी-3 : फालतू बात। पूरा पाकिस्तान बिना पॉलिसी के चल रहा है। हमारे बाप कायदे से पॉलिसी नहीं बना पा रहे तो हम क्या पॉलिसी बनाएँगे।

आतंकवादी-4 : फिर?

आतंकवादी-3 : फिर कुछ नहीं। चुप बैठिए और पबजी खेलिए। पूरी दुनिया आजकल यही खेल रही है।

□

यात्री कृपया ध्यान दें

टेलीविजन पर 'साफ नीयत सही विकास' के विज्ञापन को लगभग घूरते हुए पड़ोसी शर्माजी बुदबुदाए—"हद है! क्या बकवास है। बंद करो इसे यार।" जिंदगी जिस तरह मेरे साथ दिन में कई बार मजाक करती है, मैंने सोचा, थोड़ा मजाक शर्माजी के साथ कर लिया जाए। मैंने पूछा, "आपने विज्ञापन को बकवास कहा या टी.वी. को या मुझे? आपने टी.वी. को बंद करने के लिए कहा, विज्ञापन को या मुझे?" शर्माजी झुँझलाए। बोले, "अब तुम दिमाग का दही मत करो। वैसे ही 18 घंटे लेट घर पहुँचा हूँ। दिमाग सही ठिकाने पर नहीं है।"

मैंने कहा कि 18 घंटे में बंदा आजकल अमेरिका पहुँच जाता है। आप कहाँ से चले थे कि 18 घंटे लेट हो गए? शर्माजी बोले, "ट्रेन विलंब से थी।" मैंने कहा, "इसमें नया क्या था। यह ऐतिहासिक तथ्य है। हिंदुस्तान में ट्रेन समय पर चलने लगे तो खबर है। विलंब से चले तो कोई खबर नहीं। यह बात उसी तरह से है कि कुत्ता आदमी को काट ले तो कोई खबर नहीं, लेकिन आदमी कुत्ते को काट ले तो खबर है।"

शर्मा जी का दर्द उफन पड़ा। बोले, "कोलकाता में जहाँ से ट्रेन शुरू होनी थी, वहाँ कमबख्त ड्राइवर ने इतनी सीटियाँ दे दीं कि लगा, पाँच मिनट पहले ही रवाना हो लेगी। घुटनों में दर्द रहता है तो सीढ़ियाँ उतरने में वक्त लग गया। ट्रेन सरकने लगी तो मैं भागने लगा, लेकिन इस दौड़-भाग में मैं अपने कोच तक नहीं पहुँच पाया। जनरल डिब्बे में घुस गया। सोचा कि अगले स्टेशन पर अपने डिब्बे में अपनी आरक्षित सीट पर पैर पसारकर सो जाऊँगा।"

कहानी में पहला मोड़ आया था। मेरी जिज्ञासा जागने लगी। मैंने कहा, "फिर?"

शर्माजी बोले, "फिर क्या जी। मरते-मरते बचा। गाना सुना था कि 'कोठे ऊपर कोठरी' मैं उसपे रेल चला दूँगी, लेकिन मेरा तो हाल यह था कि रेल रेंग रही थी और आदमी एक-दूसरे पर चल रहे थे। आदमी ऊपर आदमी। फिर औरत भी। फिर बच्चे भी। उसी पर बुजुर्ग भी। टॉयलेट तक पहुँचना उसी तरह दुष्कर हो गया, जैसे जिले के एक सामान्य कार्यकर्ता का आलाकमान तक पहुँचना। मैंने अपने जीवन बीमा निगम की रकम का कैलकुलेशन किया, बीवी-बच्चों को याद किया और दम घुटाऊ

समाधि लेने को तैयार हो गया। साँस ने अंदर-बाहर जाने से मना कर दिया था। भीतर की साँस उखड़ते हुए बोली—बाहर नहीं जाऊँगी। मेरा वीटो है।"

मैंने कहा, "लेकिन आप तो सही-सलामत हैं। कोई गड़बड़ नहीं दिख रही।"

वे बोले, "तुम्हें क्यों गड़बड़ दिखेगी। तुम यहाँ ए.सी. में बैठे हो। मेरा स्मार्टफोन छिन गया। बटुए का अता-पता नहीं। वो तो हजार-बारह सौ रुपए दूसरी जेब में थे और सीट नंबर याद था तो ट्रेन रुकते ही सीट पर पहुँच गया।"

मैंने कहा, "चलिए, दिन ठीक नहीं था। जान बची तो लाखों पाए, वैसे एक बार ए.सी. डिब्बे में पहुँच गए, फिर क्या चिंता?"

वह बोले, "काहे का ए.सी. डिब्बा! डिब्बे का ए.सी. खराब था। लोग चीख रहे थे। बच्चे रो रहे थे। डिब्बा ट्रेन का कंपार्टमेंट कम जंतर मंतर का धरना स्थल ज्यादा दिख रहा था। कोई मंत्री को ट्वीट कर रहा था, कोई संत्री पर चिल्ला रहा था। दो-चार युवा प्रदर्शनकारी बैनर बनाने में जुट गए थे कि मीडिया वाले किसी स्टेशन पर आ गए तो उन्हें लगना भी चाहिए कि कायदे का प्रदर्शन हुआ है। कुछ लड़के-लड़कियाँ प्रदर्शन के बीच सेल्फी ले रहे थे, ताकि अपने दोस्त-रिश्तेदारों को बता सकें कि बेहद बुरे हालातों के बीच भी उन्हें अपना प्रथम कर्तव्य याद रहा।"

"कोई नहीं। कभी-कभी दिन ही खराब होता है। खाना-पीना तो हुआ न?" मैंने सांत्वना जताते हुए पूछा।

अब वह भड़क गए। बोले, "भरी गरमी में बंद ए.सी. में 18 घंटे विलंब से चलती ट्रेन में हो-हल्ले, हंगामे के बीच खाने की याद किसे रहती है और कौन खाना देता है? प्रदर्शन वाले डिब्बे में वेंडर कोई आया नहीं और गाड़ी जब भी किसी ढंग के स्टेशन पर रुकी तो पाँच मिनट में चल दी, लेकिन जब सन्नाटे में किसी जंगल में रुकी तो फिर शायद ड्राइवर को याद ही नहीं रहा कि ट्रेन चलानी भी होती है।"

मैंने कहा, "कोई नहीं। आप सुरक्षित लौट आए। हमारे लिए यही बहुत है। वर्तमान रेल मंत्री का सारा ध्यान इसी बात पर है कि यात्री सुरक्षित लौट आएँ। देर आएँ, लेकिन दुरुस्त आएँ। वैसे भी, हमारे-आपके जैसे लोग देश की जी.डी.पी. में क्या योगदान दे रहे हैं? आप सुरक्षित लौट आए, इसके लिए भारतीय रेल का धन्यवाद अदा कीजिए। एक ट्वीट कीजिए।"

उन्होंने भी बात सुनी। नया स्मार्टफोन निकाला और रेलमंत्री को ट्वीट कर दिया, "शुक्रिया रेल मंत्रीजी, 18 घंटे विलंब से सही, मगर सही-सलामत घर पहुँचाने के लिए।"

□

आया-आया तूफान

साल 1989 में अमिताभ बच्चन की एक फिल्म आई थी—'तूफान'। इस फिल्म में एक गाना था—आया-आया तूफान, भागा-भागा शैतान। फिल्म में अमिताभ 'तूफान' थे। बॉक्स ऑफिस पर दर्शकों की उपेक्षा की आँधी ने इस 'तूफान' को ऐसा उड़ाया कि निर्माता मनमोहन देसाई की जिंदगी में भूचाल आ गया था। लेकिन इन दिनों असल तूफान का बड़ा हल्ला है। कई राज्यों में छोटा-बड़ा तूफान आया। पेड़ गिरे, ओले पड़े। गाने के हिसाब से चलें तो शैतानों का नामोनिशान मिट जाना चाहिए, लेकिन ऐसा होगा नहीं। शैतान अब बहुत शातिर हो गए हैं। पाँच बरस गायब रहते हैं, लेकिन ऐन चुनाव के वक्त रूप बदल-बदलकर जनता के सामने आ खड़े होते हैं। मासूम-भोली सूरत लिये। इन चुनावी 'शैतानों' के पास भेष बदलने का अद्‌भुत हुनर होता है। इनके पैर दिखते सीधे हैं, लेकिन होते उलटे हैं। चुनाव खत्म होते ही ये ऐसी रहस्यमयी गुफाओं में छिप जाते हैं, जहाँ सिर्फ ठेकेदार, रिश्वतखोर, बिल्डर वगैरह ही पहुँच पाते हैं। चुनाव के वक्त उलटे पैर ये फिर समाज में आ पहुँचते हैं। नोट-शराब-वादे-दावे-सपने बाँटते हैं। भिखारियों की तरह झोली फैलाते हैं—एक वोट दे दे बाबा। जनता मासूम। वोट दे देती है। शैतान छूमंतर हो जाते हैं। तूफान भी अब छूमंतर हो गया है।

हाँ, तूफान का इस बार बड़ा हल्ला रहा। बहुत डर लगा। टेलीविजन चैनलों ने हल्ले में गुल्ला मिलाकर तूफान को मारक बना दिया। कई बार ऐसा लगा कि तूफान घर में घुसकर मारेगा।

असल तूफान अपनी जगह है, लेकिन सच यह है कि लोगों के अपने-अपने तूफान हैं। नौजवान लड़कों की जिंदगी में तूफान तब आता है, जब गर्लफ्रेंड झटके में कट लेती है और ब्रेकअप से पहले ऐसा कोई संकेत नहीं देती वरना लड़के कम शातिर नहीं, वो विकेट गिरने से पहले नई क्रीज पर बैटिंग की तैयारियाँ शुरू कर दें।

युवा लड़कियों की जिंदगी में तूफान तब आता है, जब फेसबुक पर उनकी खास सहेली की तसवीर को रोजाना उनका ही बॉयफ्रेंड लाइक करना शुरू कर देता है। शादीशुदा मर्दों की जिंदगी तूफानों से भरी होती है। मसलन दावों के विपरित जब पत्नी को पति के सही वेतन का पता लगता है तो तूफान आता है। एक महीने का वादा कर घर आई सास जाने का नाम न ले तो तूफान आता है। व्हाट्सएप पर एक ही दिन में पति की महिला मित्र के गुड मॉर्निंग और गुडनाइट मैसेज पर नजर पड़ जाए तो तूफान आता है। शादीशुदा मर्दों की जिंदगी में तूफान कब, कैसे, किस बात पर और कितने वेग का आएगा, इसकी भविष्यवाणी दुनिया का कोई मौसम विभाग आज तक नहीं कर पाया। ऐसा नहीं है कि शादीशुदा महिलाओं की जिंदगी में भी तूफान नहीं आते, लेकिन ये प्राय: मर्दों की तुलना में कम होते हैं।

राजनेताओं को घरेलू मोरचों पर छोड़ दें तो ईश्वरप्रदत्त वरदान है कि वो सिर्फ तूफान लाने के लिए बने हैं, झेलने के लिए नहीं। अलबत्ता उनकी जिंदगी में भी दो बार तूफान आता है। एक, जब आलाकमान बेरहमी से टिकट काट देता है। दूसरा, चुनाव में हारने की घोषणा के साथ ही घर में लगनेवाली कार्यकर्ताओं की भीड़ कट लेती है।

अंग्रेजी साहित्यकार की जिंदगी में तूफान तब आता है—जब रॉयल्टी का चेक बाउंस हो जाए और हिंदी साहित्यकार को चेक मिल जाए तो इसी खुशी में वो तूफान सिर पर उठा लेता है।

टी.वी. चैनलों के दफ्तर में जब टी.आर.पी. नहीं आती तो तूफान आता है। दुनिया में कहीं तूफान आए, अगर चैनलों को टी.आर.पी. मिल रही है तो उनके दफ्तर तक तूफान का असर नहीं होता, लेकिन टी.आर.पी. नहीं आए तो दुनिया में भले परम शांति हो—दफ्तर में तूफान मचा रहता है। ऐसे में मनोरंजक चैनल पुनर्जन्म की किसी कहानी को नए कलेवर में ले आते हैं तो न्यूज चैनल किसी हनीप्रीत को खोज लाते हैं। कुछ नहीं मिलता तो भानगढ़ के किले पर दाँव लगाते हैं।

दरअसल, भाँति-भाँति के तूफान हैं और सबके अपने तूफान हैं। बॉक्स ऑफिस पर हर शुक्रवार को तूफान आता है, जिसमें दो-चार फिल्में टीन-टप्पर के साथ उड़ जाती हैं। उनका नामलेवा नहीं बचता। किसान की जिंदगी में तूफान तब आता है, जब कर्ज लेकर बोई फसल बेमौसम बारिश या ओले से खराब हो जाती है। किसानों के परिवार में तूफान तब आता है, जब महज 40-50 रुपए कर्ज न चुका पाने की मजबूरी में किसान खुदकुशी कर लेता है।

दरअसल, तूफान भौतिक कम मानसिक ज्यादा होता है और मुद्दा मानसिक तूफान को ही काबू में करने का है वरना सच यही है कि आम गरीब की जिंदगी में जितने तूफान एक साथ आते हैं, उसका एक फीसदी भी मध्यमवर्ग की जिंदगी में आ जाता है तो लोगों को मौत के अलावा कोई चारा नहीं दिखता। गरीब तूफान झेलने का अभ्यस्त होता है। वो तूफानों से घबराता नहीं, उसका सामना करता है। तूफानों को झेलने के उसके जज्बे को सलाम!

□

लाइक्स बगैर जिंदगी

युवा पीढ़ी में एक बहुत बड़ा वर्ग ऐसा है, जिसे दो वक्त की रोटी न मिले तो कोई दिक्कत नहीं, लेकिन शाम तक फोटू पर 200 लाइक्स न मिलें तो उन्हें डिप्रेशन होने लगता है। हवा में घुले जहर से उन्हें परेशानी नहीं होती, अलबत्ता पोस्ट पर पर्याप्त कमेंट न आएँ तो उन्हें साँस उखड़ती दिखती है। भद्दी-से-भद्दी फोटो और घटिया-से-घटिया पोस्ट पर भी लोग लाइक्स की उम्मीद करते हैं। हद यह कि फेसबुक-ट्विटर पर कई लोग भी मानो लाइक करने के लिए तैयार बैठे रहते हैं। कोई पोस्ट आए, उन्हें लाइक करना ही है। निठल्ले बैठे-बैठे दूसरों की पोस्ट या फोटो को लाइक करना वो अपना कर्म समझते हैं और यदि तसवीर किसी खूबसूरत लड़की की है तो लड़के इस कर्म में धर्म जोड़कर अतिरिक्त ऊर्जा से न केवल लाइक करते हैं, बल्कि कमेंट भी करते हैं और खूबसूरती का संसार में प्रभाव फैले, इस उद्देश्य से फोटो शेयर भी करते हैं।

लेकिन फेसबुक को जाने क्या सूझा कि अब वो तसवीरों-पोस्ट वगैरह पर लाइक्स दिखाना बंद करना चाहता है। या यों कहें कि फेसबुक नहीं चाहता कि कोई आपकी पोस्ट या तसवीर पर मिले लाइक्स की संख्या को पढ़ सके। आप संख्या देख सकते हैं, कोई और नहीं। इस खास फीचर की टेस्टिंग ऑस्ट्रेलिया में शुरू हो गई है। फेसबुक को लगता है कि आपकी पोस्ट लाइक्स और कमेंट्स की संख्या दूसरों को दिखती है तो इससे प्रतिस्पर्धा बढ़ती है।

अब धंधा करते-करते फेसबुक को अचानक सामाजिक सरोकार याद आ गए! हद है! फेसबुक को कोई समझाए कि लाइक्स बगैर क्या जिंदगी। अब अपनी एक मारू फोटू पर गबरू जवान को 500 लाइक्स मिलें और सामने वाला देख ही नहीं पाए तो क्या फायदा ऐसे लाइक्स का। वैसे भी, 90 फीसदी हिंदुस्तानी दूसरों को जलाने में खुश रहते हैं। अरसे पहले एक टी.वी. कंपनी ने एक विज्ञापन बनाया था।

इस विज्ञापन में टी.वी. की कोई खासियत-वासियत नहीं बताई गई, अलबत्ता यह कहा गया कि टी.वी. घर पर लाइए, पड़ोसी ईर्ष्या से मर जाएँगे।

हाल यह है कि बंदा नई कार खरीदकर लाए और चार-छह पड़ोसी पूछने न आएँ तो लगता है कि पैसे बरबाद हो गए। अपनी खुशी से उतनी खुशी नहीं मिलती, जितनी हमें खुश देखकर दूसरों की जलन से मिलती है। लाइक्स की संख्या से यही खुशी मिलती थी। हाँ, कई बार कुछ लोगों को लाइक्स न मिलने पर डिप्रेशन भी होता है, लेकिन यह उनकी किस्मत।

फेसबुक को समझना चाहिए कि दूसरे लोग अगर हमारी पोस्ट पर मिलने वाले लाइक्स की संख्या नहीं देख पाए तो फिर लड़कियाँ क्यों ब्यूटी पार्लर जाएँगी। अभी तो फेसबुक पर तसवीर पोस्ट करने के बाद लाइक्स के दबाव में उन्हें हर हाल में सुंदर दिखना जरूरी है। 100-200-500 मेगापिक्सल वाले कैमरों की बिक्री पर असर पड़ेगा। आखिर फोटू खींचकर डालना तो फेसबुक पर ही है। कई लड़के तो जिम वगैरह भी इसलिए जा रहे हैं, ताकि वहाँ के फोटू फेसबुक पर डालकर लाइक्स हासिल कर सकें। लाइक्स नहीं दिखेंगे तो डिप्रेशन नहीं होगा। डिप्रेशन नहीं होगा तो साइक्लोजिस्ट के धंधे पर असर पड़ेगा।

फेसबुक नामक आभासी मुल्क के लोगों की लाइफलाइन ही लाइक्स है। ज्यादा लाइक्स के लिए ही लोग थोड़ी-बहुत मेहनत भी करते हैं। लाइक्स नहीं तो काहे की मेहनत। झूठ से काम चलेगा और सच में झूठ का कोई सिरा नहीं होता।

□

चल छैंया छैंया छैंया छैंया

कभी-कभी सरकारें मजाक-मजाक में सीरियस काम कर देती है। कुछ साल पहले जब देश की पहली प्राइवेट ट्रेन के बारे में सुना तो लगा, फिर लोगों के साथ उसी तरह मजाक हो गया, जैसा मजाक रोटी-कपड़ा-मकान और शिक्षा को लेकर बरसों-बरस तक हुआ। सरकारों की गंभीरता को नापने का कोई बैरोमीटर टाइप यंत्र आज तक कोई वैज्ञानिक नहीं बना पाया तो पता नहीं चलता कि वो कब गंभीर है और कब जनता को सरेआम उल्लू बना रही है?

लेकिन इस बार बहुत गंभीर घोषणा पर इत्ती गंभीरता से अमल हो गया कि कई बाबुओं को गंभीर हार्टअटैक की आशंका हो गई। आखिर तेजस बिना झंझट के चल पड़ी। कहा जाता है कि हिंदुस्तान को देखना-समझना है तो ट्रेन में सफर करना चाहिए। फिर भारतीय रेलवे आपको संयमी, परिश्रमी, जुगाड़ू, अपने हक के लिए लड़ने वाला क्रांतिकारी भी बनाती है। हिंदुस्तान में ट्रेन एक घंटे से लेकर 24-48 घंटे तक लेट हो सकती है। ट्रेन का विलंब आपके संयम की परीक्षा लेता है। हिंदुस्तान की अधिकांश आबादी जान-बूझकर निर्धारित वक्त से आधा-एक घंटा की देरी से स्टेशन पहुँचती है, क्योंकि उन्हें विश्वास होता है कि ट्रेन वक्त पर नहीं आ सकती। ट्रेन के जिस प्लेटफॉर्म पर आने की घोषणा हो, ऐन वक्त पर उसका प्लेटफॉर्म बदलना आपको परिश्रमी बनाता है। वी.आई.पी. कोटे से रिजर्वेशन पाना या टी.टी.ई. से सैटिंग कर सीट झटकना व्यक्ति में जुगाड़ का गुण भरता है। टॉयलेट में पानी का डिब्बा गायब होने के बावजूद मुस्कुराते हुए बाहर आना अभिनय का गुण पैदा करता है। सीट पाने के बाद उसे बरकरार रखना और कई मौकों पर पास खड़े लोगों से सीट के बचाव के दौरान मारपीट व्यक्ति को क्रांतिकारी बनाती है।

अपनी चिंता यह है कि तेजस जैसी प्राइवेट ट्रेनें व्यक्ति में इन गुणों को विकसित ही नहीं होने देंगी। भारतीय रेलवे तो सही मायने में गीता का संदेश देती

है कि कर्म करो, फल की चिंता मत करो। यानी स्टेशन पहुँच जाओ, ट्रेन के आने की चिंता मत करो। डिब्बे में घुस जाओ, सीट की चिंता मत करो, लेकिन तेजस का खेल उलट है। ट्रेन लेट हुई तो रिफंड मिलेगा। विमान की तर्ज पर ट्रेन होस्टेस होगी। मुझे डर है कि इसी चक्कर में कहीं लोग तेजस का कई-कई दिन आगे का टिकट बुक कराकर न बैठ जाएँ। वी.आई.पी. कोटा चलेगा नहीं। हर खिड़की पर ऑटोमेटिक पर्दे होंगे। सीट के ऊपर रीडिंग लाइट होगी और हर सीट पर टी.वी. होगा यानी बंदा बाहर देखे ही नहीं। बंदा बाहर नहीं देखेगा तो तेजस के भीतर उसे सब अमेरिका-यूरोप ही दिखेगा। आखिर वो प्रोफेसर अरोड़ा के 'रिश्ते ही रिश्ते' और गुप्त रोगों से संबंधित तमाम विज्ञापन कैसे देखेगा? तेजस के गुजरते वक्त क्रॉसिंग पर पसीना बहाते लोगों को कैसे देखेगा? आखिर बंदा असली हिंदुस्तान कैसे देखेगा?

□

कानून मानना पाप है

हिंदुस्तान के लोगों की सैकड़ों खूबियों में एक खूबी यह है कि यहाँ लोग कानून मानने को अघोषित रूप से अपराध मानते हैं। अपराध को पाप मानते हैं। पाप से घृणा करते हैं और जिस चीज से घृणा करते हैं, उसे अपनाने का सवाल ही नहीं।

यही घृणा ट्रैफिक नियमों के मामले में बरसों-बरस हुई। देश के करोड़ों दुपहिया चालक अभी चंद दिन पहले तक जानते नहीं थे कि उनके शहर में हेलमेट मिलते कहाँ हैं? प्रदूषण नियंत्रण प्रमाण पत्र बनवाना तो समस्त गाड़ीधारक समाज आज भी पैसे की बरबादी मानता है। अभी तक तय सीमा से बहुत ज्यादा स्पीड पर गाड़ी चलाना और सिग्नल पर लाल बत्ती फाँदना बहादुरी का प्रतीक माना गया और सीट बेल्ट लगाना कमजोरी का। स्कूटर पर छह-छह सवारियों को लाद लेनेवाले को स्टंटमैन की संज्ञा दी गई और 12 साल की उम्र में कार चलानेवाले बालक को अद्भुत-अविश्वसनीय टाइप का बालक बताया गया।

ट्रैफिक नियमों को लेकर इन्हीं मान्यताओं का असर रहा कि कानून माननेवालों को डरपोक करार दिया गया। रात में रेड लाइट सिग्नल पर रुकनेवाले कायर तक कहे गए। यह अलग बात है कि रेड लाइट पर फर्राटा गाड़ी दौड़ानेवाले वीरों के वीरगति को प्राप्त करने के मामले लगातार बढ़ते गए, लेकिन क्या मजाल कानून का पालन हो जाए।

लेकिन सरकार भी निष्ठुर है। ट्रैफिक नियम तोड़ने पर झटके में चालान की ऐसी हिमालयी रकम तय कर डाली कि वीरों के होश फाख्ता हो गए हैं। किसी को समझ नहीं आ रहा कि क्या करे? चालान होने पर कुछ वीर कह रहे हैं कि रकम ई.एम.आई. में ली जाए। कुछ चालान भरने के लिए बैंक से लोन चाहते हैं। कुछ बीमा कंपनियों से गुजारिश कर रहे हैं कि चालान बीमा शुरू किया जाए।

नए ट्रैफिक नियमों का खौफ ऐसा कि प्रदूषण नियंत्रण प्रमाण पत्र के लिए

लोग इस तरह लाइन में लगे हैं, जैसे खाते में 15 लाख रुपए आ गए हों और पेट्रोल पंप पर बँट रहे हों। चंद दिनों पहले तक पॉल्यूशन सर्टिफिकेट बाँटनेवाला बंदा दिन भर पबजी टाइप के गेम मोबाइल पर खेलता रहता था। अब उसके पास एक अदद वीडियो देखने की फुरसत नहीं है। साँस तो खैर ले रहा है।

उम्मीद थी कि इतने सख्त नियमों के बाद हाल बदल जाएगा, लेकिन ट्रैफिक नियम तोड़नेवाले वीर पुरुषों ने ऐसा कोहराम मचाया कि फेडरलिज्म के भी तोते उड़ गए हैं। जिस देश में 'एक देश, एक विधान' के नाम पर अनुच्छेद 370 झटके में हवा हो गया, वहाँ चालान की चिल्ल-पों में कई राज्य ही केंद्र के खिलाफ खड़े हो गए हैं। चालान की रकम जान की कीमत पर भारी पड़ रही है। हद यह है कि फिर भी सभी लोग कानून मान रहे हों, ऐसा नहीं है। दरअसल, हिंदुस्तान में कानून मानने को लेकर लोगों की अपनी अलग फिलॉसफी है। उनका मानना है—

कानून मानना पाप है,
पुलिसवाला सबका बाप है।
नोटों की पूजा करते रहो
माल सबका माईबाप है

□

कैसे रहेगा फिट इंडिया

प्रधानमंत्रीजी चाहते हैं कि देश फिट रहे। मैं भी यही चाहता हूँ। आज से नहीं, बरसों से। कई बार मैं सोसाइटी के जिम का मुआयना कर चुका हूँ। दस दफा जिम ट्रेनर से निजी मुलाकात कर मैं इतना ज्ञान अर्जित कर चुका हूँ कि अब जिम खोल सकता हूँ।

बीते एक साल में कम-से-कम छह बार पड़ोस की स्पोर्ट्स अकादमी घूम आया हूँ। यहाँ तक कि जोश-जोश में एक दिन बेटे के साथ क्रिकेट खेलने मैदान भी जा पहुँचा। कमबख्त पहली ही गेंद उछाल लेने के बाद आँख का बाहरी किनारा लेकर सीधे विकेटकीपर के दस्तानों में जा पहुँची और मैं सीधे डॉक्टर के क्लिनिक में।

मैं इस दुर्घटना से हतोत्साहित हो सकता था, लेकिन नहीं। मैं फिटनेस चाहता था। फिटनेस पाने की मेरी अदम्य इच्छाशक्ति ने एक योग गुरु को घर बुलाना आरंभ किया। योग गुरु ने घर आकर योग सिखाने के लिए पाँच हजार रुपए की फीस माँगी। मैंने पाँच हजार रुपए एडवांस दे दिए। योग गुरु रोज सुबह पाँच बजे आने लगे, लेकिन मेरी आँखें पाँच बजे खुलने के लिए तैयार ही नहीं थी। अदम्य इच्छाशक्ति आँखों की मनमर्जी के आगे दम तोड़ गई।

मैं कसम खाकर कहता हूँ कि मैंने फिटनेस पाने के लिए बहुत जतन किए। यूट्यूब पर सैकड़ों वीडियो देखे, ताकि मैं चमत्कारिक ढंग से फिटनेस पा सकूँ। मोबाइल पर कई खिलाड़ियों के प्रेरणादायक प्रवचन सुने। अक्षय कुमार के उस वायरल वीडियो के बाद तो मैंने कई दिन तक घड़ी में सुबह पाँच बजे का अलार्म लगाया, जिसमें उन्होंने कहा था कि "ऐसा कोई दिन नहीं रहा, जब मैंने उगता हुआ सूर्य नहीं देखा।", लेकिन जब अलार्म ने दम तोड़ा और बीवी ने फिटनेस पाने के चक्कर में अजीब-अजीब हरकतें करते देख मुझे दाँत तोड़ने की धमकी दी तब मैंने तय किया कि मैं 'मॉर्निंग वॉक' पर जाऊँगा।

मैंने आठ–दस हजार के जूते, ब्रांडेड ट्रैक सूट वगैरह खरीदकर मॉर्निंग वॉक की तैयारियाँ कीं और आखिरकार वो शुभ दिन भी आ गया, जब मैं सुबह छह बजे उठ गया। फ्रेश होकर सुबह की सैर के लिए जॉगर्स पार्क पहुँचा। लगभग दो किलोमीटर टहला। ऐसा लगा, मानो मेरा नया जन्म हुआ है, लेकिन वहाँ से लौटते हुए गरम–गरम छनती कचौड़ियों और जलेबी की खुशबू मुझे परेशान करने लगी। मैं कुछ दिन पार्क गया और फिर लौटते हुए एनर्जी के लिए रोज चार कचौड़ी और एक गिलास लस्सी पीकर आने लगा। मैं समझ चुका था कि जब तक गली–गली खुली ये कचौड़ी–जलेबी की दुकानें बंद नहीं होंगी, लस्सी यों ही खुले में बिकेगी। रसगुल्लों की खुशबू सड़क तक आएगी, कम–से–कम मेरा फिट रहना मुश्किल है।

□

'फेक न्यूज' के फायदे

इन दिनों पूरी दुनिया में 'फेक न्यूज' का हल्ला है। फेसबुक, ट्विटर, व्हाट्सएप और सरकार सब आपस में 'फेक न्यूज' को रोकने के लिए गुत्थम-गुत्था हैं। गलत, भ्रामक और तथ्यहीन खबरों यानी फेक न्यूज से कैसे बचा जाए, इसे लेकर विज्ञापन प्रकाशित हो रहे हैं। कार्यशालाएँ आयोजित हो रही हैं। मतलब यह कि फेक न्यूज की ग्रह दशा बिगड़ी हुई है।

जिस तरह सुहानी बारिश बरसते-बरसते जब बाढ़ में तब्दील हो जाती है, वो खतरनाक हो जाती है, उसी तरह का मामला फेक न्यूज का भी हो सकता है, लेकिन अपना मानना है कि फेक न्यूज का समाज में अस्तित्व अरसे से है। महाभारत काल में गुरु द्रोण की हिम्मत तोड़ने के लिए श्रीकृष्ण ने फेक न्यूज का सहारा लिया। उन्होंने युधिष्ठिर से कहलवाया—'अश्वत्थामा मारा गया।' बेटे की मौत की खबर सुनकर द्रोण टूट गए।

आज की बात करें तो कई टिकटखेंचू राजनेता खुद फेक न्यूज फैलाते हैं कि टिकट न मिलने पर उनके समर्थक हंगामा करेंगे, तोड़-फोड़ करेंगे, खुदकुशी करेंगे। उन्हें उम्मीद रहती है कि समर्थकों के समर्थन की ऐसी फेक न्यूज से आलाकमान पर दबाव पड़ेगा और वो टिकट दे देगा। आलाकमान टिकट काटने की फेक न्यूज इसलिए फैलाता है ताकि टिकट कटने के डर से विधायक-सांसद ज्यादा चंदा पार्टी फंड में जमा कराएँ।

प्यार की दुनिया में फेक न्यूज का विशिष्ट महत्त्व है। प्रेमी संभावित प्रेमिका तक कई माध्यमों से अपने प्यार की फेक न्यूज पहुँचाता है, क्योंकि 99 फीसदी प्रेम-पत्रों अथवा व्हाट्सएप संदेशों में किए वादे और दावों को पाँच साल बाद जाँचा जाए तो वे सब फेक साबित होंगे। तमाम महिलाएँ अपने पति तक यह फेक न्यूज पहुँचाती हैं कि पड़ोसी शर्माजी ने अपनी पत्नी को दिवाली पर हीरे का हार

दिलाया है या चार तोले के कंगन भेंट किए हैं। इस फेक न्यूज के झाँसे में अधिकांश पति आ जाते हैं और फिर मांडवली करते हुए दो तोले के कंगन पर आखिरकार डील फाइनल होती है।

कंपनियों में इंक्रीमेंट के वक्त बॉस लोग फेक न्यूज फैलाते हैं कि इस बार मुनाफा नहीं हुआ है लिहाजा इंक्रीमेंट मुश्किल है। ऐसी फेक न्यूज के माहौल में कर्मचारियों को दो-चार फीसदी इंक्रीमेंट भी मिल जाता है तो वे खुश हो जाते हैं कि भागते इंक्रीमेंट का पुछल्ला सही। कुछ स्मार्ट कर्मचारी एक्स्ट्रा स्मार्ट होते हैं तो वो ऐन इंक्रीमेंट से पहले फेक न्यूज फैलाते हैं कि दूसरी कंपनी का ऑफर लैटर उन्होंने ले लिया है। ऐसे में कंपनी उन्हें रोकने की कोशिश करती है।

कुछ नुकसान हो सकते हैं, लेकिन फेक न्यूज के फायदे भी हैं, इसलिए फेक न्यूज पर हो-हल्ला बंद होना चाहिए। बंदा छोटी फेक न्यूज गढ़ते-गढ़ते बड़ी फेक न्यूज गढ़ने लगता है। कुछ लोग ऐसे फेंकुओं को आजकल नेता भी कहते हैं।

□

ब्रेकअप एक उत्सव है

वे थोड़े दुःखी थे। आखिरकार उनका महबूबा से ब्रेकअप हो गया था। जिन हालात में उनकी मुहब्बत की नैया गुड़-गुड़ गोते लगा रही थी, उसमें दोस्त-दुश्मन सब जानते थे कि ब्रेकअप होगा। अचानक ऐसे होगा, यह किसी को पता नहीं था। यों उम्र से वह पुराने आशिक थे, लेकिन आशिकी में कई बार हाथ जलाने के बाद उन्होंने अपना रंग-ढंग युवा आशिकों सरीखा कर लिया था। नए आशिकों की राह उन्हें भी भाने लगी थी। वे ब्रेकअप को इश्क का बाई-प्रोडक्ट मानने लगे थे।

वैसे भी, प्यार में विघटन यानी ब्रेकअप कब किस बात पर हो जाए, कहना मुश्किल है। महबूबा रकीब से हँसकर बात कर ले तो ब्रेकअप हो सकता है। आशिक शराब के नशे में पुरानी गर्लफ्रेंड को चार व्हाट्सएप मैसेज कर दे तो ब्रेकअप हो सकता है। महबूबा को आशिक का थोबड़ा किसी फ्लॉप हीरो से मिलता लगने लगे तो ब्रेकअप हो सकता है और आशिक को गर्लफ्रेंड के भाई ठोंक दें तो ब्रेकअप हो सकता है।

वो जमाना ही और था, जब पार्क में बैठकर प्रेमी-प्रेमिका भी पति-पत्नी की तरह सात जन्मों तक साथ निभाने का वादा करते थे। आजकल इश्क भी बाजार में लगी सेल का आइटम हो लिया है, जिसमें शानदार ऑफर सीमित अवधि के लिए होता है और हर बार ग्राहक ऑफर लेने के चंद दिन बाद मार्केट में आए दूसरे ऑफर को देखकर ललचाने लगता है—क्या गुरु! क्या शानदार ऑफर है। पिछले ऑफर में एक के साथ एक फ्री था, इसमें चार फ्री हैं। ग्राहकों के इसी टेस्ट बदलने की आदत के चलते टेलीकॉम कंपनियाँ नंबर पोर्टेबिलिटी स्कीम लागू करने पर राजी हो गई। ग्राहक उन्हीं कंपनियों के बीच घूमता रहता है। नंबर बदलता रहता है। कई बार अलग-अलग कंपनियों से ब्रेकअप कर ग्राहक फिर पहली कंपनी पर

आ जाता है, लेकिन इन ब्रेकअप से उसे हर बार उम्मीद जागती है कि सही कंपनी मिल गई।

ब्रेकअप के बड़े फायदे हैं। पहला फायदा तो यह कि इश्क की एक्सपायरी डेट नहीं आती। बंदा हमेशा मुहब्बत को नए सिरे से परवान चढ़ाता है और इस तरह हमेशा इश्क में डूबा रहता था। दूसरा फायदा यह कि आसपास के लोग सहानुभूति जताते हैं। तीसरा फायदा यह कि आजकल ब्रेकअप पार्टी दिए जाने का प्रचलन चल निकला है। युवा आशिक ब्रेकअप पार्टी देते हैं। यों तमाम दोस्तों को गम भुलाने के नाम पर पार्टी दी जाती है, लेकिन इसका संदेश यह होता है कि इश्क के मार्केट में बंदा या बंदी फ्री है। ब्रेकअप सॉन्ग भी गाए जाने लगे हैं अब तो।

वैसे भी लंबा साथ निभाने में बड़ा झंझट है। आदत पड़ जाती है एक-दूसरे की। जिया भी न जाए और रहा भी न जाए सरीखा मामला हो जाता है। लड़ते-झगड़ते, गाली-गलौज करते हुए डटे रहते हैं कुछ प्रेमी। जैसे शिवसेना और बीजेपी। ऐसे प्रेमी जोड़ों की लड़ाई के बीच में पड़ना अपनी फजीहत कराना है। ब्रेकअप के तमाम दावों के बावजूद कब फिर साथ खड़े हो जाएँ, कहना मुश्किल है।

बहरहाल, वे थोड़ी देर दुःखी रहे और फिर चल दिए ब्रेक-पार्टी में नई महबूबा खोजने। वे युवा आशिकों का मूल मंत्र समझ चुके हैं—ब्रेकअप एक उत्सव है।

□

थूकना हमारा जन्मसिद्ध अधिकार है

स्वच्छता की आदत भी एक किस्म की बीमारी है। इंदौर को देश के सबसे स्वच्छ शहर होने का तमगा क्या मिला, उसे स्वच्छता का नशा चढ़ गया। जिस तरह शराब के नशे में इनसान अल्ल-बल्ल बकता है, उसी तरह स्वच्छता के नशे में इंदौर नगर पालिका ने नया फरमा़न जारी किया है—थूकने पर पाबंदी का। इंदौर नगर पालिका ने सड़क पर थूकनेवालों पर 500 रुपए का जुर्माना लगाने का ऐलान किया है।

सड़क पर थूकनेवालों का कोई गुट, कोई संगठन या कोई पार्टी नहीं है—वरना वो इस तानाशाही फैसले का अवश्य विरोध करते। हिंदुस्तान में बंदा सड़क पर नहीं थूकेगा तो कहाँ थूकेगा? अमेरिका में? हिंदुस्तान में थूकना जन्मसिद्ध अधिकार है और यह अधिकार ही हमारे भीतर देश के प्रति अधिक मोह पैदा करता है। ऐसे ही विशिष्ट अधिकार अमेरिकियों, अंग्रेजों को हमारे आगे कमतर साबित करते हैं। थूकने का अधिकार भारतीयों में एक विशिष्ट किस्म के सम्मान का भाव भरता है, जिस पर इंदौर नगर निगम ने चोट की कोशिश की है। आखिर, आपका जब मन करता है तब आप गाली देते हैं या नहीं? कोई बात हो या न हो, लेकिन राजनेताओं का मन करता है तब वे हंगामा करते हैं या नहीं? इसी तरह अब सड़क पर चलते हुए थूकने का मन कर ही गया तो आप थूकोगे या नहीं? फिर सवाल यह भी है कि जब पान-तंबाकू पर पाबंदी नहीं तो थूकने पर कैसे लगाई जा सकती है?

इंदौर नगर पालिका ने फैसला कर अवश्य लिया है, लेकिन यह फुस्स होकर रहेगा। एक तो देश के थूकिए बहुत कर्मठ हैं। दूसरा, हर घर से थूकिया निकलेगा, किस-किस पर कौन नजर रखेगा? तीसरा, जुरमाने की रकम 500 रुपए रखी गई है। इस महँगाई के जमाने में सड़क पर चलनेवाले की जेब में 500 रुपए नकद निकल आएँ तो फिर वो सड़क पर यमराज रूपी ट्रैफिक के बीच चलेगा ही क्यों?

निश्चित रूप से नगर निगम का फैसला हिंदुस्तानियों के मूल अधिकार के खिलाफ है। थूकियों को संगठित होकर न केवल विरोध करना चाहिए, बल्कि नगर निगम के खिलाफ सामूहिक धरना देना चाहिए। थूकने का अर्थ है—मुँह से अपशिष्ट निकालना। आज थूकने के अधिकार पर पाबंदी लगाई जा रही है, कल साँस छोड़ने के अधिकार पर यह कहते हुए पाबंदी लगाई जा सकती है कि तुम्हारी साँसों के जरिए निकलती कार्बन डाइऑक्साइड बहुत प्रदूषण फैला रही है।

आज गब्बर सिंह होता तो नगर निगम के फैसले का विरोध जरूर करता। 'आक् थू' करते हुए उसने अपने थूकने के अधिकार को लेकर लोगों को जागरूक किया था। वक्त आ गया है, जब थूकने के अधिकार पर राष्ट्रीय चैनलों पर घंटे-घंटे बहस हो। राष्ट्रीय थूक प्रतियोगिताएँ हों, जिसमें राष्ट्रीय स्तर के थूकियों को बुलाया जाए। इस श्रेणी में राजनेता सबसे उपयुक्त हैं, जो जनता पर थूक रहे हैं बरसों से। कभी घोषणा-पत्र की शक्ल में, कभी वादों की शक्ल में, कभी दावों की शक्ल में। किसने उनका क्या उखाड़ लिया, जो थूकियों का उखड़ जाएगा? सच्चे थूकियों को किसी से डरना नहीं चाहिए। सच्चे थूकिए किसी से नहीं डरते।

□

'हिंदी दिवस' पर न्यूज चैनल की एक मीटिंग

"हमें भी हिंदी दिवस को सेलीब्रेट करना चाहिए।" संपादक ने फरमाया।

"यस सर, बिल्कुल करना चाहिए। यह हमारी रिस्बॉन्सिबिलिटी है।" मीटिंग में संपादक के सबसे खास एडवाइजर कम 'कार साकी' ने कहा।

"अच्छा बुलाओ किसी को। हम समझाते हैं कि क्या करना है, कैसे करना है।" संपादक ने स्वयं को लगभग बुद्ध की अवस्था में पाते हुए नया आदेश दिया।

मीटिंग में भगदड़ मच गई। एक साथ कई लोग उस एक शख्स को बुलाने के लिए भागे, जिसे बताया जाना था कि क्या करना है और कैसे करना है। दरअसल, हलकारा तो बहाना था, बॉस की नजर में खुद को 100 मीटर रेस का चैंपियन बताना था।

खैर, बुद्ध ज्ञान सुनने के लिए बंदा मीटिंग में हाजिर हो गया।

"सुनो…"

"जी…"

"अच्छा! हिंदी दिवस है। एक प्रोग्राम बनाओ। हिंदी राष्ट्रभाषा-राजभाषा वगैरह जो भी है, उसका इतिहास वगैरह बता देना एक स्टोरी में। हिंदी के दो-चार साहित्यकारों के कोट वगरैह डालकर उसमें तीन-चार गाने घुसेड़ दो। अलग-अलग जगह से दो-चार सेलिब्रिटी की बाइट मँगा लो, जिसमें वे बताएँ कि हिंदी के बिना उनका जीवन अधूरा है और फिर एक धाँसू सा नाम रखकर शाम को चला दो पाँच बजे। हिंदी की सेवा करना हमारा धर्म है। हम हिंदी न्यूज चैनल हैं। हमें हिंदी दिवस पर कुछ खास करना ही चाहिए।"

"बिल्कुल यह हमारा कर्तव्य है।" कार साकी ने फिर दोहराया।

"लेकिन सर, फिल्मों में हिंदी भाषा पर कौन से गाने बने हैं?" कार्यक्रम बनानेवाले अज्ञानी बालक ने सवाल किया।

"यार ढूँढ़ो···मिलेंगे। दो-चार गाने जरूर बने होंगे। एक लाख गाने बने हैं फिल्मों में। दो गाने हिंदी पर नहीं होंगे क्या। गूगल करो। क्या मूर्खों जैसी बात करते हो।" अब संपादक बुद्ध की मुद्रा से बाहर आ रहा था।

"कुछ टिक-टॉक से गाने निकाल लो, आजकल जो वीडियो यूट्यूब पर नहीं मिलते, टिक-टॉक पर मिलते हैं। हिंदी पर भी जरूर होंगे।" कार साकी ने फिर ज्ञान बाँटा।

"जी सर", अज्ञानी बालक ने 'जी' पर अतिरिक्त जोर डालते हुए जवाब दिया। फिर पूछा—"नाम सर।"

"नाम रख दो 'हिंद की हिंदी की जय जय'।"

"वाह सर, क्या नाम है।" कार साकी बोला।

चूँकि हर मीटिंग में एक-दो पथ विमुख, नौकरी से बेपरवाह लोग होते हैं। इस मीटिंग में भी थे। एक ने सवाल किया।

"सर, हिंदी दिवस से अच्छा है कि हम मंदी पर एक जोरदार कार्यक्रम कर दें।"

"मंदी। कहाँ है मंदी? तुम्हें दो लाख रुपए सैलरी मिल रही है न। बराबर मिल रही है ना? तो कहाँ है मंदी।" संपादक चिढ़कर बोला।

"सर लेकिन···"

"कुछ लेकिन-वेकिन नहीं। हिंदी दिवस पर ही कार्यक्रम बनेगा और धूमधाम से चैनल पर चलेगा।" संपादक ने आदेश दिया।

अब दूसरा अड़ंगेबाज बोला।

"सर, लेकिन हिंदी दिवस पर कार्यक्रम से पहले मेरा एक सुझाव है।"

"बोलो?"

"सर, हमें भी चैनल के भीतर हिंदी को बढ़ावा देना चाहिए।"

"बिल्कुल देना चाहिए।" संपादक बोला।

"तो सर, एंकर को कल से क्या कहें?' अड़ंगेबाज बोला।

संपादक ने महिला एंकर का मुँह देखा। एंकर ने संपादक का। मीटिंग के बाकी लोगों ने उन दोनों का।

अड़ंगेबाज बोला—"सर, प्रोड्यूसर को कल से निर्माता कह दें क्या?"

संपादक फिर सोच में डूब गया।

अड़ंगेबाज फिर बोला—"सर, आउटपुट डेस्क, इनपुट डेस्क, असाइनमेंट डेस्क, रिपोर्टर, स्ट्रिंगर का भी हिंदीकरण जरूरी है। आप सुझाएँ क्या बोला जाना चाहिए।"

संपादक अब सोच से आगे की अवस्था चिंता में चला गया।

अड़ंगेबाज को मजा आने लगा। बोला—"सर, ओबी वैन, कंप्यूटर, माइक, टेलीप्रॉम्पटर, स्टूडियो, डेस्क, कैमरा, मोबाइल वगैरह की भी हिंदी लगे हाथ बता दीजिए ताकि एक बार में ही सारा चैनल हिंदीमय हो जाए।"

संपादक अब चिंता से आगे की मुद्रा निद्रा में जाने को बेकरार दिखने लगा।

कार साकी भी चुप था, लेकिन जानता था कि ऐसे चुप रहा तो अगला इंक्रीमेंट नहीं हो पाएगा, क्योंकि उसका इंक्रीमेंट संपादक को मुश्किल वक्त से निकालने की उसकी कोशिशों पर ही निर्भर था।

"सर, मुझे लगता है कि हिंदी दिवस पर कार्यक्रम की टी.आर.पी. नहीं आएगी और बिना टी.आर.पी. के प्रोग्राम का कोई मतलब नहीं।" कार साकी बोला।

संपादक ने 'हाँ' में सिर हिलाया।

कार साकी ने आगे कहा—"सर, हिंदू-मुसलमान खोज लेते हैं कोई···उसी पर बना देते हैं कोई प्रोग्राम। हिंदी दिवस पर मिठाई मँगा लेंगे।"

संपादक निद्रा से बाहर आने लगा।

"हाँ, अच्छा आइडिया है, टी.आर.पी. इज मस्ट। वी ऑल शुड कंसन्ट्रेट ऑन टी.आर.पी. ओनली!" संपादक ने कहा और मीटिंग खत्म हो गई।

□

एक 'दलबदलू' नेताजी का इंटरव्यू

देश में गरमी, सर्दी, बारिश, बसंत के साथ एक चुनाव का मौसम भी होता है। देश के किसी-न-किसी हिस्से को चुनावी मौसम अपनी गिरफ्त में लिये रहता है। जब लोकसभा का चुनाव हो तो पूरा देश इसकी गिरफ्त में होता है। जिस तरह हर मौसम में कुछ खास फल उगते हैं, उसी तरह चुनावी मौसम राजनीतिक दलों के पेड़ पर 'दलबदलू' नामक फल पकता है। इस कदर पकता है कि कभी खुद ही टपकता है तो कभी जरा सा कंकड़ मारने भर से टपककर दूसरे दल की टोकरी में जा गिरता है। इन दिनों चुनावी मौसम में दलबदलू किलो के भाव में बिक रहे हैं। ऐसे ही एक दलबदलू नेताजी से अपनी मुलाकात हो गई। भाईसाहब, अखिल भारतीय डंडा परिषद के बरसों तक अध्यक्ष रहे थे और नई पार्टी उनकी 175वीं पार्टी थी। अपने साथ उन्होंने 100 लठैतों को भी पार्टी में शामिल कराया था। पार्टी अध्यक्ष उनकी इस काबिलीयत से खुश थे, क्योंकि चुनावी मौसम में अचानक लठैत औकात से ज्यादा पैसे माँगने लगते हैं, लेकिन दलबदलू नेताजी अपने साथ 100 डंडेबाज लेकर शामिल हुए थे और उन्होंने वादा किया था कि 50 डंडेबाज निजी तो 50 पार्टी की सेवा में लगाए जाएँगे। खैर, अपन को नेताजी मिले तो अपन ने एक्सक्लूसिव इंटरव्यू कर डाला।

सवाल—नई पार्टी में शामिल होकर कैसा लग रहा है?

जवाब—अच्छा लग रहा है। सच कहूँ तो ऐसा लग रहा है कि अपना 176वाँ घर है। कई साथी पुरानी पार्टी में साथ थे और कई अगली में साथ होंगे, यू नो…

सवाल—आप पर आरोप है कि टिकट कटने के बाद आपने दूसरी पार्टी ज्वॉइन की।

जवाब—इसमें आरोप की क्या बात है। यह तो सच है वरना हम बहुत संयमी व्यक्ति हैं। जब तक पार्टी ने टिकट की घोषणा नहीं की, तब तक पार्टी में बने रहे।

10 खोखे देने का वादा उस दिन से आलाकमान से किया हुआ था, जिस दिन पार्टी में शामिल हुए थे, लेकिन आलाकमान 20 खोखे में बिक गया। यह आलाकमान भ्रष्ट है, लेकिन एक सच यह भी है कि हमने सिर्फ टिकट कटने की वजह से पार्टी नहीं बदली।

सवाल—तो दूसरी वजह क्या रही?

जवाब—सिद्धांत की राजनीति। देखिए, हमने हमेशा सिद्धांत की राजनीति की है और यही वजह है कि हमें हमेशा पार्टी बदलनी पड़ी।

सवाल—सिद्धांत की राजनीति को जरा विस्तार से समझाइए।

जवाब—देखिए, धर्मनिरपेक्षता की रक्षा के लिए, भ्रष्टाचार के खिलाफ जंग के लिए, राष्ट्र हित के लिए और जिन लोगों ने वोट देकर जिताया था, उनके प्रति निष्ठा के लिए हमने पार्टी बदली है। पुरानी पार्टी में सबके साथ अन्याय हो रहा था।

सवाल—लेकिन दल बदलना नैतिकता के खिलाफ है।

जवाब—कैसी बात करते हैं। आप चैनल या अखबार बदलते हैं तो वो नैतिकता के खिलाफ होता है क्या? वैसे, सच तो यह है कि दलबदल से देश की जी.डी.पी. बढ़ती है।

सवाल—जी.डी.पी.! कैसे?

जवाब—दलबदल का आर्थिक पक्ष यह है कि जब एक नेता पार्टी में आता है तो अपने साथ अपने एजेंट, कारोबारी मित्र और पैसा बनाने के नए तरीके भी साथ लाता है। राजनेता टिकट के लिए ज्यादा पैसा आलाकमान को देता है और इस नए नेता को टिकट मिलने से नाराज दूसरे उम्मीदवार दूसरी पार्टी में दूसरे आलाकमान को ज्यादा पैसे देते हैं। इस तरह पैसा तेजी से घूमता है।

सवाल—लेकिन शर्म वगैरह, उसका क्या?

जवाब—दलबदलू धर्म और शर्म की राजनीति से कहीं ऊपर होते हैं। दलबदलू शर्म निरपेक्ष होते हैं। वैसे, हर दलबदलू सिर्फ टिकट के लिए दलबदल नहीं करता। निष्ठा और समर्पण भी एक वजह है।

सवाल—मतलब?

जवाब—मतलब, कई कार्यकर्ताओं की निष्ठा ठेका मिलने की संभावनाओं की होती है। उनके नेता को टिकट ही नहीं मिलेगा तो उन्हें ठेका क्या खाक मिलेगा। इसलिए ऐसे कार्यकर्ता भी नेता के साथ दलबदल करते हैं। आखिर, उनके घर के चूल्हे का सवाल है।

सवाल—मतलब यह कि 'माई-बाप' ही दलबदल रहे हों तो फिर दल में

रह क्या जाता है, सो बंदरों की फौज चल पड़ती है अपने-अपने 'राम' के पीछे। पत्थरबाजी, विरोध प्रदर्शन, नारेबाजी जैसे जो काम बंदरों की फौज के इस दल में होते हैं, वो ही काम उस दल में होते हैं तो उन्हें दल-बल से कोई लेना-देना होता नहीं और नेताजी यह दिखाते हैं कि उनके साथ कितने कार्यकर्ता भी पार्टी में शामिल हुए हैं।

जवाब—अब बिल्कुल सही समझे आप, अब आप निकलिए, मुझे दूसरे पत्रकार को एक्सक्लूसिव इंटरव्यू देना है और उस पत्रकार का वादा है कि वो मेरे आलू के पराँठों को ब्रेकिंग न्यूज भी बनाएगा।

सवाल—मतलब ?

जवाब—मतलब—नेताजी ने सुबह के नाश्ते में आलू के पराँठे खाए। नेताजी सुबह खाते हैं सिर्फ दो पराँठे। वगैरह-वगैरह, खैर अब आप निकलिए…

मैं समझ गया था कि नेताजी समझ गए हैं कि मैं उनके बारे में क्या समझ गया हूँ और फिर उन्हें अपनी ब्रेकिंग न्यूज भी चलवानी थी।

□

एक गड्ढे की होली

वो इन दिनों फिर उदास था और बेचैन भी। उसके भाई-बंधु ऐन 'सेंटर पॉइंट' पर अपनी मौजूदगी दर्ज कराते हुए अपना महत्त्व स्थापित कर रहे थे, लेकिन वो एक बिल्कुल अलग कोने में मुख्य सड़क से मुहल्ले की तरफ जाती गली के किनारे उपेक्षित कई वर्षों से रह रहा था। वो एक ऐसा गड्ढा था, जिसकी कभी किसी ने सुध नहीं ली थी। कभी मुहल्ले का छुटभैया नेता भी उसमें गिरा नहीं तो ठेकेदारों ने उसे भरा नहीं। वो पुरातन गड्ढा होली के रंगीन मौसम में उदास था। एक तरफ गड्ढा समाज में सड़क के बीचों-बीच मौजूद गड्ढों को पहले ही वी.आई.पी. स्टेटस मिला हुआ था, जो रोज ही चार-छह का काम तमाम करते हैं। जबकि, मुख्य सड़क पर मौजूद छोटे-छोटे गड्ढों का भी बच्चे-किशोर निरीक्षण कर रहे थे कि होली के दौरान किन गड्ढों का उपयोग किया जा सकता है, लेकिन पुरातन गड्ढे की लोकेशन इतनी खराब थी कि उसे अपना जीवन व्यर्थ लगने लगा था। उसके मन में होली के मौसम में जीवन के प्रति विरक्ति का भाव और तीव्र हो जाता था तो उसकी दो वजह थीं। पहली, बंधुओं को मिलता महत्त्व और दूसरी वजह पुरानी यादें। पुरातन गड्ढे को वो दिन याद आते थे, जब मुख्य सड़क नहीं बनी थी और वर्तमान में गली का उपेक्षित कोना सेंटर पॉइंट हुआ करता था। उन दिनों होली पर सिर्फ और सिर्फ उसकी पूछ हुआ करती थी। सुबह से शाम तक अलग-अलग पालियों में बच्चे और जवान गड्ढे में पानी भरते, रंग डालते और कपड़ा फाड़ होली खेलते हुए अपने-अपने शिकार को गड्ढा स्नान कराते। होली खेलते हुए कई जवान आपसी बातचीत में गड्ढे के होने को लेकर ईश्वर और रिश्वतखोर ठेकेदार को धन्यवाद तक कहते। गली किनारे गड्ढे की एक्सक्लूसिव मौजूदगी के चलते लोगों की बातचीत में अकसर उसका जिक्र आता। लोग घर आनेवाले मेहमानों से कहते—'देखिए, सँभलकर आइएगा, गली में घुसते ही एक बड़ा गड्ढा है।' पुरातन गड्ढे को अकसर वे दिन भी याद आते, जब उसने मुहल्ले के दो-चार शराबियों के होश ठिकाने लगाकर उन्हें शराब की आदत से तौबा करा

दी। उसे वो दिन भी याद आते, जब अपना जलवा दिखाने के लिए उसने खून की होली तक खेल डाली। गली में बाइक खरीदकर लाए एक युवा ने घूँ-घूँ करते हुए दिन में दस बार गली से निकलते हुए लोगों का जीना मुहाल किया तो पुरातन गड्ढे ने उसे सबक सिखाने की ठानी। इसी सबक सिखाने की कोशिश में बिना हेलमेट लगाए बाइक सवार की जान चली गई।

लेकिन वो 'उन दिनों की बात' थी। गड्ढा उदास था कि इस बार फिर होली का मौसम सूखा-सूखा निकल जाएगा। उसकी बेचैनी का आलम यह कि मैं जैसे ही उसके पास से गुजरा, वो बोल पड़ा। बोला—"अबे सुनो, बड़े पत्रकार बने फिरते हो, कभी हमारा भी इंटरव्यू करो।" मैं चकराया। वह फिर बोला—"अबे, हम पुरातन गड्ढा ही बोल रहे हैं। करोगे इंटरव्यू ?" मुझे लगा कि टी.वी. की दुनिया में ऐसा ऐतिहासिक इंटरव्यू कभी हुआ नहीं तो मैंने भी 'हाँ' कर दी।

सवाल—मुझे ही इंटरव्यू की पेशकश क्यों ?

जवाब—अबे, तुम गली के इकलौते पत्रकार हो। गली में तुम ही आते-जाते हो तो तुम्हें देने के अलावा विकल्प नहीं।

सवाल—लेकिन अभी ही क्यों ?

जवाब—क्योंकि होली में बेचैनी सहन नहीं हो रही। कई साल हो गए कि मैंने किसी को अपने आगोश में नहीं लिया। बच्चे अब होली तक में मेरा उपयोग नहीं करते। होली की रंगीनियत में मेरा उपयोग होता था तो मैं भी प्रफुल्लित होता था। 100-50 नशेड़ी अलग-अलग तरह की भाँग या दारू पीकर गिरते थे तो मुझे भी हलका-हलका सुरूर होता था, लेकिन जब से मुख्य सड़क बनी है, मैं अकेला पड़ गया। मैं बुजुर्ग हो गया हूँ तो सबने मुझे मेरे हाल पर छोड़ दिया है। बुजुर्गों को उनके हाल पर छोड़ना इनसानी फितरत है, लेकिन अब गड्ढा समाज में भी यही आदत घर कर गई दिखती है। मैं बताना चाहता हूँ कि मैं बूढ़ा जरूर हूँ, लेकिन अभी भी दमखम है। यकीन न हो तो कोई गिरकर देख ले।

सवाल—ये बताइए, आपको गड्ढा बनकर कैसा महसूस होता है ?

जवाब—अबे, गड्ढे को तुम क्या समझते हैं ? सिर्फ गड्ढा ? गड्ढा देश के लोकतंत्र को बचाने में योगदान देता है। ऐसे में गड्ढा समाज में जन्म लेना गर्व की बात है।

सवाल—अरे, आप कैसी बातें कर रहे हैं। लोकतंत्र को बचाने में योगदान ? हद है।

जवाब—गड्ढा बनता है तो फिर ढका जाता है। फिर बन जाता है। ऐसा

नियमित होता है। गड्ढा भरने का काम ठेकेदार को मिलता है। ठेकेदार मजदूर लाता है। काम से पैसा मिलता है। पैसे से रोटी। ठेकेदार गड्ढा भरने का काम लेने में मंत्रीजी को कमीशन देता है। कमीशन का एक हिस्सा पार्टी फंड में जाता है। पार्टी फंड से पार्टी चुनाव लड़ती है। चुनाव के वक्त हजारों-लाखों कार्यकर्ताओं को रोजगार मिलता है। चुनाव में पार्टी जीतती है तो लोकतंत्र की विजय होती है। इस तरह लोकतंत्र बचाने में गड्ढे का अपना योगदान होता है।

सवाल—लेकिन गड्ढे में गिरकर लोगों की जान चली जाती है, उसका क्या?

गड्ढा—देश में रोज अलग-अलग तरीकों से लाखों आदमी मर जाते हैं, तुम्हें गड्ढे ही दिख रहे हैं। गड्ढे तो दरअसल आबादी कम करने में अपना योगदान दे रहे हैं और वैसे भी गड्ढा गिराकर सिर्फ चेताता है, मरते वो हैं, जो हेलमेट नहीं लगाते या सीट बेल्ट वगैरह नहीं बाँधते।

सवाल—वैसे, आपको नहीं लगता कि गड्ढों का होना समाज के लिए कलंक है?

जवाब—कतई नहीं। गड्ढा तो अपार संभावनाओं वाला परिक्षेत्र है। सड़क पर गड्ढे होते हैं तो बंदा धीमी गति से गाड़ी चलाता है। गड्ढे होते हैं तो सड़क पर पानी भरता है। पानी भरता है तो कुछ घंटे के लिए लोग खुद को वेनिस पहुँचा हुआ मानते हैं। वरना, देश का हर शख्स कहाँ वेनिस जा सकता है? गड्ढों में भरे पानी से सड़कें नदियों में तब्दील होती हैं और कुछ लोगों की अनजाने में ही सही तैराकी की प्रैक्टिस हो जाती है। गड्ढों से देश की जी.डी.पी. बढ़ती है। गड्ढों के चलते ज्यादा पेट्रोल-डीजल खर्च होता है। गड्ढों से टायर पंक्चर होते हैं, गाड़ियों के पार्ट जल्दी खराब होते हैं। ठेकेदार गड्डे भरता है तो मजदूरों को लाता है। मजदूरों की कमाई होती है। फिर गड्ढे होते हैं तो फिर मजदूरों को उन्हें भरने के लिए लाता है। इस प्रक्रिया में देश की जी.डी.पी. में गड्ढा अपना अमूल्य योगदान करता है।

सवाल—आखिरी सवाल, आप चाहते क्या हैं?

जवाब—संविधान संशोधन के जरिए गड्ढों को लेकर स्थिति स्पष्ट हो। संविधान में साफ-साफ लिखा जाना चाहिए कि गड्ढा पाए जाने पर क्या करना है? गड्ढों को फौरन भरना है या छह-आठ महीने वैसे ही रहने देना है, ताकि ठेकेदारों के घर भर सकें? यानी गड्ढो को लेकर मूलभूत सवालों का जिक्र संविधान में ही हो जाना चाहिए वरना मेरे जैसे बुजुर्ग गड्ढे बरसों-बरस न भरे जाते हैं, न होली का आनंद ले पाते हैं।

□

आइए तनाव लें

मन उदास था। दिल बेचैन। काम में मन नहीं लग रहा था। रह-रहकर कुछ अजीब सी 'फीलिंग' हो रही थी। डॉक्टर बोला—"आपके लक्षण कहते हैं कि या तो आप प्यार में हैं या तनाव में!"

मैं जोर से चौंका—"प्यार में?"

मेरे चौंकने के अंदाज से डॉक्टर समझ गया। बोला—"आप प्यार के मारे नहीं लगते। वैसे भी, हर शादीशुदा बंदा इस दौर में एक्स्ट्रा अफेयर अफोर्ड नहीं कर सकता। आपको ठेठ तनाव ही है।"

मैंने कहा—"ठेठ तनाव, मगर किस बात का?"

डॉक्टर बोला—"ये आपको पता होगा और हो सकता है कि इस बात का ही तनाव हो कि आपको किसी बात का तनाव नहीं है।"

डॉक्टर की यह दार्शनिक सूक्ति दिल में घर कर गई। पहला डर यही लगा कि क्या मुझे ऑरिजनिकल टेंशन भी नहीं है। फैशन के इस दौर में गारंटी की इच्छा न करें तो सुना था, लेकिन क्या मैं इतना गया-गुजरा हूँ कि असली टेंशन भी नहीं ले सकता और टेंशन न होने से मुझे टेंशन है।

रात भर चिंतन जारी रहा कि आखिर तनाव किस बात का है? पूरी रात जब समझ नहीं आया कि तनाव किस बात का है तो सुबह ब्लड प्रेशर हाई होने लगा। अचानक तनाव और ब्लड प्रेशर के कॉम्बो ऑफर ने घबराहट और बढ़ा दी। पत्नी ने हालात को भाँपा और ब्लड प्रेशर की दवाई देकर हालात को काबू में लाया। अलबत्ता गुस्से में उसे इस बात का तनाव हो गया कि मैं अपनी सेहत को लेकर लापरवाह हूँ।

मैं सुबह फिर इसी चिंतन में था कि आखिर मुझे तनाव किस बात का है? सोचते-सोचते मैं ज्यादा सोचने लगा और इसी चिंतन में एक बात समझ आई कि

तनाव में तो सब हैं। बच्चों को अच्छे नंबर लाने से लेकर माँ-बाप के मोबाइल न देने तक का तनाव है। ज्यादातर किशोर लड़कों को गर्लफ्रेंड न होने का तनाव है तो कुछ को ब्रेकअप होने का। कुछ ऐसे भी हैं, जिनके पास गर्लफ्रेंड है, लेकिन दूसरों की खूबसूरत या रईस गर्लफ्रेंड देखकर तनाव में हैं। किशोर लड़कियाँ फेसबुक पर डाली अपनी सेल्फी पर पर्याप्त लाइन न मिलने से तनाव में हैं। युवा रोजगार न मिलने से तनाव में हैं और जिनके पास नौकरी है वो औकात से ज्यादा कर्ज लेने के बाद ई.एम.आई. की वजह से तनाव में हैं। किसान कर्ज से तनाव में हैं और व्यापारी जी.एस.टी. से। हारा हुआ नेता इसलिए तनाव में है कि बैठे-बैठाए 10-20 करोड़ रुपए चुनाव में खर्च हो गए और अब कोई ठेका वगैरह नहीं मिलेगा तो पैसा वापस कैसे आएगा? जीता हुआ नेता मंत्री बनने के लिए तनावग्रस्त है। प्रधानमंत्री नाकारा मंत्रियों और सांसदों से तनावग्रस्त हैं कि यही लोग नैया डुबोएँगे। विपक्ष के तमाम नेता कोई सर्वमान्य नेता न होने से तनावग्रस्त हैं। कोई नेता माफी माँगकर भी तनावग्रस्त है और नेता इसलिए तनावग्रस्त है कि साथी नेता ने माफी क्यों माँग ली।

और शादीशुदा पुरुष और महिलाएँ तो एक-दूसरे को झेलते हुए तनावग्रस्त रहते ही हैं।

बंदा तनावग्रस्त हो तो कहाँ जाए? जाहिर है, डॉक्टर के पास, लेकिन हद यह कि डॉक्टर भी तनावग्रस्त हैं। तंबू डॉक्टर इसलिए परेशान हैं कि सरकार उनके तंबू का बंबू उखाड़ती रहती है। पढ़े-लिखे कुछ डॉक्टर इसलिए परेशान रहते हैं कि कहीं गाँव में नौकरी न करनी पड़ जाए। कुछ डॉक्टर इसलिए तनावग्रस्त हैं कि माँ-बाप ने लाखों खर्च कर डॉक्टर बनाया, लेकिन हॉस्पिटल बनाने के पैसे जमा नहीं हो रहे। कोई डॉक्टर इसलिए तनावग्रस्त है कि डॉक्टर बीवी नहीं मिल रही। हाल यह है कि एम्स के डॉक्टर भी तनावग्रस्त रहते हैं। बीते हफ्ते ही पाँच डॉक्टरों को साइक्रेटिस्ट वार्ड में भरती कराया गया है। इस खबर के बाद एम्स जाने वाले मरीज तनावग्रस्त हैं। उन्हें डर लगने लगा है कि कहीं उनके जीवन की डोर किसी तनावग्रस्त डॉक्टर के हाथ में आ गई और तनाव-तनाव में उसने ऐसी-वैसी कोई नस काट दी तो बंदा तनाव लेने लायक भी नहीं रहेगा।

मेरा चिंतन निष्कर्ष की दिशा में बढ़ने लगा। क्या तनाव आज की आवश्यकता है? क्या तनाव ही सत्य है? और तनाव से ही साबित होता है कि आपकी कुछ हैसियत है, क्योंकि सच यही है कि कई रईस तो तनाव के इतने अभ्यस्त हो जाते हैं कि उन्हें तनाव न हो तो सिर्फ इस तनाव में वे खुदकुशी कर सकते हैं।

त-नाव में एक नाव भी है और यह नैया कई लोगों को इस भवसागर में बड़ा

होने का अहसास दिलाती है। बंदा जितना बड़ा, उतना ज्यादा तनाव। सच यह है कि आधुनिक समाज में हर शख्स तनावग्रस्त है और अगर सब तनावग्रस्त हैं तो फिर तनाव का लोड क्यों लेना?

वैसे, चिंतन का आखिरी बिंदु यही था कि तनावग्रस्त सिर्फ वो ही नहीं है, जिसे भूखे पेट भी पूरी नींद आ जाती है।

□

प्रिय विचारधारा, तुम कहाँ हो?

प्रिय विचारधारा,

तुम कहाँ चली गई हो? अरसे से तुम्हारा कोई अता-पता नहीं। एक जमाने में तुम 24 घंटे हमारे साथ रहा करती थीं। तुम्हारे साथ हर जगह जाने की वजह से कई बार हम लोगों को मुश्किल भी होती थी। कई बार गालियाँ खानी पड़ती थीं। तुम्हें याद है विचारधारा, दो-चार बार तो लोगों ने तुम्हें सरेआम छेड़ा, तो हमारी उन लोगों से कितनी लड़ाई हुई थी। तुम हमेशा हमारे सिर पर सवार रहती थीं। ऐसा लगता था कि चाहे हमारी शादी हो जाए या जेल, तुम हमें छोड़कर कभी नहीं जाओगी।

जिस तरह मौसम बदलते हैं, विचारधारा तुम भी बदल गईं। मैं तो राजनीति में हूँ, पार्टियाँ बदलना मजबूरी है। टिकट बँटते वक्त एक पार्टी में रहना पड़ता है। टिकट कट जाए तो दूसरी पार्टी की तरफ भागना पड़ता है। कभी-कभी एक ही दिन में दो-चार पार्टियाँ बदलनी पड़ती हैं। तुम्हें शायद बिल्कुल अंदाजा नहीं है कि कितना हैक्टिक जॉब है पॉलिटिक्स अब। शुरुआत में मैंने जब पार्टियाँ बदलनी शुरू कीं तो तुम भी मेरे साथ इधर-उधर भागीं। एक दिन तुम हाँफने लगीं। मुझे डर लगा कि कहीं हाँफते-हाँफते तुम्हें अस्थमा न हो जाए। मेरी राय उस दिन सही निकली, जिस दिन मैंने 111वीं पार्टी बदली थी। विचारधारा, तुम्हें याद है कि उस दिन तुम बेहोश हो गई थीं। मैं तुम्हें कॉलेज के दिनों से अलौकिक प्रेम करता हूँ। मैं नहीं चाहता था कि मेरी व्यस्तता के चलते तुम्हारी जान चली जाए। तुम कहाँ इतना परिश्रम कर पातीं?

विचारधारा, तुम परिश्रम के लिए बनी ही कहाँ हो? तुम तो बड़े-बड़ों के दिल पर राज करने के लिए बनी हो। तुम साथ होती हो तो बंदे की चाल में एक अलग ठसक आ जाती है। तुम्हारा आकर्षण है ही ऐसा! तुम्हें शुरुआती दिन याद

हैं विचारधारा? सिर्फ तुम्हारे चक्कर में मुझे कई समारोहों में आमंत्रण मिलता था। देश-दुनिया के कई विश्वविद्यालय मैं सिर्फ तुम्हारे चक्कर में घूम आया। मैं क्या समझता नहीं हूँ? कॉलेज और यूनिवर्सिटी वाले बुलाना तुम्हें चाहते थे। निकट से समझना-देखना तुम्हें चाहते थे, लेकिन उनकी 'जुगाड़' था मैं। मुझे बुलाकर वे तुम्हारे दर्शन कर लेते थे।

मजेदार बात तो यह कि पहला चुनाव भी मैं तुम्हारे ही भरोसे जीता था। तुम 24 घंटे मेरे साथ हर इलाके में गईं। लोगों को समझाया कि विपक्षी चोर है। तुमने ऐसे-ऐसे तर्क दिए कि लोगों ने मान लिया कि विपक्षी चोर है। पता है, चुनाव हारने के बाद वो 'चोर' हमारी ही पार्टी में आ गए थे। मैं नेक दिल आदमी हूँ। मैंने भी सबको क्लीन चिट दे दी।

मैं जानता हूँ विचारधारा कि तुम मेरे पार्टी बदलने की वजह से कार्यकर्ताओं को होने वाली परेशानी से खफा थीं। कई बार कार्यकर्ता सुबह भगवा झंडा खरीदकर लाते और शाम होते-होते मैं उन्हें भगवा को हरा करने का आदेश दे देता। रात होते-होते मैं उसमें कोई दूसरा रंग मिलाने को कहता। यह गड़बड़ पोस्टर-बैनर को लेकर भी होती। कुछ कार्यकर्ता सुबह-सुबह विपक्षी दल के कार्यकर्ताओं की ठुकाई कर दफ्तर आते, ताकि मैं उन्हें शाबाशी दूँ, लेकिन मैं नए गठबंधन के तहत विपक्षी दल के कार्यकर्ताओं को गले लगाने का आदेश देता, इससे कार्यकर्ता झुँझलाते तो थे।

खैर, वे पुरानी बातें हैं विचारधारा, लेकिन एक कड़वा सच यह है कि तुम्हारी खूबसूरती बरकरार रखने पर भी बहुत खर्च होता था। एक दौर ऐसा आया, जब कभी हम सरकार बनाने की कोशिश करते, तुम फोकट में अपनी टाँग अड़ातीं। सत्ता बाँहें फैलाकर हमारा स्वागत करती, लेकिन तुम हमें पीछे की ओर खींचतीं। इसी चक्कर में मैंने तुमसे दूरी बना ली थी। अब तुम बुरा मानो या भला! लेकिन विचारधारा, अब कहाँ हो तुम? ठीक हो? जीवित हो या नहीं, मुझे कुछ पता नहीं। खुला खत लेखन के इस दौर में यह खत मैं तुम्हारे नाम इसलिए ही लिख रहा हूँ, ताकि तुम लौट आओ। अपने पास प्रोपर्टी की कोई कमी नहीं। कहीं भी डेरा जमा लेना। एक-आध इंस्टीट्यूट एक्सक्लूसिवली तुम्हारे नाम के साथ खोल दूँगा। प्रिय विचारधारा, तुम लौट आओ। एक म्यूजियम में तुम्हें पूरे शान-ओ-शौकत से रखूँगा। तुम कहोगी तो तुमसे मिलने के लिए टिकट लगा दूँगा। सच कहता हूँ, तुम्हारी खातिरतारी में कोई कमी नहीं रखी जाएगी। जब कभी मैं राजनीति तुम्हारे

मन की करूँ तो तुम मीडिया के सामने आ जाना। अच्छी-अच्छी बाइट देना। टी.वी. स्क्रीन पर तुम हफ्ते-दो हफ्ते में दिखती रहोगी तो अच्छा लगेगा। पुरानी यादें ताजा रहेंगी।

विचारधारा, सच कह रहा हूँ कि कई बार तुम्हारी बहुत याद आती है, लेकिन एक पल बाद ही सत्ता, ठेके, मलाई, पद और पैसे की भी याद आती है, तो फिर तुम्हें भूल जाता हूँ, खैर आज अचानक तुम्हारी याद आ गई तो खत लिख रहा हूँ। इंटरनेट के दौर में विचारधारा तुम तक मेरा खुला खत वायरल होकर पहुँचे, यही कामना।

तुम्हारा

पूर्व साथी

□

विवाह की सालगिरह और वादों का चाबुक

प्रेम विवाह का एक नकारात्मक पहलू यह है कि प्रेमी-प्रेमिका के बीच विवाह से पहले कथित प्रेम का एक दौर होता है, जिसे अंग्रेजी में 'कोर्टशिप' कहते हैं। माननीय कोर्ट को प्रेम के लफड़े में क्यों घुसेड़ा गया, यह अपन अंग्रेजी के अल्पज्ञान की वजह से नहीं जानते, लेकिन अपन जानते हैं कि इस कोर्टशिप में मुवक्किल उर्फ प्रेमी उसी तरह झूठे वादे करता है, जैसा पब्लिक की कोर्ट में राजनेता। खासकर वह राजनेता, जिसे सत्ता में आने की कतई उम्मीद न हो।

अपन ने भी 'कोर्टशिप' के दौर में मुफ्त-मुफ्त का राग जपते हुए प्रेमिका से ऐसे वादे कर दिए, जिसका बजट कभी स्वीकृत होना ही नहीं था। प्रेमिका संयोग से पत्नी बन गई और वादे बेड़ियाँ। अब हर साल वो पुराने वादे तानों के चाबुक के रूप में मुझ पर बरसते हैं। वैवाहिक वर्षगाँठ नजदीक आते ही चाबुक पर नमक ज्यादा रगड़ा जाता है। साल-दर-साल वादों के कर्ज में ब्याज के रूप में एक साल और जुड़ जाता है। पत्नी पुराने ताने को वर्ष की संख्या से नया बनाती है। शादी के दूसरे साल ताना था—दो साल हो गए। मॉरीशस ले जाने का वादा था, मांडू तक नहीं ले गए। शादी के 18 साल बाद कहती है—18 साल हो गए। मॉरीशस ले जाने का वादा था, मांडू तक नहीं ले गए।

शादी से पहले का मेरा मेनिफेस्टो विवाह की वर्षगाँठ पर उसी तरह जमकर उछाला जाता है, जैसे नेताओं के पार्टी बदलने पर उनके पुराने बयानों को उछाला जाता है। ऐसा नहीं है कि मैंने वादा पूरा करने के बारे में नहीं सोचा। सोचा तो थर्ड पार्टी ने मामले को कॉम्प्लेक्स बना दिया। थर्ड पार्टी यानी बच्चे। पत्नी बिना थर्ड पार्टी के विदेश जाने को तैयार नहीं और अपना तर्क रहा कि वादों के वक्त थर्ड पार्टी का कोई अस्तित्व ही नहीं था, तो उन्हें बीच में न लाया जाए।

अब हाल यह है कि बीवी को ताने मारने की आदत है और अपन को झेलने

की। शादी की सालगिरह पर सारे पुराने वादों को एक-एक करके बाउंसर की तरह हमारी तरफ फेंका जाता है और अपन मुंडी झुकाए एप में बैंक बैलेंस देखते हुए उन्हें 'डंप' करते हैं। कभी-कभी मेहमानों के सामने भी गोलीबारी होती है और तब सिवाय जलील होने के कोई चारा नहीं होता, क्योंकि वादे किए तो कभी हमने ही थे, लेकिन कोर्टशिप के वादों को लेकर अब अपनी स्पष्ट सोच है। पहली, यदि खजाने में दम न हो तो ऊलजुलूल वादे नहीं करने चाहिए—सरकार को भी, प्रेमी को भी। वादे पूरा न करो तो भले सीधे-सीधे न कहे, लेकिन बुरा पब्लिक भी मानती है, बीवी भी। मामला हाथ से निकल गया तो ब्याज चढ़ता चला जाता है। जिसे पाटने का सिर्फ एक उपाय होता है। हाथ में कटोरा लेकर और कर्ज लेना। इमरान खान आजकल यही कर रहे हैं। मैं भी विवाह की इस सालगिरह पर यही सोच रहा हूँ।

इमरान के साथ चीन है। मेरे साथ कौन-कौन हैं? देखते हैं!

□

लोकतंत्र की हत्या बनाम नए कारोबार की संभावनाएँ

लीजिए, फिर हल्ला मचा है कि लोकतंत्र की हत्या हो गई। मैं चिंतित हूँ कि इस बार लोकतंत्र जीवित बचेगा या नहीं? यों लोकतंत्र की हत्या की अफवाह कम-से-कम 1,00,001 बार पहले भी फैली है, लेकिन लोकतंत्र का शव कभी बरामद नहीं हुआ। जब तक शव बरामद न हो, तब तक मरण की गारंटी कोई नहीं ले सकता। बगदादी का उदाहरण सामने है। देश-विदेश के चैनलों ने बगदादी को कम-से-कम 1000 बार समाचारों में मार डाला, लेकिन कोई उसका शव नहीं दिखा पाया। नतीजा—बगदादी हर बार वापस आया। अमेरिकी राष्ट्रपति ट्रंप ने इस बार बगदादी के मारे जाने का ऐलान किया, तो गारंटी दी कि शव बरामद हुआ है।

लेकिन लोकतंत्र का शव आज तलक बरामद नहीं हुआ। कभी-कभी लगता है कि हमारा लोकतंत्र रजनीकांत की तरह है, जिसे दुश्मन कितनी भी गोलियाँ मार दे, वह मर नहीं सकता। कभी-कभी भ्रम होता है कि भारतीय लोकतंत्र के पास कर्ण का दिया कोई चमत्कारी कवच है, जो उसकी रक्षा करता है। कभी-कभी कंफ्यूजन होता है कि लोकतंत्र को शायद अमरत्व का वरदान मिला हुआ है, वरना देश में जब एक साल की बच्ची के साथ बलात्कार होता है, किसी गरीब को सिर्फ इसलिए कुएँ से पानी नहीं भरने दिया जाता, क्योंकि वह दलित है या सांसद संसद् में सवाल पूछने तक के लिए पैसे लेते दिखते हैं, लोकतंत्र खुद शर्म से मर जाता।

लेकिन लोकतंत्र कभी मरा नहीं। इमरजेंसी के वक्त तो इत्ता हल्ला मचा बायगॉड कि अब लोकतंत्र की अस्थियाँ भी नहीं मिलेंगी, लेकिन लोकतंत्र तब भी बच निकला। कर्नाटक में भयंकर चुनावी नाटक हुआ, लोकतंत्र फिर भी बच निकला, फिर महाराष्ट्र में अँधेरी रात में सियासी नौटंकी की इंतेहा हुई और खूब हल्ला मचा कि अबकी बार लोकतंत्र गया काम से, लेकिन वह फिर बच गया।

हाँ, महाराष्ट्र में लोकतंत्र की हत्या की आशंका के बीच मुझे कारोबार की तमाम संभावनाएँ दिखी हैं।

हर चार महीने में किसी-न-किसी राज्य में विधायकों को एक राज्य से दूसरे राज्य सुरक्षित ले जाना होता है, इसके लिए स्पेशल एमएलए पैकर्स एंड मूवर्स सेवा आरंभ की जा सकती है। राजनीतिक दलों को अपने विधायकों की चिंता की कोई जरूरत नहीं होगी, जैसे ही नौटंकी शुरू हो, एमएलए पैकर्स एंड मूवर्स को ठेका दे दिया जाए। हर राज्य में दो चार एमएलए-एमपी पैकर्स एंड मूवर्स कंपनियाँ आसानी से चल सकती हैं। इन कंपनियों के विस्तार के साथ स्पेशल सिक्यूरिटी गाइर्स का धंधा भी फलेगा-फूलेगा। आधुनिक राजनीति में रिजॉर्ट और होटल को लोकतंत्र का पाँचवाँ खंभा कहा जा सकता है, जहाँ नेताओं को सुरक्षित रखा जाता है, ताकि वे भविष्य में लोकतंत्र को बचाने में अपनी भूमिका निभाएँ। ऐसे में, देश में चार-छह रिजॉर्ट तो सिर्फ और सिर्फ विधायक और सांसदों के लिए होने चाहिए। एक कंपनी ऐसी खोली जा सकती है, जो अपने खर्चे पर 20-25 लोगों को चुनाव लड़वाए। कंपनी के लोग चुनाव जीतने के बाद बिक्री के लिए उपलब्ध रहें। इससे विधायकों की खरीद-फरोख्त में पारदर्शिता आएगी। विधायकों और सांसदों की 'वन विंडो परचेज' से भारतीय राजनीति में शुचिता आएगी। कंपनी विधायक-सांसद किसी पार्टी को बेचेगी और मुहर लगाकर आधिकारिक पर्ची राज्यपाल या राष्ट्रपति तक पहुँचा देगी, कोई कंफ्यूज नहीं।

लोकतंत्र की हत्या की आशंका के बीच कारोबार की अपार संभावनाओं को टटोला जाना चाहिए। क्या पता! कुछ साल बाद यही धंधा देश को पाँच ट्रिलियन डॉलर इकोनॉमी बनाने में बड़ा योगदान दे! फिलहाल मैं कंपनी खोलने जा रहा हूँ। आपमें से कोई यह काम खोले तो रॉयल्टी जरूर पहुँचवा दे।

□

घोड़ा मंडी में सर्वप्रजातीय बैठक

घोड़ा मंडी में जबरदस्त शोर था। देश-विदेश से अलग-अलग प्रजातियों के घोड़े घोड़ा मंडी में पहुँच रहे थे। पर्चेरॉन, एप्पालूसा, फ्रीजियन, मस्टंग, हाफलिंगर, अंडालूसीयन, लिपीजेन, फलाबेला, शीर, मॉर्गन, शेटलैंड, डचवार्म, लुसिटानो, अखाल टैके, कॉनिक, कॉब, अरबी, ट्राकेहनेर, पासो फिनो, ओल्डनबर्ग, फिनहॉर्स और पासो फिनो समेत घोड़ों की अलग-अलग प्रजातियाँ कमर पर झंडा-बैनर बाँधे आपात बैठक में पहुँची थीं। बैठक का आयोजन मुख्य रूप से हिंदुस्तानी घोड़ों ने किया था। इनमें भी महाराष्ट्र के घोड़ों ने विशेष पहल की थी। एजेंडा था—घोड़ों को बदनाम करने की साजिश के खिलाफ घोड़ा आंदोलन छेड़ना।

'देखिए, घोड़ों को बदनाम करने की पूरी साजिश हिंदुस्तानी राजनीति और मीडिया में हो रही है। हमें बिकाऊ-दलाल वगैरह कहा जा रहा है। हमारा किसी थर्ड पार्टी से कोई लेना-देना नहीं है, लेकिन हमें बेवजह इनसान अपनी घटिया राजनीति में खींच रहे हैं। जो भ्रष्ट है, वो घोड़ा है, कुछ इस तरह की बातें लिखी जा रही हैं। हमें अब विरोध करना ही होगा।' विदेश से आए एप्पालूसा प्रजाति के घोड़े ने शालीनता से अपनी बात रखी।

'घोड़ों का ये अपमान, नहीं सहेगा हिंदुस्तान'। अचानक हवा में नारों भरी हिनहिनाहट गूँजने लगी, विदेशी घोड़े चमत्कृत। विदेश से ही आए मस्टंग प्रजाति का घोड़ा बोला, 'हिंदुस्तानी घोड़ों की एकता देखकर अच्छा लग रहा है, लेकिन सिर्फ नारों से कोई लड़ाई नहीं जीती गई। हमारे पास ठोस रणनीति होनी चाहिए।'

'अच्छा, तो हम उन्हें घर में घुसकर मारते हैं। विधानसभा या लोकसभा पर हमला बोल देते हैं। एकसाथ दस हजार घोड़े हमला बोलेंगे, तो नेताओं के तोते उड़ जाएँगे, उन्हें समझ आ जाएगा कि घोड़ों की घोड़ाई अस्मिता से छेड़छाड़ का मतलब क्या होता है। चलिए—सीधे ठुकाई करने चलते हैं।' अरबी नस्ल के इस

घोड़े के बाप-दादा ने पानीपत के द्वितीय युद्ध में हेमू की तरफ से लड़ाई लड़ी थी। इसके तेवर भी हेमू जैसे थे।

'अरे रुको! लड़ाई से हल नहीं निकलेगा। हमें ऐसी रणनीति बनानी होगी, जिससे नेतागण अपनी राजनीति में घोड़ों को बेवजह खींचना बंद कर दें। उन्हें दो कौड़ी में बिकना हो तो दो कौड़ी में बिकें और दो लाख डॉलर में बिकना हो तो वैसे बिकें, लेकिन हमें बख्श दें। लड़ाई लड़ने से मामला आर-पार का हो जाएगा।' इस बार पर्चेरॉन प्रजाति का घोड़ा बोला।

'सही कह रहे हो पर्चेरॉन। नेता और मीडिया, दोनों का भरोसा नहीं, कब-कैसे ठिकाने लगा दे। सोच-समझकर ही कार्ययोजना बनानी होगी। मेरा सुझाव है कि हम एक अपील जारी कर दें।' वरिष्ठ मस्टंग ने सुझाव दिया।

'क्या कह रहे हैं आप। सिर्फ अपील। अरे, नेताओं और मीडिया के लोगों को चार दुलत्ती दे दो, सब ठीक हो जाएँगे। इन्हें कोई पीटता ही नहीं, इसलिए सिर पर चढ़ गए हैं।' अरबी नस्ल का वही घोड़ा चिल्लाया, जिसके बाप-दादा पानीपत की लड़ाई में शहीद हुए थे।

अब बहुत देर से कोने में बैठा एक बुजुर्ग घोड़ा उठा, जो बैठक की अध्यक्षता भी कर रहा था। उसने कई साल से हिंदुस्तानी राजनीति को देखा-समझा था। बोला, 'युवा घोड़ों में गुस्सा है, यह अच्छा है, लेकिन यह ऊर्जा डर्बी दौड़ में दिखाइए। रेसकोर्स में दिखाइए। पोलो के खेल में दिखाइए। सेना में विरोधियों के खिलाफ दिखाइए। नेता और मीडिया के खिलाफ मत दिखाइए।'

'फिर क्या करें?' एक घोड़ा बोला।

बुजुर्ग घोड़ा बोला, 'वही, जो विरोध में रेगुलरली किया जाता है। एक खुला खत लिखा जाए। राष्ट्रपति को एक ज्ञापन दे देते हैं। इंटरनेट पर एक सिग्नेचर कैंपेन शुरू करें युवा घोड़े। दिल्ली पहुँचकर जंतर-मंतर पर एक शाम प्रदर्शन भी कर सकते हैं।'

'बस?' ऑस्ट्रेलिया से आया घोड़ा बोला।

अध्यक्ष की सीट पर बैठा घोड़ा बोला, 'हम घोड़े हैं। हमारा चरित्र घोड़े का है। मालिकों के प्रति आस्था के हमारे गुण को इन लोगों ने गाली बनाकर रख दिया है। हॉर्स ट्रेडिंग अब एक गाली है, लेकिन याद रखिए, इनसान एक साथ बंदर, कुत्ता, साँप, गिरगिट, घोड़ा, गधा, उल्लू, मगरमच्छ सब हो सकता है। वह किसी भी हद तक गिर सकता है और यदि इनसानों में भी राजनेताओं से पंगा लेने की सोच रहे हो तो वो तो

ऐसी प्रजाति है, जो घोड़े को गधा साबित कर सकती है। नेताओं से पंगा ठीक नहीं।'

'फिर करें तो क्या करें। हम कहाँ-कहाँ से यहाँ आए हैं?' एक युवा घोड़ा बोला।

'कुछ नहीं, आप लोग हिंदुस्तान आए हैं। ताजमहल घूमिए। लाल किला देखिए। तफरीह कीजिए। सेल्फी लीजिए। बाकी हमारे युवा घोड़े इसलिए खफा हैं कि इन दिनों में महाराष्ट्र में जो कुछ हुआ, उससे घोड़ों की प्रतिष्ठा को ठेस पहुँची। यह देश में हर साल दो साल में चलता रहता है। घोड़ों को भी नेताओं की हरकत का ज्यादा लोड नहीं लेना चाहिए। इन दिनों देश की जनता, जो उन्हें वोट देकर चुनती है, वह भी उनका ज्यादा लोड नहीं ले रही।' वरिष्ठ घोड़े ने एक झटके में ऐसी बात कह दी, जिसके बाद घोड़े खुशी में हिनहिनाते हुए बैठक से बाहर निकल गए।

□

तमाशा

मिर्जा गालिब तमाशा देखने के बहुत शौकीन थे। उन्होंने दीवान-ए-गालिब में एक जगह लिखा है—

थी खबर गरम कि 'गालिब' के उड़ेंगे पुर्जे
देखने हम भी गए थे पर तमाशा न हुआ

मतलब यह कि अपना खुद का एक्सक्लूसिव तमाशा देखने की खबर मिली तो चचा गालिब चल पड़े। यह अलग बात है कि उन्हें मायूसी हाथ लगी, लेकिन इस शे'र से उस दौर के हालात का विश्लेषण किया जाए तो पता चलता है कि तमाशा भी आसानी से देखने को नहीं मिलता था। इस मामले में देश ने उल्लेखनीय प्रगति की है। अब हर तरफ तमाशा है। आप घर से निकल जाइए बस, चार-छह तमाशे देखकर ही लौटेंगे। गली में, सोसाइटी में, बस में, मेट्रो में हर तरफ कोई-न-कोई तमाशा। खुदा-न-खास्ता अगर आपको दिन में कोई तमाशा देखने को न मिले तो शाम को न्यूज चैनल पर प्राइम टाइम बहस देख लीजिए। हर तमाशे को मात देती बहस। कई बार आपको महसूस होगा कि वास्तविक तमाशा देखने से कहीं अधिक मनोरंजन तो डिबेट देखने में आता है। कोई कोर कसर बाकी रह जाए तो मोबाइल निकालकर वायरल वीडियो देख लीजिए। देश-विदेश का कोई-न-कोई तमाशा आपको थोड़ी देर के लिए बाँध लेगा।

अब आप खुद को तमाशे से दूर नहीं रख सकते। दफ्तर में अलग तमाशा और घर में अलग। कभी-कभी ऐसा मौका आता है, जब आप अनजाने में ही सही तमाशे का हिस्सा होते हैं। आपको लगता है कि आप तमाशा सिर्फ देख रहे हैं, जबकि होता यह है कि आप तमाशे का एक पात्र होते हैं। कभी बाजार आपको नमूना बनाता है, कभी बॉलीवुड तो कभी सियासत। थोड़ा-बहुत तमाशा होता रहे तो इसमें कोई बुराई नहीं है, लेकिन अब तमाशा हदें पार गया है। अब संसद्-विधानसभा और राजभवन

तक में तमाशा होने लगा है। जिन जनप्रतिनिधियों के कंधे पर जिम्मेदारियों का बोझ है, वे न केवल तमाशा देख रहे हैं, बल्कि उछल-उछलकर तालियाँ बजा रहे हैं। कई बार तो जनप्रतिनिधि खुद तमाशा बन जाते हैं और इसमें उन्हें न तो अफसोस होता है, न परेशानी। कभी बस में बैठकर एक रिजॉर्ट से दूसरे रिजॉर्ट जाते, तो कभी परेड के लिए लाइन में लगते जनप्रतिनिधियों को तमाशा बनने में अब कोई गुरेज नहीं। कुछ तो मानते हैं कि जिसका तमाशा जितना हिट, उसकी राजनीति उतनी फिट। बयानवीरों का अपना अलग तमाशा है। उन्हें इस बात की परवाह नहीं होती कि क्या बोल रहे हैं। उनके लिए गोडसे-गांधी सब एक समान हैं।

सियासत जब तमाशे में तब्दील हो जाए तो जनता भी तमाशबीन हो जाती है। जनता तमाशे में इतनी तल्लीन हो जाती है कि आवश्यक मुद्दों पर बात ही नहीं करती। सवाल ही नहीं पूछती। भूख, गरीबी, बेरोजगारी जैसे सवाल तमाशे में इस कदर गुम हो जाते हैं कि ढूँढ़ना भी चाहो तो मिलते नहीं। तमाशों का अपना बाजार है, अपनी सत्ता है। अपनी टी.आर.पी. है। तरह-तरह के तमाशेबाज हैं, जिन्हें जनता को छलावा देना आता है। जनता भी भोली है। उसे तमाशा देखने को मिल जाए तो फिर उसे कुछ नहीं चाहिए। रोटी भी नहीं! नौकरी भी नहीं!

एक तमाशा अभी निपटा है। अगले का इंतजार है!

□

निंदा और कड़ी निंदा

इस देश में जिसे देखो, वो दूसरे की निंदा कर रहा है। पत्नी कामवाली की निंदा कर रही है। कामवाली घर के बाहर पत्नी की निंदा कर रही है। पड़ोसी पड़ोसी की निंदा कर रहा है। बॉस कर्मचारी की निंदा कर रहा है कि आलस करते हैं। कर्मचारी बॉस की निंदा कर रहे हैं कि वो जितना मोटा वेतन लेता है, उसकी चौथाई का भी काम नहीं करता। छात्र टीचर की निंदा कर रहे हैं कि उन्हें पढ़ाना नहीं आता और टीचर प्रिंसिपल की निंदा कर रहा है कि उसे स्कूल चलाना नहीं आता। लेखक उस आलोचक की निंदा कर रहा है, जिसने अपनी समीक्षा में उसे निपटा दिया है और आलोचक तो पेशेवर निंदा कर धन पीट ही रहा है। सरकार विपक्ष की निंदा कर रही है कि हर बात में अड़ंगा लगाना विपक्ष का स्वभाव हो गया है और विपक्ष सरकार की निंदा कर रहा है कि लोकतंत्र में विपक्ष को पूरा सम्मान नहीं दिया जा रहा। भारत चीन की निंदा कर रहा है कि वो हमारी जमीन पर घुस आया है और चीन भारत की निंदा कर रहा है कि वो उसकी अपनी जमीन पर सड़क निर्माण में अड़ंगे डाल रहा है। अलगाववादी सेना की निंदा कर रहे हैं कि वो कश्मीर में मानवाधिकार का हनन करती है और देश के मंत्री हर आतंकवादी हमले के बाद आतंकवादियों की कायराना हरकत की निंदा कर रहे हैं।

ऐसा लग रहा है कि मानो देश में निंदा के अलावा कुछ नहीं हो रहा, लेकिन इतने सारे लोग मिलकर जब निंदा ही कर रहे हैं, तब भी निंदा को आखिरकार उचित मान्यता क्यों नहीं मिल पा रही? मुझे लगता है कि वक्त आ गया है, जब निंदा के कार्य को प्रोफेशनली लिया जाए। निंदा के क्षेत्र में अपार रोजगार की संभावनाओं को तलाशा जाए। कबीरदासजी ने कहा था—

निंदक नियरे राखिए, आँगन कुटी छवाय
बिन पानी, साबुन बिना, निर्मल करे सुभाय

यानी जो हमारी निंदा करता है, उसे अधिकाधिक अपने पास ही रखना चाहिए। वह तो बिना साबुन और पानी के हमारी कमियाँ बताकर हमारे स्वभाव को साफ करता है, लेकिन जमाना बदल गया है। निंदक को नियरे नहीं रखना चाहिए। नियरे रखकर तो निंदक आपकी ऐसी-तैसी कर देगा। एक अजीब सा फ्रस्ट्रेशन भर देगा। हर काम में इतनी कमियाँ निकालेगा कि आपका आत्मविश्वास हिल जाएगा। आत्मविश्वास हिला तो मन में बुरे-बुरे विचार आने लगेंगे। बुरे विचार आने लगे तो जीवन मिथ्या लगने लगेगा। कुल मिलाकर निंदक नियरे रखते ही मामला बहुत संवेदनशील हो सकता है, इसलिए ऐसा कतई न करें, अलबत्ता खुद निंदक बनें।

वो जमाना और था, जब सिखाया जाता था कि अगर आपको दूसरों की निंदा करना अच्छा लगता है तो समझ लें कि आप लक्ष्य से भटक चुके हैं, तुरंत आदत में सुधार लाएँ, लेकिन नए जमाने में अगर आपको दूसरों की निंदा करना अच्छा लगता है तो समझ लें कि आप न केवल सामान्य हैं, बल्कि विकास के मार्ग पर हैं। बंदा निंदा के खेल में निष्णात हो तो तरक्की के रास्ते खुलते हैं। बॉस के सामने दूसरे बॉस की निंदा एक्स्ट्रा मार्क्स दिलाती है। परनिंदा से मन की कुंठा निकलती है—इससे व्यक्ति खुद को तनावमुक्त और हलका महसूस करता है। अपनी हर गड़बड़ी के लिए अगर आप किसी और को दोष देते हुए निंदा कर लें तो इससे बेहतर कुछ हो नहीं सकता। आप अपनी नजर में दोषी होने से बच जाते हैं और जिसकी निंदा की गई, उसे भी कुछ नहीं होता। आप स्वस्थ तो सब स्वस्थ।

दरअसल, अब वक्त आ गया है, जब पेशेवर निंदक तैयार किए जाएँ। निंदा के क्षेत्र में स्किल्ड लोग तैयार किए जाएँ। ऐसा 'स्किल इंडिया' प्रोग्राम के तहत भी किया जा सकता है। पेशेवर निंदक जानता है कि कहाँ-कब-किसकी-कितनी निंदा करनी चाहिए। किस शख्स की, संगठन, कार्यक्रम की निंदा करते वक्त किस तरह की भाषा का इस्तेमाल किया जाना चाहिए। वगैरह-वगैरह। स्कूलों में अब निंदा विषय पर अलग क्लास होनी चाहिए। पेशेवर निंदक बतौर गेस्ट फैकल्टी बुलाए जाएँ, जिन्होंने निंदा कर-करके ही अपनी दुकान जमा ली। इससे उन पेशेवर निंदकों को भी रोजगार मिलेगा। स्कूलों में निंदा के फॉर्मूले समझाए जाएँ वरना आप बताइए, रसायन विज्ञान के कितने फॉर्मूले आपकी जिंदगी में काम आ रहे हैं? बहादुर शाह जफर कब मरे, कब जीए, इससे आपको आज क्या फायदा हो रहा है? बताइए, बताइए!

निंदा के क्षेत्र को प्रोफेशनली विकसित किया जाए तो हर मंत्रालय में एक निंदा अधिकारी होगा, जो निंदा प्रस्ताव तैयार करेगा। निंदा रिलीज लिखेगा। अखबारों में

सिर्फ निंदा की खबरें देखने वाले कुछ उपसंपादक होंगे। राजनीतिक दलों में निंदा प्रवक्ता होंगे। यानी संभावनाएँ बहुत हैं।

निंदा खुद की हीनता को दबाने का श्रेष्ठ माध्यम है। इस आपा-धापी, भाग-दौड़ और प्रतिस्पर्धात्मक जीवन में हर क्षेत्र में हर पिता का एक पिता है। हलके शब्दों में, हर बाप का एक बाप है यानी आप कितने भी श्रेष्ठ हों, कितने भी हुनरमंद हों, कितने भी रईस हों, आपसे ऊपर, आपसे श्रेष्ठ लोग आपके आसपास मौजूद हैं। निंदा इन्हीं श्रेष्ठ लोगों की श्रेष्ठता को खुद पर हावी न होने का जरिया है। फिर सच यह भी है कि किसी की प्रशंसा करने में बहुत बल लगता है। निंदा आसानी से संभव है, इसे ही बढ़ावा दिया जाए। गौरतलब है, सिर्फ निंदा सिखाई जा सकती है, कड़ी निंदा नहीं, क्योंकि कड़ी निंदा का अधिकार सिर्फ सरकार का होता है, बल्कि सरकार को यह शोभा देता है कि वह कड़ी निंदा ही एकमात्र एक्शन मान ले, आम आदमी यह करना अफोर्ड नहीं कर सकता।

□

गुरु-गुरु, हो जाओ शुरू!

कक्षा सजी थी और लड़कियाँ भी। छात्र सजे नहीं, जमे थे। गरदन पर भाँति भाँति के टेटू और चेहरे पर रईसी के अभिमान के साथ। गुरुजी न सजे, न जमे, बस रमे थे। पढ़ाने में। वह जिस तरह 20 वर्ष पहले पढ़ाया करते थे, उसी तरह पढ़ाने में रमे थे। इस दौर में शिक्षा बदल गई, मूल्य बदल गए, छात्र बदल गए, देश बदल गया, अर्थव्यवस्था बदल गई और यहाँ तक कि गुरुजी का प्रॉपर्टी डीलिंग का धंधा कई गुना आगे बढ़ गया, लेकिन पढ़ाई के मामले में गुरुजी नहीं बदले।

परिवर्तन को धता बताकर हाथों में स्मार्टफोन लिये छात्रों से लोहा लेते हुए गुरुजी ने सवाल उछाला—"दोहे में गुरु गोविंद दोऊ खड़े का के लागूँ पाय का क्या अर्थ है?" छात्र अचंभित। गुरुजी गलत क्यों बोल रहे हैं? सवाल के जवाब में छात्र ने सवाल दागा—"सर, आप शायद दोहा गलत बोल गए। गोविंद नहीं कोविंद होगा और जब गुरु और कोविंदजी साथ खड़े होंगे तो हर समझदार व्यक्ति कोविंदजी के ही पैर छुएगा। राष्ट्रपति चाहे तो एक झटके में खेल बना सकता है। यू नो, प्रेसिडेंट तो प्रेसिडेंट होता है।"

गुरुजी का माथा भन्नाया, लेकिन खुद पर नियंत्रण रखते हुए उन्होंने सोचा कि छात्रों को अभी गुरु की महिमा का भान नहीं है। या कहें, गुरु की परिभाषा ही उनके मन में स्पष्ट नहीं है तो ऐसा ही जवाब आना था। उन्होंने सीधा सवाल किया—"अच्छा गुरु कौन है?" छात्रों ने एक सुर में सीधा ही जवाब दिया—"गूगल।" इससे पहले कि गुरुजी किसी का सिर फोड़ते, एक छात्र ने अपने उत्तर के समर्थन में तर्क दिया—"सर, अच्छा गुरु वो है, जो 24 घंटे आपकी मदद करे और गूगल ऐसा ही करता है। जिन सवालों के जवाब आप क्लास में नहीं दे पाते, हम उन्हें गूगल पर सर्च कर लेते हैं। असली गुरु वह है, जो आप मार्ग भटको तो रास्ता दिखाए। गूगल मैप का इस्तेमाल करते हुए जी.पी.एस. के जरिए हम अकसर भटके हुए मार्ग से

सही मार्ग पर आते हैं। उससे बेस्ट गुरु नहीं है कोई सर!"

गुरुजी का माथा भन्ना चुका था। उन्होंने फटकारते हुए पूछा—"तो क्या टीचर्स डे गूगल की याद में मनाया जाता है?" छात्रों ने जवाब दिया—"गूगल के लिए ही मनाया जाना चाहिए और सर, ये हम छात्रों के साथ बड़ी ज्यादती है। शिक्षकों के लिए शिक्षक यानी टीचर्स डे। स्टूडेंट्स के लिए कोई डे नहीं। अगर हमारे जैसे अच्छे छात्र ही नहीं होंगे तो अच्छे शिक्षक क्या घास छीलेंगे। छात्र अच्छे नंबर नहीं लाएँगे तो टीचर अपनी कोचिंग का विज्ञापन कैसे देंगे। अच्छे छात्रों की फोटो छाप-छापकर ही तो नए छात्रों को लाया जाता है। सर, छात्रों के लिए भी एक खास दिन होना चाहिए और उस दिन छुट्टी होनी चाहिए।"

"लेकिन गुरु वो शिक्षा देता है, वो विषय सिखाता है, जो सारी उम्र काम आते हैं।" अब गुरुजी ने मास्टर स्ट्रोक खेला।

"अरे कहाँ सर, मेरे अंकल एक दिन कह रहे थे कि करप्शन, लॉबिइंग, पार्टी बदलना, भीड़ इकट्ठा करना, कमीशन लेने के नए-नए तरीके इजाद करना कोई शिक्षक नहीं सिखाता और आज की दुनिया में यही सबसे जरूरी है।" एक छात्र ने जवाब दिया।

गुरुजी अनुत्तरित खड़े थे, लेकिन जिस दौर में शिक्षा मूल्य नहीं, उत्पाद बन गई हो। स्कूल संस्थान नहीं, मंडी बन गए हों। ट्यूशन सेवा नहीं, धंधा बन गया हो। ज्यादातर शिक्षक सिर्फ नोट छापने की जुगत में लगे हों और बच्चों की फीस देने में माँ-बाप की कमर दोहरी हो रही हो, उस दौर में छात्र तो यही कहेंगे कि उन्हें भ्रष्टाचार, दलबदल और दलाली क्यों नहीं सिखाई जाती?

है कोई गुरु सिखानेवाला?

□

‘खुला खत’ लेखकों के नाम खुला खत

प्रिय खुला खत लेखकगण,

आप लोगों ने जिस तरह बेहद कम वक्त में खुला खत लिखकर लोकप्रियता की नई ऊँचाइयाँ पाई हैं, उससे मन में ईर्ष्या का भाव भर गया है। बिना एक पैसा खर्च किए इस तरह की पब्लिसिटी कम लोगों को मिलती है। तो हींग लगे न फिटकरी, रंग चोखा की चाह में मैं भी यह खुला खत लिख रहा हूँ।

आप लोगों का खुला खत पढ़कर मेरे मन में पहला खयाल यही आया कि लोग खुला खत क्यों लिखते हैं? इसकी पहली वजह तो यह हो सकती है कि खुले खत के खोने का कोई डर नहीं होता। भारतीय डाक विभाग के भरोसे रहा जाए तो पी.एम. को लिखा खत तभी पहुँचता है जब वो पूर्व पी.एम. बन जाता है। भारतीय डाक विभाग भारत सरकार की तरह जिम्मेदारी मुक्त संस्था है, जो विलंब से डाक पहुँचाकर लोगों को भी जिम्मेदारी से मुक्त करती है। यानी अगर आपके पास किसी विवाह का कोई निमंत्रण देर से आया तो आप शादी में पहुँचेंगे ही नहीं। यानी जिम्मेदारी मुक्त।

खुला खत लिखने की एक वजह यह भी हो सकती है कि खुला खत लेखकों के पास डाक टिकट का पैसा न हो। या लेखकगण इस कदर आलसी हो चुके हैं कि वो डाक टिकट खरीदने तक की जहमत नहीं उठाना चाहते।

वैसे, मुझे लगता है कि खुला खत लेखन की सबसे बड़ी वजह खुले में रायता फैलाने की प्रबल इच्छा है। खुला खत लेखक के मन में अचानक इच्छा जागती है कि वो किसी बात पर रायता फैलाए। इस इच्छा के प्रबल होते ही लेखक किसी भी नामी शख्स के खिलाफ एक खुला खत लिख मारता है। खुला खत पढ़ने वाले पाठक लेखक के फैलाए रायते को और तेजी से फैलाने में जुट जाते हैं। फेसबुक-ट्विटर के इस युग में रायता फैलाना बेहद आसान है और इस तरह खुला खत रायता फैलाने की सामूहिक परंपरा का प्रतीक बनता है।

अच्छी बात सिर्फ इतनी है कि खुला खत परंपरा अभी आशिकों के बीच नहीं पहुँची है वरना पानी के लिए तो पता नहीं, मुहब्बत के लिए तीसरा-चौथा-पाँचवाँ सारे

विश्वयुद्ध हो जाते। फर्ज कीजिए, एक प्रेमी अपनी प्रेमिका को खुला खत लिख दे। जाहिर सी बात है, प्रेमिका के उत्तर से पहले उस प्रेमिका के समस्त प्रेमी खुला खत लेखक को निपटाने में लग जाएँगे और इस निपटाने के खेल में सारे प्रेमी इस तरह आमने-सामने आ जाएँगे कि विश्वयुद्ध की स्थिति बन जाएगी। मैं इस बात की गारंटी इसलिए ले सकता हूँ कि अभी जबकि खुला खत नहीं लिखा जाता, तब भी एक कन्या के समस्त प्रेमी आपस में गुत्थम-गुत्था रहते ही हैं।

महँगे मनोरंजन के दौर में खुला खत मनोरंजन का भी माध्यम है तो बहुत संभव है कि कुछ खुला खत लेखक 'बेस्ट इंटरटेनर' बनने के मकसद से खुला खत लिखते हों।

खुला खत लेखक लिखते अच्छा हैं, इसमें संदेह नहीं। यह लेखन की विशिष्ट शैली है, जो सबको नहीं आती। ऐसे में जरूरी है कि पत्रकारिता के पाठ्यक्रम में अब खुला खत लेखन भी सिखाया जाए। खत को खास बनाने के टिप्स सिखाए जाएँ। जैसे दलाल शब्द के 50 पर्यायवाची।

खुला खत परंपरा तेजी से आगे बढ़ रही है और जिस तरह कोई किसी की नहीं सुन रहा, उस दौर में खुला खत परंपरा और आगे बढ़ेगी, लेकिन इस दौर में भी कोई खुला खत लेखक उस किसान की तरफ से खुला खत नहीं लिख रहा, जो हर घंटे खुदकुशी कर रहा है। कोई खुला खत लेखक कूड़ा बीननेवाले उन निरक्षर बच्चों की तरफ से खुला खत नहीं लिखता, जो भविष्य में कभी बंद खत भी लिख पाए—इसकी व्यवस्था नहीं हो पा रही।

वैसे, सरकारी स्कूल के बच्चे भी खुला खत लिख पाएँगे, इसमें शक है। मुझे तो लगता है कि सरकार भी इसलिए सरकारी स्कूल का स्तर नहीं सुधारना चाहती, क्योंकि अगर स्तर सुधरा तो बच्चे पढ़ना-लिखना तेजी से सीखेंगे। ऐसा हुआ तो हर कमी, हर परेशानी के लिए खुला खत लिखेंगे। यानी कि सरकार का, प्रशासन का सिरदर्द बढ़ाएँगे वरना अभी तो आठवीं का बच्चा दूसरी कक्षा का पाठ नहीं पढ़ पाता। स्कूल से पास होने के बाद भी एक खत पढ़ने में उसे घंटों लग जाते हैं तो खुला खत क्या खाक लिखेगा?

और जो बच्चे महँगे निजी स्कूल में पढ़कर देश की बुनियादी समस्याओं को खुले खत में उठा सकते हैं, वो कॉलेज से निकलने के बाद पहले दिन से लिखना नहीं सिर्फ पढ़ना चाहते हैं। वो भी ऑफर लैटर। जिसमें उनका वेतन छह या कम-से-कम पाँच अंकों में तो हो!

खैर, खुदा जाने मैं क्या लिख गया, लेकिन संतुष्ट हूँ, पहला खुला खत तो लिखा गया! अब कोई इस खत को वायरल और करा दे तो कसम से मजा आ जाए। □

बँगला छूटे न तोरी कसम

जिस तरह किसी जमाने में एक राक्षस की जान तोते में कैद थी, उसी तरह आजकल कई राजनेताओं की जान बँगलों में कैद होती है। ऐसे-ऐसे 'बँगला पकड़' राजनेता मौजूद हैं, जो 'जान जाए पर बँगला न जाए' की तर्ज पर एक अदद बँगले के लिए जान पर खेलने को तैयार रहते हैं। अब देखिए, करीब 80 पूर्व सांसद दिल्ली में बँगला खाली करने को तैयार नहीं हैं। लोकसभा के पैनल ने चेतावनी दी, लेकिन बँगला पकड़ टस-से-मस नहीं हुए। अब उनके बिजली, पानी और गैस कनेक्शन काटे जाने की तैयारी हो रही है।

मैं पूर्व सांसदों की इस 'बँगला पकड़' प्रवृत्ति को लेकर हैरान था। मैंने एक परिचित बँगला पकड़ को उनके उसी बँगले पर घेर लिया, जहाँ सांसद रहते हुए दिन होली रात दिवाली हुआ करती थी। उन्होंने अहसान झाड़ते हुए कहा—"रोज कोई-न-कोई पत्रकार इंटरव्यू के लिए फोन करता रहता है। हम किसी को इंटरव्यू देते नहीं हैं, लेकिन तुम अपने आदमी हो, इसलिए बुला लिया।"

मैंने कहा, "सर, मैं तो फ्रीलांसर हूँ, लेकिन यह बताइए, वो कौन से पत्रकार हैं, जो एक पूर्व सांसद का इंटरव्यू लेने के लिए इतने बेचैन रहते हैं। मैं उनका भी इंटरव्यू करना चाहता हूँ।" उन्होंने अपने होंठों को बाईं तरफ से चंद्राकार अवस्था में लाकर कुटिल मुस्कुराहट दी। फिर बोले, "अच्छा, ज्यादा समय नहीं है। बोलो क्या पूछना है ?"

मैंने कहा, "आप इतने आदेश के बाद बँगला क्यों नहीं छोड़ रहे ?"

वो बोले, "कई साल इस बँगले में रहा हूँ। यहीं रहते हुए मेरी शादी हुई। फिर यहीं से बेटे की शादी कराई। सरकार असहिष्णु है। एक पूर्व सांसद को लगभग पुश्तैनी बँगले से हटाना चाहती है। ये वो बँगला है, जहाँ रहते हुए हमने न जाने कितनी बार सरकार को गिराने की धमकी दी। न जाने कितनी बार अलग-अलग पार्टियों में शामिल होने के एवज में मोटी मिठाई ली। यहाँ बैठकर न जाने कितने

चेलों ने घपले-घोटाले का प्लान बनाया। आज सब अच्छी जगह सैट हो गए हैं, लेकिन हम एक चुनाव क्या हारे, हमें बँगला छोड़ने को कहा जा रहा है। इससे हमारे कार्यकर्ता निराश हैं।"

"कार्यकर्ता? उन्हें क्यों निराशा हो रही है? आपको बँगला छोड़कर जाने को कहा जा रहा है, हिंदुस्तान छोड़कर नहीं।" मैंने कहा।

वे बोले, "अरे हिंदुस्तान छोड़ने को कहा जाता तो कार्यकर्ता खुश होते, क्योंकि हम हिंदुस्तान छोड़कर कहीं जाएँगे तो यूरोप-अमेरिका में ही सैटल होंगे न। बँगला छोड़कर जाना तो ऐसा है, जैसे भूलोक छोड़कर जाने को कहा जा रहा है। केंद्र की राजनीति में बरसों रहने के बाद बंदा अगर देश की राजधानी में एक अदद सरकारी बँगला अपने कब्जे में नहीं रख पाए तो कार्यकर्ता नैराश्य के भाव में चले जाते हैं और पार्टी छोड़-छोड़कर भागने लगते हैं।"

"लेकिन नए सांसद बनेंगे तो उन्हें भी बँगले चाहिए न?" मैंने सीधे पूछा।

वो बोले, "देखो गुरु, राजनीति में इतना सिर पकाने के बाद बंदा एक सरकारी बँगला न धर पाए तो क्या फायदा समाजसेवा का। दिल्ली में जमीन कम है क्या? 100-200-500 बँगले और बनवा दो और नेता बिरादरी अगर आपस में एक-दूसरे के लिए ही खड़ी नहीं होगी तो कौन होगा? आज जो राजनेता पूर्व सांसदों से बँगले खाली करने को कह रहे हैं, उन्हें समझना चाहिए कि हर वर्तमान भविष्य में पूर्व होता है।"

मैं कंफ्यूज था कि भाईसाहब क्या फिलॉसफी दे रहे हैं। मैंने पूछा, "आप चाहते क्या हैं?"

वो बोले, "मेरे चाहने से होता क्या है। चाहते तो थे कि चुनाव जीतें। चुनाव जीतकर मंत्री पद पाएँ, लेकिन हुआ क्या? चुनाव में करोड़ों ठंडे हो गए और अब सरकार की हठधर्मिता देखिए, राजधानी का बँगला भी छीनना चाहती है। सच तो यह है कि सरकारी बॅंगला हर नेता का आइडेंटिटी कार्ड होता है। जिसके पास सरकारी बँगला नहीं, उसे कार्यकर्ता नेता नहीं मानते। मैंने ही इस बँगले में न जाने कितनी टोंटियाँ लगाईं, ए.सी. लगाए, मार्बल लगवाया। क्या ये दिन देखने के लिए। सरकारी बँगला हर पूर्व सांसद, हर पूर्व मंत्री का जन्मसिद्ध अधिकार है। उससे सरकारी बँगला किसी का बाप कभी खाली न करा सके, इस बाबत संविधान में संशोधन होना चाहिए। सरकारी बँगले की पानी-बिजली काटने की हिम्मत दिखाने वाले अधिकारियों को तो फौरन सस्पेंड किया जाना चाहिए।"

मैंने कहा, "तो क्या आप टोंटियाँ, ए.सी. वगैरह निकालकर ले जाएँगे ?"

"अव्वल तो हम जाएँगे नहीं और जाएँगे तो बँगले के दर-ओ-दीवार से अपनी कमाई ही हर चीज उखाड़ ले जाएँगे।"

मैंने कहा, "आप सरकारी बँगला खाली करने को तैयार नहीं हैं। सोचिए कितने करोड़ लोगों के पास रहने को एक झोपड़ी तक नहीं है।"

"उन्हें घर दिलाना पूर्व सांसद का काम नहीं है। वो काम प्रधानमंत्री करा तो रहे हैं। चलो अब फूटो। तुमने एक भी कायदे का सवाल नहीं पूछा।" वे नाराज होते हुए बोले।

मैंने कहा, "सर, यही तो दिक्कत है। आजकल कायदे का सवाल ही तो कोई नहीं पूछ रहा।" उन्होंने मुझे गौर से देखा। मैंने शायद कोई बहुत मूर्खतापूर्ण या बहुत महत्त्वपूर्ण बात कह दी थी!

□

एक हारे हुए नेता की होली

घर पर ऐसा सन्नाटा पसरा था, जैसा जवान बेटे की मौत के दूसरे दिन होता है। जिस जगह भाँग पीसी जानी थी, वहाँ एक उलटा पउआ पड़ा था, लेकिन खाली। एक कुत्ता तेजी से पूँछ हिलाते हुए कंफ्यूजन की मुद्रा में टहल रहा था, क्योंकि बाकी दिन बरामदे में घुसते ही एक साथ चारों तरफ से चार-छह लोग उसे लतियाने के लिए आगे बढ़ते थे। उस वक्त कुत्ता खुद से सवाल करता था कि जब वो शांतिवार्त्ता का पक्षधर है तो ये इनसानगण बिना वार्त्ता के हिंसा पर क्यों उतर रहे हैं? और अगर बिना बात के ये इनसान टाँग उठा रहे हैं तो आखिर 'कुत्ता' है कौन?

कुत्ते का कंफ्यूजन वाजिब था, क्योंकि सन्नाटा था ही ऐसा। कुत्ते ने अपने जन्म के बाद से बीते 15 साल से इस घर में ऐसा सन्नाटा नहीं देखा था। हवेलीनुमा घर के कोनों में इक्का-दुक्का इनसान खड़े दिख रहे थे, लेकिन बेजान। कोई हरकत नहीं, कोई आवाज नहीं। चुप। साँप सूँघनेवाले मुहावरे का अगर किसी को प्रैक्टिकल देखना होता तो यह दृश्य विशेष रूप से उन्हीं के लिए था।

बरामदे से भीतर पहुँचते ही वो ऐतिहासिक ड्राइंगरूम था, जहाँ न जाने कितने घोटालों का कमीशन लिया गया। जहाँ न जाने कितनी बार सरकारें गिराने की विफल कोशिशें हुईं। यों भी क्रांति हर बार कहाँ सफल होती है! बलात्कार का पहला मामला दर्ज होने के बाद इसी ड्राइंगरूम से उनकी गिरफ्तारी भी हुई थी और फिर गिरफ्तारी के महज 12 घंटे बाद जमानत पर रिहा होकर जब वो वापस लौटे थे, तो इसी ड्राइंगरूम में जीत के लड्डू बँटे थे। उनकी ख्याति के मुताबिक लड्डू असली घी के थे और खर्चा सारा रमाकांत हलवाई ने ही उठाया था। इसी ड्राइंगरूम में जब उनका बड़ा बेटा पहला मर्डर करने के बाद वापस लौटा था, तब उन्होंने उसकी पीठ ठोंकते हुए कहा था—'शाबाश! अब तुम अपने पैरों पर खड़े होने लायक हो गए हो। इस बार नगर निगम का चुनाव लड़ लो।'

यह ड्राइंगरूम महज ड्राइंगरूम नहीं था। यह भारतीय राजनीति के उन हजारों अदृश्य ड्राइंगरूमों में वो ड्राइंगरूम था, जिसने भारतीय राजनीति को आज उस खास मुकाम पर ला दिया है—जहाँ से उसका पीछे जाना असंभव है, चूँकि इतिहासकार मूलत: स्वार्थी, कामचोर, अज्ञानी टाइप के होते हैं तो उन्हें सिर्फ गांधी, नेहरू, पटेल जैसे बड़े नेताओं के ही ड्राइंगरूम में हुए कारनामे दिखाई दिए।

खैर, इसी ऐतिहासिक ड्राइंगरूम में नेताजी पसरे पड़े थे। सन्नाटे का अश्रव्य शोर उन्हें बेचैन किए जा रहा था। जितने नौकर ड्राइंगरूम में आए, उनमें से कुछ गालियाँ खाकर बाहर जा चुके थे। गालियों में माँ-बहनों के लिए प्रकट सम्मान का सम्मान करते हुए कुछ नौकर दरवाजे से ही लौट लिये। गालियाँ खाकर बाहर गए कुछ नौकर तो मानो सीधे आत्मसम्मान की दुकान पर गए और दो किलो आत्मसम्मान खरीदकर मेमसाहब के सामने नौकरी छोड़ने का ऐलान कर डाला। मेमसाहब भैरंट गुस्से में थीं। गुस्से की तीन वजह थीं। पहली, महज एक हफ्ते बाद होनेवाली उनकी स्विट्जरलैंड की ट्रिप कैंसिल हो गई। दूसरी, उन्होंने नेताजी को बहुत समझाया था कि इस बार वो अपनी जगह उन्हें चुनाव लड़वाएँ। दो बार चुनाव जीतने के बाद नेता के प्रति भी एंटी इनकमबैंसी फैक्टर हो जाता है, लेकिन नेताजी नहीं समझे। पत्नी की सफलता से जलते हैं न! और तीसरी वजह यह कि एक दिन बाद होली थी और एक हारे हुए नेता के यहाँ होली मनाने कौन आता है?

यों नेता हार से नहीं घबराता, लेकिन ऐन होली के मौके पर आई हार ने मानो नेताजी के गुलाबी चेहरे को ब्लैक कलर से पोत दिया। नेताजी भलीभाँति जानते थे कि होली पर मेमसाहब का हाथ पकड़कर गाने पर ठुमकते हुए उनकी तसवीरें चैनलों पर नहीं चलेंगी। अखबारों में अगले दिन लाल-पीले रंग में पुता उनका फोटू नहीं छपेगा और नहीं छपेगा उनका पारंपरिक भाईचारे का संदेश। ये वो ही संदेश था, जो सिर्फ होली के मौके पर नेताजी दिया करते थे और जिसे मरने से पहले नेताजी के पिताजी ने उन्हें बाकायदा लिखवाया था। नेताजी अँगूठाछाप नहीं थे। उनके पास किलो के भाव में डिग्रियाँ थीं। बी.ए. की तो अलग-अलग यूनिवर्सिटी से तीन-तीन डिग्रियाँ थीं। येल यूनिवर्सिटी का नाम सुनने के बाद से वो येल यूनिवर्सिटी की भी डिग्री जुगाड़ने के चक्कर में थे, लेकिन मसला डिग्री का नहीं, ज्ञान का है और नेताजी को कुछ लिखना होता था तो उनके हाथ-पैर फूल जाते थे। इसलिए भाईचारे का संदेश पिताजी ने कई साल पहले लिखवाया था और वो ही संदेश हर बरस होली पर नेताजी अखबारवालों को चेप देते थे।

होली के मौके पर आनेवाला हर गेस्ट देशी-विदेशी दारू की शानदार बोतलें लाया करता था, तो उसका घाटा कौन पूरा करेगा, यह नेताजी की समझ से परे था। एस.डी.एम.-डी.एम. तो रिजल्ट सुनते ही ऐसे रफूचक्कर हुए कि उनका होली पर घर आना ही दुनिया का 8वाँ आश्चर्य हो सकता है।

बच्चे अलग भनभनाए हुए थे कि अब होली कैसे मनाएँ? यह मौका शर्म का है और शर्म के मौके पर कलरफुल होली मनाना प्रैक्टिकल नहीं। छोटा बेटा तो इसलिए ज्यादा भन्नाया हुआ था कि ठेकेदार अंकल ने होली पर हर्लेडैविडसन की बाइक गिफ्ट करने का वादा किया था, लेकिन रिजल्ट के बाद से ही ठेकेदार का फोन बंद है।

बेबस नेताजी से दुःखी परिवार का दर्द देखा नहीं जा रहा था। उन्होंने रिजल्ट से पहले गिफ्ट में आई इलायची की दारू का एक पैग बनाया, पीया और लिख दिया चुनाव आयोग को एक खत। इस लंबे खत का मजमून यों था—

प्रिय चुनाव आयुक्त महोदय,

चुनाव आप जब चाहे कराएँ, लेकिन नतीजे की घोषणा ऐन त्योहार से पहले ठीक नहीं और त्योहार होली का हो तो बिल्कुल ठीक नहीं। सारा रंग और भंग बेकार हो गए। सिर्फ होली पर ही पूरे साल की शराब आ जाती है, तो उसका टोटा पड़ना तय है। होली पर तमाम काम कार्यकर्तारूपी चेले करते हैं तो इस बार कई काम खुद करने होंगे। यह सब इसलिए, क्योंकि आपने ऐन होली से पहले नतीजे की घोषणा कर दी। बाकी हार-जीत तो चलती रहती है। नेता हार-जीत निरपेक्ष होता है। उम्मीद है कि आप मेरा और मेरे जैसे हजारों नेताओं का दर्द समझेंगे। वैसे, मैं जानता हूँ कि आप नहीं समझेंगे, क्योंकि एक हारे हुए नेता के लिए होली का दर्द क्या हो सकता है—यह सिर्फ एक हारा हुआ नेता जानता है।

धन्यवाद।

□

बिल्लू बाबा के बोल

बिल्लू बाबा ध्यानस्थ थे। उन्हें स्विट्जरलैंड प्रवचन देने जाना था तो वे हसीं वादियों के खयाल में खोए थे। सामने भक्त पउआ, अध्धा और बोतल लेकर बाबा के आँख खोलने का इंतजार कर रहे थे। नजारा ऐसा मानो विजय माल्या अपनी नई शराब फैक्ट्री का उद्घाटन करने जा रहा है और अब फ्री में शराब बँटेगी। बाबा ने आँखें खोलीं।

भक्त : बाबा, पेट्रोल 100 पार चला गया और प्याज 150 पार। क्या करें?

बाबा : पेट्रोल-डीजल-प्याज मोहमाया है बच्चा! तुम अपना कर्म करो, फल की चिंता मत करो।

भक्त : मतलब?

बाबा : पहले भी पेट्रोल-डीजल 500 का डलवाते थे, अब भी 500 का डलवाओ और पहले जितने का प्याज खरीदते थे, उतने का खरीदो

भक्त : बाबा, पहले 500 में 100 किलोमीटर चलती थी गाड़ी...अब 50 चलती है। पहले 150 में पाँच किलो प्याज आता था अब 1 किलो आ रहा है।

बाबा : बच्चा, पहले सरकारें भी 20-20 साल चलती थीं, अब 5-10 साल चलती हैं, फिर गाड़ी कम चलेगी तो तुम पैदल चलोगे। स्वास्थ्य बनेगा।

भक्त : बाबा, सब मंत्री आपके चेले हैं। कुछ कहिए उनसे।

बाबा : बच्चा, वे ईको फ्रेंडली समाज बनाना चाहते हैं। गाड़ियों से प्रदूषण फैलता है। सरकार लोगों को मोटरगाड़ी से उतारकर बैलगाड़ी पर लाना चाहती है और प्याज की कीमत जानबूझकर बढ़ाई गई है।

भक्त : लेकिन क्यों?

बाबा : गाड़ी नहीं खरीदेंगे तो ई.एम.आई. नहीं देनी पड़ेगी। ई.एम.आई. नहीं देंगे तो टेंशन कम होगी। टेंशन कम होगी तो बी.पी. नहीं बढ़ेगा। बी.पी. नहीं बढ़ेगा

तो दिल का दौरा नहीं पड़ेगा, कुल मिलाकर फिट रहोगे और प्याज काटते वक्त आँसू आते हैं। सरकार नहीं चाहती कि लोग रोएँ और प्याज से बदबू बहुत आती है।

भक्त : लेकिन बाबा, बैलगाड़ी और मोटरगाड़ी की क्या तुलना?

बाबा : क्यों? 'नया दौर' नहीं देखी। बैलगाड़ी ने मोटरगाड़ी को दौड़ में हरा दिया था।

भक्त : लेकिन गाय-बैलों को भी तो पालना पड़ेगा।

बाबा : गाय-बैल को क्या चाहिए। बस चारा और चारे का तो ऐसा है बच्चा कि आजकल इनसान भी खाता है।

भक्त : बाबा, हम सोचकर आए थे कि आप अपने चमत्कार से पेट्रोल-डीजल-प्याज की कुछ व्यवस्था कराएँगे।

बाबा : बच्चा, मैं बाबा हूँ, अंबानी नहीं, जिसके तेल के कुएँ हैं या हजारों एकड़ खेत हैं।

भक्त : तो हम कहाँ जाएँ?

बाबा : अभी तो पेट्रोल पंप जाओ और जितनी औकात है, उतने का डलवा लो और 100-200 ग्राम जितनी प्याज खरीद सकते हो खरीद लो। थोड़े दिन बाद म्यूजियम ही जाना पड़ेगा। बस, वहीं देखने को मिलेगा पेट्रोल-डीजल-प्याज। आम आदमी की खरीदने की औकात नहीं रहेगी।

और ज्ञान देकर बाबा स्विट्जरलैंड की हसीं वादियों के ध्यान में फिर ध्यानस्थ हो गए।

□

टी.वी. एक्सपर्ट बनने का क्रैश कोर्स!

उन्होंने जीवन में सिर्फ एक बार बैट थामा था। सामने गुरुहाई मुहल्ले का सबसे खूँखार गेंदबाज बब्बन उर्फ 'गुरुहाई एक्सप्रेस' गेंद डालने के लिए खड़ा था। वह बब्बन की सिर्फ एक तेज गेंद खेलकर अपने क्रिकेट कॅरियर के रिकॉर्ड को ऐतिहासिक बना लेना चाहते थे। उन्होंने मन-ही-मन तय कर लिया कि वे क्रीज से अपना बायाँ पैर बाहर निकालकर तेज गति से आती गेंद को सीधे विकेटकीपर के हाथों में जाने देंगे। उन्होंने अपने मन की ही सुनी। गेंद के कान नहीं होते। उसने किसी की नहीं सुनी। टप्पा पड़कर सीधी उछली और उनके होंठों का चुम्मा ले लिया। चुम्मे की चमक होंठों पर से तो एक हफ्ते में चली गई, लेकिन सामने वाले डेढ़ दाँतों पर हमेशा के लिए अपनी मुहब्बत की छाप छोड़ गई।

वह यानी हमारे पड़ोसी बी.के. शर्मा मुहल्ला स्तर के क्रिकेटर भी नहीं बन पाए। इस बात की कसक उन्हें आज भी सालती है। वैसे, जब कभी न भी सालती तो आगे के लापता डेढ़ दाँत मजबूरन यह काम करा डालते। हालाँकि, कसक इसलिए भी ज्यादा सालती, क्योंकि वे उसी एक ऐतिहासिक पल के साथ क्रिकेट विशेषज्ञ बनना चाहते थे, क्योंकि उन्हें भी हर हिंदुस्तानी की तरह यही लगता था कि उनसे ज्यादा क्रिकेट कोई नहीं जानता-समझता और अगर वो खेल के दौरान देश को समझाएँ कि क्रिकेट को कैसे समझना चाहिए तो देश पर उनका अहसान हो सकता है।

इन दिनों टेलीविजन समाचार चैनलों पर जिस तरह क्रिकेट विशेषज्ञों की डिमांड है और सप्लाई का टोटा है तो उनका मानना था कि वे यह काम बखूबी कर सकते थे। इस तर्क को मजबूत बनाते हुए वे यहाँ तक कह डालते हैं कि उनकी गैर-मौजूदगी की वजह से ही चैनलों को बिना क्रिकेट खेली लड़कियों को एक्सपर्ट के तौर पर उतारना पड़ा है।

खैर, इस लघु कहानी का उद्देश्य यह बताना है कि वे यानी शर्मा जी एक्सपर्ट बनना चाहते हैं। क्रिकेट का नहीं तो किसी दूसरे फील्ड का। कुल मिलाकर वे मर्मज्ञ विशेषज्ञ के रूप में टेलीविजन पर छा जाना चाहते थे।

फ्लैश फॉरवर्ड—एक साल बाद

वे आखिरकार एक्सपर्ट बन गए। तमाम टेलीविजन चैनलों पर दिखाई देने लगे और ये क्या! सुबह धर्म पर, दोपहर में महिला संबंधी विषयों पर, शाम को क्रिकेट पर, देर शाम राजनीति पर और देर रात सेक्स पर मर्मज्ञ विशेषज्ञ के रूप में अपने ज्ञान से चमत्कृत करने लगे। हम भौचक। हैरान।

एक दिन मिले तो लगभग चरण स्पर्श की मुद्रा में पूछ डाला—"क्या भाई साहब! कुछ हमें भी सिखाओ। पड़ोसी तो अब हुए हैं। बचपन का साथ है अपना। एकाध चैनल पर अपन भी एक्सपर्ट बन जाएँ तो क्या बुराई है।"

उन्होंने ईश्वरीय कृपा के अंदाज में निहारा। फिर बोले, "लल्ला! पहले चिरकुट समझते थे तुम हमको। हमारा बल्लावाला केस सबको सुनाए फिरते थे।"

"कहाँ भाई साहब! आप बड़े भैया के बड़े खास दोस्त रहे हैं। तो थोड़ी लिबर्टी जरूर ली। वरना आपको देख-देख के तो बड़े हुए हैं हम।"

शर्मा जी ने अपनी वर्चुअल मूँछों पर हलका ताव जैसा कुछ दिया। बोले, "तुम बचपन के साथी हो, इसलिए राज बता डालते हैं। दस लाख का राज फ्री में। सुनो।"

हमने कहा, "सुनाइए!"

"देखो लल्ला, एक्सपर्ट बनना अर्ध कला और अर्ध फॉर्मूले का सही इंपलीमेंटेशन है।"

हम चमत्कृत!

"देखो, एक्सपर्ट बनने के लिए सबसे पहले उन चैनलों की सूची बनानी होती है, जहाँ आप अवतरित होना चाहते हैं, जैसे—ए.बी.पी., जी न्यूज, आज तक, हमारा टी.वी., तुम्हारा टी.वी., हम सबका टी.वी. वगैरह-वगैरह। इस लिस्ट को कायदे से बना लेने के बाद एक सैलून ढूँढ़कर वहाँ डिस्काउंट में फेशियल कराने का जुगाड़ देख लो। शीशे के सामने कुछ भी बकने की प्रैक्टिस इस बीच नियमित होती रहनी चाहिए। थोड़ा धन हो तो एक वेबसाइट बनवाकर अपनी महानता का सारा बखान उस पर कर डालो। वेबसाइट पर तसवीर मारू होनी चाहिए। फिर रोजाना अलग-अलग चैनल के दफ्तरों के गेस्ट कॉर्डिनेटरों से मुलाकात का सिलसिला शुरू कर

दो। ध्यान रहे, हर गेस्ट कॉर्डिनेटर के पास 15 दिन में एक चक्कर लगाया जाए। उस चैनल की तारीफ में जितने कसीदे पढ़े जा सकें, पढ़े जाएँ और गेस्ट कॉर्डिनेटर को यह बताने की कोशिश की जाए कि वह जितनी मेहनत करते हैं, उसका फल उन्हें नहीं मिलता। सारा क्रेडिट एंकर और बाकी लोग ले जाते हैं। मार्केट में गेस्ट कॉर्डिनेटर के बारे में कोई बात नहीं करता, जबकि चैनल पर सारी चर्चाएँ गेस्ट कॉर्डिनेटर की मेहनत का परिणाम होती हैं। हाँ, इस दौरान हमेशा अपनी कार में एक-दो सूट रखे जाएँ। ध्यान रहे, विशेषज्ञ बनने का मौका बताकर नहीं आता!"

"भैया, लेकिन ज्ञान? विषय पर पकड़?"

"हे हे हे, तुम बहुत झंडू हो लल्ला।" वह कुटिल मुस्कुराहट को अपने लबों के बाएँ हिस्से पर लाए और बोले—

"देखो, ज्ञान पढ़ने से नहीं प्रैक्टिस से आता है। हाँ, शुरुआती दौर में कुछ लाइनें रट लेनी पड़ती हैं। मसलन राजनीति पर चर्चा है तो आप दो लाइन याद रखो—

भारतीय राजनेताओं के सामने इस वक्त विश्वसनीयता का घोर संकट है। जनता समझदार है और अब विकास का मुद्दा ही प्रमुख हो गया है।"

"मतलब?"

"मतलब यह कि अगर आपसे कोई सवाल पूछे कि राहुल गांधी और नरेंद्र मोदी के बीच आज तुलना हो रही है तो इसे आप किस तरह देखते हैं? तो इसका सीधा जवाब है—

देखिए, तुलना तो हो रही है, लेकिन आज भारतीय राजनेताओं के सामने इस वक्त विश्वसनीयता का घोर संकट है। जनता समझदार है और अब विकास का मुद्दा ही प्रमुख हो गया है।"

"मतलब?"

"अबे लल्ला, तुम मतलब बहुत पूछते हो। मतलब यह कि शुरुआती एक्सपर्टीज में आपको पूरे आधे घंटे में सिर्फ एक-दो सवालों का जवाब ही देने को मिलता है। बाकी टाइम बाकी एक्सपर्ट खा जाते हैं। बचा-खुचा टाइम ब्रेक। तो रटी-रटाई लाइन से खेल हो जाता है, फिर धीरे-धीरे आप चैनल पर दिखने लगते हो तो आपको आइडिया होने लगता है कि कहाँ कितना टाइम मिलेगा और कहाँ का एंकर कितना गुड़गोबर है, फिर एक्सपर्ट बनने की कुछ कीमत तो चुकानी होगी दोस्त! एकाध अखबार तो थोड़ी देर पढ़ोगे न!"

"भैया, लेकिन सब सब्जेक्ट पर कैसे किसी को ज्ञान हो सकता है?"

"क्यों नहीं हो सकता। क्रिकेटर जब राजनीतिज्ञ हो सकता है। राजनेता कवि हो सकता है। कवि आम आदमी कम नेता हो सकता है, तो आम चिरकुट एक्सपर्ट क्यों नहीं हो सकता। वो हर विषय का एक्सपर्ट हो सकता है। बस, शर्मनिरपेक्ष बने रहो।"

"तो आप इसी तरह एक्सपर्ट हुए?"

"हाँ, बस थोड़ा काम और किया। शुरुआत में हमने एक पार्टी की सदस्यता ली। वरिष्ठ नेताओं से कहा—जिस चैनल पर गाली खाने भेजना हो, हमें भेजिए। लोगों को यह बात जँच गई। गाली खाने हमें भेजा जाने लगा। गाली खाते-खाते हम स्टूडियो में एंकर संग बैठकर खाना खाने लग गए। गेस्ट कॉर्डिनेटर संग गोलगप्पे खाने लग गए। बस, फिर क्या था, जब जिस फील्ड का एक्सपर्ट नहीं आता, हमें बुलाया जाता। हम टॉप क्लास के एक्सपर्ट निकले। एंकर जब कहता—भाई साहब, आज जरा चीख-चीखकर बोलिएगा तो हम भी ऐसी मार मचाते जैसे सुनामी आ गई हो। गला बैठ जाता, लेकिन विपक्षी एक्सपर्ट को उठने नहीं देते। एक-दो बार तो हाथ भी घुमा दिया। टी.वी. चैनल की टी.आर.पी. बढ़ गई और अपनी एक्सपर्टीज।"

"भाई साहब, लेकिन···गाली खाना शोभा नहीं देता!"

"क्या बात करते हो। बड़े-बड़े एक्सपर्ट गाली खाकर ही मलाई खाने लायक हुए हैं। वैसे, अर्णब के शो को देखा है कभी? उसमें कौन बोलता है जी? अर्णब के सिवाय। उस शो की अच्छी बात यह है कि आप किसी भी विषय के तुच्छ से एक्सपर्ट भी नहीं हैं तब भी काम चल जाएगा, क्योंकि आपको वहाँ सिर्फ गाली खानी है।"

"लेकिन भाई साहब!·"

भाई साहब जब तक जवाब देते, उनका मोबाइल घनघना उठे। वे बोले, "जी बिल्कुल मैं तैयार हूँ।"

हमने पूछा, "क्या हुआ।"

वे बोले, "एक्सपर्ट बनने में बहुत मेहनत है लल्ला! अभी मुंबई के एक इलाके में कुत्तों ने कहर बरपा दिया है। कइयों को काट खाया तो उसी पर बात करनी है, झमाझम चैनलवालों से।"

मैंने कहा, "तो कुत्ता एक्सपर्ट भी हो लिये हैं?"

वे सिर्फ मुस्कुरा दिए। वे वास्तव में एक्सपर्ट हो चुके हैं।

□

प्रदूषण पर प्रदूषित चिंतन

प्रदूषण से ग्रस्त कई देशों के कई शहर हैं, लेकिन दिल्ली के प्रदूषण में एक ठसक है। रंगबाजी है, जैसे—मुँह चिढ़ाता हो कि होगी दिल्ली में संसद। होगा दिल्ली में सुप्रीम कोर्ट, लेकिन अपन तो तुम्हारी नाक के नीचे जलवा दिखाएँगे। उखाड़ लो जो उखाड़ना है। सच है कि प्रदूषण का हम कुछ उखाड़ नहीं पाते। कभी-कभी लगता है कि कहीं सरकार ने ही तो प्रदूषण को जानबूझकर 'वी.आई.पी. स्टेटस' नहीं दिया है ?

दिल्ली में धुआँ-धुआँ होगा तो सिगरेट पीनेवालों को सिगरेट पीने की कोई जरूरत ही नहीं। हर तरफ धुआँ है। भर लो फेफड़ों में चाहे जितना धुआँ। सिगरेट भी इन दिनों बहुत महँगी है। आनेवाले दिनों में चेन स्मोकर को तो सिर्फ सिगरेट पीने के लिए पर्सनल लोन लेने की जरूरत पड़ सकती है। अमीर सिगरेट पीए और गरीब देखे, यह व्यक्ति के समानता के अधिकार का उल्लंघन है।

यह भी हो सकता कि दिल्ली के प्रदूषण का एक सिरा भारत को पाँच ट्रिलियन डॉलर की अर्थव्यवस्था बनाने से जुड़ा हो। दिल्ली में धुआँ-धुआँ होगा तो मरीज बढ़ेंगे। मरीजों बढ़ेंगे तो अस्पतालों का भला होगा। डॉक्टरों की, मेडिकल स्टोर्स की कमाई होगी। एयर प्यूरिफायर और मास्क विक्रेताओं का धंधा पनपेगा। एक झटके में दिल्ली की जी.डी.पी. बढ़ेगी। दिल्ली की जी.डी.पी. बढ़ेगी तो देश की जी.डी.पी. बढ़ेगी।

दिल्ली का प्रदूषण ऑड-इवन जैसे क्रांतिकारी प्रयोगों की जमीन तैयार करता है। ऐसे प्रयोगों से लगता है कि दिल्ली में कुछ बहुत इंट्रेस्टिंग हो रहा है। दिल्ली की फिजा में एक उल्लास पनप जाता है। मंदी के दौर में कार कंपनियों को भी फायदा पहुँचता है। जिस बंदे पर ऑड नंबर की गाड़ी नहीं होती, वो ऑड नंबर की और जिस पर इवन नंबर की गाड़ी नहीं होती, वो इवन नंबर की गाड़ी खरीदता है। ए.सी.

चलाकर हनी सिंह के गाने सुनते हुए बड़ी कार में चलने वाला बंदा डी.टी.सी. बस में चलेगा, इस सोच पर भी धुआँ डाल देना चाहिए, लेकिन दिल्ली के मुख्यमंत्री ऐसा सोचते हैं तो उनकी मासूमियत पर मर-मिटने का मन करता है।

दिल्ली के स्मॉग को कुछ लोग फॉग यानी धुंध मानते हैं। वे स्मॉग को फॉग मानते हुए घर बैठे हिल स्टेशन का मजा लेना चाहते हैं। इस कोशिश में हर साल दिवाली पर खूब पटाखे फोड़ते हैं। उन्हें सादर नमन, क्योंकि उनकी कोशिश रंग ला रही है।

अभी तक यह पता नहीं चल पाया है कि दिल्ली में सुबह-सुबह लोगों की आँखों से जो पानी टपक रहा है, वो दिवाली पर मिले महँगे गिफ्ट की खुशी के आँसू हैं या जुए में हारने के बाद के गम के। प्रदूषण की वजह से आँसू निकलते होंगे, इसमें संदेह है, क्योंकि ऐसा होता तो धरना-प्रदर्शन करने में दिलचस्पी रखने वाली दिल्ली की जनता एक-दो बार प्रदूषण के मुद्दे पर भी संसद् का घेराव करती। जंतर मंतर पर प्रदर्शन करती। ऐसा नहीं हो रहा। मतलब साफ है कि आँखों से बहता नीर प्रदूषण की वजह से नहीं है।

आप सोचेंगे कि मैं भी क्या-क्या बकवास किए जा रहा हूँ। दरअसल, दिल्ली में प्रदूषण बहुत है और प्रदूषण के बीच चिंतन भी तो प्रदूषित ही होगा ना!

□

चिरस्थायी सुर्खियाँ

कुछ खबरें चिरस्थायी टाइप की होती हैं। मतलब वे धर्म, काल और सरकार निरपेक्ष होती हैं। हर चीज से ऊपर। उन्हें होना है तो होना है, जैसे—दीपावली पर दिल्ली का प्रदूषण। पिछले कई साल से दिवाली के बाद दिल्ली के अखबारों में एक हेडलाइन स्थायी हो गई है। दिवाली के बाद दिल्ली बनी गैस चैंबर। उपशीर्षक भी तय है—सुप्रीम कोर्ट के आदेश की उड़ी धज्जियाँ। यह ऐसी खबर है, जिसे अखबार के पत्रकार लिखकर रख लें तो उन्हें अगले साल दोबारा लिखने की जरूरत नहीं है। सिर्फ दिवाली की तारीख बदलनी होगी।

कुछ खबरें शाश्वत होती हैं। ऐसा लगता है, मानो जन्म लेते ही अमृत पी लिया हो, जैसे—मुंबई की बारिश से जुड़ी खबर। हर साल मुंबई की बारिश में एक हेडलाइन जरूर प्रकाशित होती है—पानी-पानी मुंबई, बी.एम.सी. के दावों की खुली पोल। मुंबई की बृहद मुंबई कॉरपोरेशन यानी बी.एम.सी. के दावों की पोल इतने साल में इतनी बार खुल चुकी है कि खुद पोल भी शरमा जाती होगी। बी.एम.सी. के अधिकारी तो खैर शर्मनिरपेक्ष हैं। वे हर साल बारिश से पहले पत्रकारों के सामने दावे कर देते हैं कि व्यवस्था दुरुस्त है, नालों की सफाई करा दी गई है वगैरह-वगैरह, लेकिन फिर पहली ही बारिश में बी.एम.सी. के दावों की पोल खुलकर नालों में बह जाती है। मुंबई के लोग आदी हो चुके हैं। वो खुली पोल के बीच भीषण बारिश में भी काम पर चले जाते हैं, अलबत्ता मीडिया में हल्ला मचता रहता है।

एक जमाने में विकास पैसेंजर टाइप की ट्रेन पर सवार रहता था, अब सरकार का दावा है कि वो तेजस जैसी ट्रेन पर सवार है। धुआँधार दौड़ रहा है, लेकिन विकास के इस सुपरफास्ट दौर में भी कई पुरातन खबरें हटने का नाम नहीं ले रहीं। दर्शक और पाठक भी कई खबरें देखने के ऐसे आदी हो गए हैं कि उनकी संवेदना शायद मर गई है। उनके लिए हर खबर अब एक छोटी सूचना है, जैसे—यवतमाल

में कर्ज से दबे किसान ने की खुदकुशी। यह खबर कई साल से लगातार छप रही है। किसान का नाम बदलकर पूरी खबर प्रकाशित कर दी जाए तो भी शायद कोई आपत्ति नहीं करेगा। पाठकों ने भी इस खबर को स्थायी मान लिया है और शायद सरकार ने भी।

कोसी में बाढ़, गाँव-के-गाँव खाली कराए गए। यह हेडलाइन कई साल से अखबार में जगह घेरे हुए है। हर साल आ टपकती है। सरकार और लोगों ने मान लिया है कि कोसी नदी में बाढ़ आएगी ही और गाँव खाली होंगे ही। यानी सब कुछ सामान्य है। सुप्रीम कोर्ट ने ताजमहल के बदलते रंग पर केंद्र सरकार को फटकार लगाई। यह हेडलाइन भी स्थायी है। न जाने कितनी बार केंद्र और राज्य सरकार को फटकार लग चुकी है। अधिकारी कार में फटकार खाने आते हैं और फिर कार में बैठे-बैठे अपने टी.ए.-डी.ए. का आकलन कर घर लौट जाते हैं। सीवर की सफाई के लिए गटर में उतरे मजदूरों की मौत की खबर भी स्थायी है। कोर्ट के आदेश के बावजूद मजदूरों को गटर में उतारा जाता है। वो जहरीली गैस से मर जाते हैं, लेकिन किसी को शर्म नहीं आती। हाँ, अखबार में छोटी सी खबर जरूर आती है। न्यूज चैनलों ने तो पूरा पल्ला झाड़ लिया है। आखिर टी.आर.पी. गटर से कहाँ आती है?

दलित दूल्हे को घोड़ी चढ़ने से रोके जाने से लेकर लड़की को खींचकर कार में बलात्कार जैसी सुर्खियाँ बस सुर्खियाँ बन गई हैं। इन खबरों में नाम-पते के अलावा कुछ नहीं बदलता। अब आप चाहें तो हँस सकते हैं कि देखो कितनी तय खबरें हैं, लेकिन आप चाहें तो रो भी सकते हैं कि आखिर 70 बरस बाद भी हम क्यों 70 साल पुरानी सुर्खियाँ पढ़ने को मजबूर हैं।

□

नए ईश्वर की दरकार

सिनेमावालों की चिंता सामूहिक होती है। वे अचानक किसी बात से चिंतित हो उठते हैं और फिर चिंता की आग में झुलसते हुए एक ही विषय पर झटपट कई फिल्में बना डालते हैं। एक जमाने में सुक्खी लाला टाइप के साहूकारों के अत्याचार से बॉलीवुड निर्देशक चिंतित रहा करते थे, तब हर दूसरी फिल्म में लालची साहूकार हीरो की जमीन हड़पने की कोशिश करता दिखता था। आतंकवाद बढ़ा तो आतंकवाद को लेकर बॉलीवुड के लोग चिंतित हो गए। हर तीसरी फिल्म में कंधे पर रॉकेट लॉन्चर रखकर हीरो ने आतंकवादियों को यमलोक पहुँचाया और देश बचा लिया। फिल्मों में देश को इतनी बार बचाया गया कि कुछ असली स्वतंत्रता सेनानी कंफ्यूज हो गए कि अगर देश ऐसे बचाया जाता है तो क्या उन्होंने आजादी की लड़ाई में कुछ किया भी था? भगत सिंह को आजादी की लड़ाई में क्रेडिट न मिलने से फिल्मवाले चिंतित हुए तो चंद दिनों में ही उन्होंने चार-पाँच फिल्में बना डालीं। भगत सिंह की आत्मा भी सोचती होगी कि बॉलीवुड वालों को अचानक उन पर इतना प्यार कैसे आ गया? इन दिनों आम लोगों के बाल झड़ने की समस्या से बॉलीवुड चिंतित है। इतना चिंतित कि दक्षिण में एक फिल्म आई तो बॉलीवुड वालों ने भी एक साथ दो फिल्में बना डालीं।

मैं पहली बार बॉलीवुड की चिंता में सहभागी महसूस कर रहा हूँ। बालों को धीरे-धीरे जाते हुए देखना तिल-तिल मरने जैसा है। हर दिन गिरे हुए बालों का गुच्छा देखकर ऐसा लगता है, मानो बिना वजह प्रेमिका छोड़ गई हो। एक बार सिर के बालों की वृद्धि दर नेगेटिव में चली गई तो खोपड़ी की अर्थव्यवस्था गहरी मंदी में डूब जाती है। मैं न केवल इस मंदी का शिकार हूँ, बल्कि मुझे मालूम है कि मैं डिफॉल्टर होने वाला हूँ, जिसे आम बोलचाल की भाषा में 'टकला होना' कहते हैं। टकला के पर्यायवाची गंजा, चपड़गंजू, उजड़ा चमन वगैरह हैं, जिनका लोग अपनी-अपनी शैली में इस्तेमाल करते हैं।

कितना अजीब है कि बच्चों का मुंडन होता है तो सब रिश्तेदार उसे गोद में उठा-उठाकर घुमाते हैं। आजकल सेल्फी लेते हैं, लेकिन भरी जवानी में बंदे का प्राकृतिक मुंडन संस्कार हो जाए तो बस-दफ्तर सब जगह लोगों की निगाहें घूरती दिखती हैं। हद यह कि छाती के बालों की लड़के वैक्सिंग करा रहे हैं और सिर पर बाल उगाने के लिए ऊँट के मूत्र से लेकर शेरनी का दूध तक सब लगाने को तैयार हैं। शायद सिर के बाल चीज ही ऐसी है!!

मैं खुशनसीब हूँ कि मैंने अपने सिर पर घने बाल भी देखे हैं। शादी हो चुकी है, इसलिए शादी की चिंता नहीं। गर्लफ्रेंड का योग कुंडली में बाल होते हुए पैदा नहीं हुआ तो उसका क्या रोना? मेरी चिंता है कि पूरे बाल चले गए तो मैं सिर मुँडाकर मन्नत कैसे माँगूँगा? इस मामले में मेरे प्रतियोगी मुझसे बाजी मार जाएँगे। ईश्वर भी शायद उनकी ही सुने। कहावत भी है—जितना गुड़ डालोगे, उतना मीठा होगा। ईश्वर के मामले में तो 'विग' का धोखा भी नहीं दिया जा सकता।

तो क्यों न गंजों का अलग ईश्वर ही हो! वैसे भी मार्केट में बहुत दिनों से कोई नया भगवान् नहीं आया और अगर ईश्वर के आने में रुकावटें हों तो कोई गंजा बाबा ही आ जाए। कई बाबाओं के अचानक जेल प्रस्थान के बाद मार्केट में बाबाओं की बहुत कमी आ गई है। कोई गंजा बाबा आए और अपना अलग गंजा पंथ चलाए। इस देश में गंजों की बड़ी तादाद है, जो हाई फाई स्टाइल के युग में खुद को उपेक्षित और समाज से कटा-कटा महसूस करती है। उसे रास्ता दिखानेवाला कोई गंजा बाबा मिल जाए तो गंजा समाज खुद बड़ी क्रांति करने में सक्षम है। एक बार गंजों ने अपनी सामूहिक ताकत दिखाई तो राजनीतिक दलों को उनमें अपना वोटबैंक दिखेगा। कोई बड़ी बात नहीं कि कोई गंजा पार्टी ही खड़ी हो जाए। यकीन जानिए, गंजा पार्टी बन गई तो सारे प्रधानमंत्री गंजा पार्टी से ही होंगे। आपको यकीन नहीं हो रहा ना? आप आँख बंद कीजिए और सारे प्रधानमंत्रियों के चेहरों को याद करने की कोशिश कीजिए। अभी भी 90 फीसदी प्रधानमंत्री इसी समाज से आते हैं।

है कोई दावेदार?

□

'खेल' हो गया

फुटबॉल वर्ल्ड कप खेलने की भले आज भी हमारी हैसियत न हो, ओलंपिक की पदक तालिका में भले हम फिसड्डी देशों में शामिल हों, लेकिन खिलवाड़ देश का पसंदीदा शगल है। माँ-बाप बच्चों को ज्यादा नंबर लाने की रेस में झोंककर उनके बचपन के साथ खिलवाड़ कर रहे हैं। बच्चे मोबाइल गेम्स खेलकर अपनी आँखों, अपने स्वास्थ्य से खिलवाड़ कर रहे हैं। सरकारी अस्पताल मरीजों की जान से खिलवाड़ कर रहे हैं। अदालतों में कानून के साथ खिलवाड़ हो रहा है। बैंक कभी खातों में न्यूनतम बैलेंस न होने के नाम पर तो कभी बिन बताए ब्याज दर बढ़ा-घटाकर ग्राहकों से खिलवाड़ करती हैं। विज्ञापन उपभोक्ताओं के भोले मन के साथ खिलवाड़ कर रहे हैं। राजनीतिक दल घोषणा-पत्र के जरिए मासूम मतदाताओं के दिल से खेलते हैं। आलम यह कि संसद् कानून बनाने की संवैधानिक संस्था से शोर मचाने वाले स्टेडियम में तब्दील हो गई है, जिसमें खिलाड़ी एक-दूसरे पर हावी होने के लिए कभी टँगड़ी लगाकर एक-दूसरे को गिराते हैं तो कभी मारक हल्ला मचाकर खेल बिगाड़ने का 'खेल' करते हैं।

इसी खेल भरी दुनिया में बिहार बोर्ड के 10वीं के हजारों बच्चों के साथ बोर्ड के चपरासी ने खेल कर दिया। चपरासी ने 10वीं बोर्ड के नतीजे आने से पहले 8500 रुपए में 44 हजार से ज्यादा छात्रों की कॉपियाँ कबाड़ी को बेचकर अनूठा खेल खेला। नतीजा अटका तो कॉपियों की खोज शुरू हुई। कई कॉपियाँ कबाड़ी के यहाँ मिल गईं, कई का मिलना बाकी है। इस बीच, कॉपियाँ गायब होने की खबर से वे छात्र खुश थे, जिनके साथ कठिन प्रश्न पत्र ने खेल कर दिया था। इन विद्यार्थियों को बस अपनी मार्मिक गुहार से उम्मीद थी। मसलन किसी ने लिखा था—'मास्टर साहब, माँ को कैंसर हो गया है और आप जानते हैं कि माँ से बढ़कर कोई नहीं। माँ की बीमारी की वजह से पढ़ नहीं पाया। कृपया इस बार पास कर दें।" अब कॉपियाँ

मिलनी शुरू हुई हैं तो ऐसे छात्र बहुत दुःखी हैं। जिन छात्रों ने नकल से इम्तिहान देकर बड़ा खेल किया था, उनकी सेहत पर कोई फर्क नहीं है। वे जानते हैं कि वे नकल के खेल में कल भी एक्सपर्ट थे, आज भी हैं और कल भी रहेंगे।

वैसे, मुद्दा सिर्फ बिहार बोर्ड का नहीं है। हर बोर्ड में ऐसे अनूठे खेल होते रहते हैं। हर साल होते हैं। हाँ, हर जगह ऐसे खेल होने पर पढ़ने-लिखने वाले छात्र परेशान होते हैं। बिहार बोर्ड में भी हैं। छात्रों को डर है कि बोर्ड उनके साथ कहीं 'खेल' न कर दे। कॉपियाँ न मिलने पर कहीं उन्हें औसत नंबर देकर टरका न दिया जाए। ऐसे छात्रों को अपने भविष्य के साथ खेल होने की चिंता है, लेकिन सच यह है कि ऐसे पढ़ने-लिखने वाले अच्छे छात्र होते ही कितने हैं? और अच्छे लोगों की परवाह करता कौन है?

□

एक अपराधी गधे की आत्मकथा

माईबाप, मैं ही वो 'अपराधी' गधा हूँ, जो पौधा चरने के आरोप में उरई जेल में चार दिन की सजा काटकर लौटा है। मैं बहुत खुशनसीब हूँ कि चार दिन में जेल से लौट आया। वरना, वहाँ जेल में कई गधे, सॉरी, कई कैदी कब से बंद हैं, उन्हें खुद याद नहीं। कइयों को तो यह तक नहीं मालूम कि वो किस जुर्म में बंद हैं। मुझे कम-से-कम यह मालूम था कि मेरा जुर्म क्या है। भूख लगी तो मैंने जेल के बाहर के पौधे चर लिये थे। जेल अधिकारी को मेरा कृत्य नागवार गुजरा तो पकड़कर बंद कर दिया। अब उन्हें कौन समझाए कि हमारा राशन कार्ड है नहीं। मिड-डे मील मिलता नहीं। भोजन की गारंटी का कानून इनसानों पर लागू नहीं हो पा रहा तो हम पर तो क्या खाक होगा, लेकिन भूख हमें भी लगती है। भूख लगी तो चर लिये पेड़-पौधे। हम गधे निरक्षर ठहरे। हमें क्या मालूम जहाँ चर रहे हैं, वो जेल परिसर है या राष्ट्रपति आवास।

मैं खुशनसीब हूँ कि मेरी और मेरे सात साथियों की जेल में कोई ठुकाई-कुटाई-पिटाई नहीं हुई। पुलिसवालों ने हम पर किसी तरह की कोई डिग्री का इस्तेमाल नहीं किया। वरना, जेल के किस कोने से कब दर्दभरी चीखने की आवाज आ जाए, कहा नहीं जा सकता।

वैसे, मैं पहला गधा नहीं हूँ, जो चारा चरने की वजह से पुलिस की चौखट पर पहुँचा हो। मेरे परदादा कृश्नचंदरजी के उपन्यास में अपनी आत्मकथा कह चुके हैं। वे बाराबंकी से दिल्ली पहुँचे थे और इंडिया गेट पर घास चरने की वजह से पुलिस ने उन्हें भी गिरफ्तार किया था। फिर वो दिल्ली में घूमते-घूमते नेहरूजी से मिले और विश्वविख्यात हुए।

मुझे अफसोस है कि मैं जेल से छूट गया, लेकिन अभी तक कोई टेलीविजन चैनलवाला मेरी बाइट लेने नहीं आया। किसी ने मेरा एक्सक्सूलिव इंटरव्यू नहीं

चलाया। मेरे छूटने की खबर ब्रेकिंग न्यूज के तौर पर नहीं चली। मेरा इंटरव्यू होता तो मैं भी गधा समाज का दर्द दुनिया को बताता। वैसे, जिन लोगों का गधा समाज से कोई लेना-देना नहीं है, वो आम आदमी को उसी रूप में रखकर देख सकता है। जिस तरह गधे को एक बार रास्ता बता दो तो वो बगैर बताए या हाँके अपनी जगह पहुँच जाता है, उसी तरह देश की जनता को बता दो कि चुनाव आए हैं तो वो बिना बताए वोट डाल आती है। इस तरह की कुछ चारित्रिक समानताओं की वजह से कुछ असभ्य लोग आम आदमी को 'गधा' ही कहते हैं, हालाँकि मैं उनकी बात से सहमत नहीं हूँ, क्योंकि मैं जानता हूँ कि गधे को मौका मिले तो क्रांति कर सकता है, लेकिन आम लोग 'क्रांति-क्रांति' की रट लगाते हुए भी क्रांति नहीं कर पाते।

खैर, मुझे अफसोस है कि अभी तक दिल्ली से कोई बुलावा नहीं आया। मुझे जेल में कोई खास परेशानी नहीं हुई। सच कहूँ तो वक्त से खाना मिला और काम कुछ करना नहीं पड़ा। मस्त गुजरे चार दिन। यह हाल तब था, जब मैं सिर्फ घास चरकर जेल पहुँचा था। जो बंदे बड़ी-बड़ी योजनाएँ चट करके या करोड़ों डकारकर जेल पहुँचते हैं, उनका तो वहाँ अलग जलवा होता है।

वैसे, अपने अनुभव से मैंने यह सीखा कि इस देश में जब खाने के लाले हों तो बंदे को जेल ही चला जाना चाहिए। वक्त से दो जून की रोटी मिल जाती है। गरीब और गधे को और क्या चाहिए!

माईबाप उर्फ पाठकों, मैं चार दिन की जेल के अनुभव पर किताब लिखने की सोच रहा हूँ। आप लोग खरीदिएगा, ताकि रॉयल्टी से मेरी बाकी जिंदगी आराम से गुजर सके। जानता हूँ कि अंटी से पैसे निकालकर हिंदी किताब खरीदना मुश्किल काम है, लेकिन गुजारिश तो कर ही सकता हूँ। वैसे, मैं जेलवालों का ब्रांड एंबेसेडर हो सकता हूँ।

मुझे विज्ञापन मिले तो कह सकता हूँ—कुछ दिन तो गुजारिए जेल में।

□□□